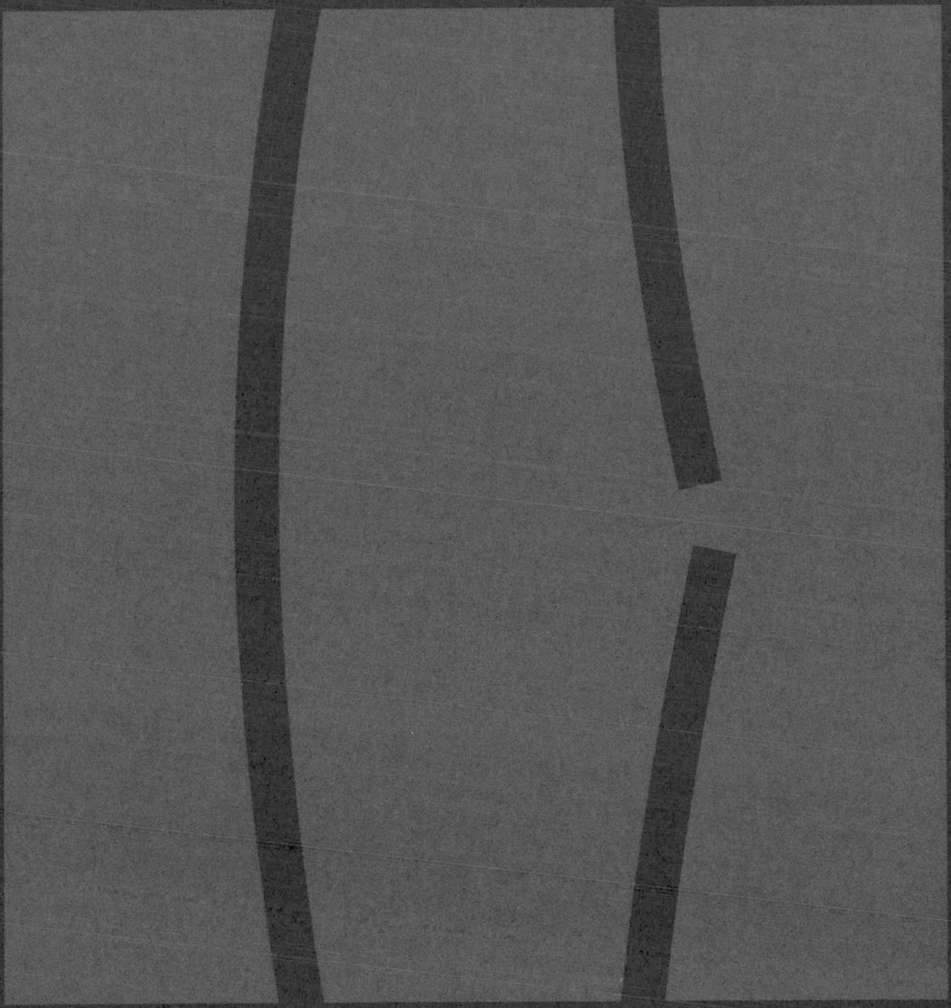

怪怪怪怪物

九把刀

CONTENTS

怪物

1

秀珍很喜歡跟姊姊一起玩。

記得很小的時候，夏天好熱，熱到蟬都會忽然從樹上崩潰掉下來。除了學校的校長辦公室，村子裡沒有一個地方有冷氣，一大堆叔叔伯伯大白天都往校長室跑，假裝有很多事情須要跟校長商量，久了，校長就變成了下任村長的熱門人選。

暑假最熱的那幾天，姊姊會鼓起勇氣牽著她上公車，從這個村子坐到下一個村子，再從下一個村子繞到下下一個村子，最後才從山的另一頭坐回來，打開車窗，吹吹沁涼的山風，吃吃從家裡帶出來的孔雀餅乾。

當然沒有買票，即使有最棒的山風吹，掌心傳來的都是姊姊緊張的汗水，那份緊張傳到了秀珍的掌心，讓她只能在最後座胡亂踢著腳，假裝有顆黏在鞋子尖上的皮球，踢也踢不走。

公車司機一直沒有揭穿她們搭白車，後來看她們一對小姊妹明明很緊張，偏偏要裝沒事的樣子很有趣，乾脆命令她們從車後坐到駕駛座旁，陪他隨便聊天，當做是車資。

爲了吹冷氣，姊姊表現得很健談，從姊妹的學校生活滔滔不絕說到家裡的特殊生意，每一個細節都說得很有趣，秀珍很喜歡聽姊姊用這種接近表演的形式，包裝她再熟悉不過的一切，好像每一件無聊的小事，透過姊姊誇張的嘴巴，就會變成……「哇！原來那件事那麼有趣呀！」

「開宮廟啊？那是不是幫人算命的意思啊？」

「我爸爸不只會算命，還會幫人看日子啊，開店要看日子，結婚要看日子，有人死掉要看日子，也會幫小孩取名字，我爸爸什麼都會。」

「那妳爸爸幫不幫人改名字啊？我啊一直想開火車，火車威風啊！卻偏偏在這裡開公車，一開就是十幾年，哈哈哈哈是不是可以請妳爸爸幫我換一個可以去開火車的名字啊哈哈哈哈！」

公司司機當然在說笑，姊妹也一直笑。

「那你要不要吃孔雀餅乾？」秀珍只敢問這一句。

「好啊！喝伯朗咖啡，當然要配孔雀餅乾啊！」公車司機呵呵笑。

那幾片孔雀餅乾，換來了後來無數包公車司機珍藏的喜年來蛋捲，公車司機一邊開車一邊吃，一口就是一整條，連吃三條。姊姊慢慢吃一條，秀珍笑笑吃一條，最後的蛋捲屑跟芝麻粒，由姊姊將包裝拿高高，倒在秀珍拚命張大的嘴巴裡。

「這一口最好吃了吧！」姊姊用手指彈了彈包裝紙，確認每一粒屑屑都落出。

「最好吃！」秀珍樂不可支。

連續五個好熱好熱的暑假，姊妹倆都在那一段繞來繞去的山路上度過。

有時開車的是同一個伯伯，有時司機換班成了另一個鬍子很多的叔叔，大家都會一起吃蛋捲一起聊天，偶爾還有黑松沙士可以喝。那眞是秀珍最快樂的記憶。

姊姊升上國中的那一個夏天，氣色變得很憔悴。

「姊姊，快點快點，我們去坐公車嘛。」

「妹啊，我肚子痛，今天不去了。」

「可是好熱喔，妳去車上吹一下風，說不定肚子就不痛了喔！」

「我肚子眞的很痛，頭也好暈喔……」

媽媽說，姊姊是月經來了，過幾年輪到秀珍上了國中，也是會經痛。

「什麼是月經？」秀珍很害怕。

「月經就是血，每個月都會流很多血，這就是姊姊長大了。」媽媽若無其事地說。

那一個夏天，姊姊不只沒有一天搭公車吹風，甚至連一個白天都沒有出門。

家裡好熱，姊姊卻用棉被把自己包得像一個大粽子。

汗流浹背的秀珍吃著西瓜，卻看被棉被緊緊裹住的姊姊，縮在房間角落，連躺也沒辦法躺好，拚命往牆壁的深處擠啊擠的，好像電風扇轉來轉去，吹出來的風有零下二十度似的。

「姊姊，要不要吃西瓜？」秀珍心疼地問。

「媽媽說月經來了不能吃西瓜……」姊姊的牙齒打顫：「我……也不想吃。」

明明很熱，姊姊卻像是冷得渾身發抖，但汗水卻矛盾地浸濕了整個棉被。

姊姊的肚子痛了很多天，痛了整整一個暑假。

姊妹度過了第一個沒有一起搭公車吹風的夏天。

儘管每天都有人來宮廟問事，什麼都懂的爸爸，每天還是進房看姊姊好幾次，一邊幫姊姊把脈，一邊翻了好多黃黃的書，還煎了好幾帖中藥給她喝。

中藥都是在院子裡的老榕樹下煎，藥材很多，很雜，集中在一個黑色大甕裡煮，有時候藥都快煎到乾了，爸爸還會臨時丟一些烤焦的怪東西進去裡面，秀珍光是聞到那些中藥煎煮發出的臭氣，都快熏死了，連吃進嘴巴裡的西瓜都變了味道。

暑假的新生訓練姊姊沒去，後來國中開學了，媽媽還特地跑學校幫姊姊請了很多病假，讓姊姊在家裡安心休息。

姊姊其實看起來一點也不安心，白天她都縮在棉被裡發抖，痛到無法闔眼。

晚上她肚子稍微不痛了，卻精神好到根本睡不著覺，秀珍儘管再睏，都會撐著陪姊姊說話，直到忽然靠在姊姊肩膀上睡著為止。隔天村子裡養的幾百隻雞一啼，姊姊就會痛到哭，拜託秀珍快點去叫爸爸過來。

爸爸一直翻書研究姊姊的病情，在藥材裡加了很多在田裡抓到的蜈蚣跟小蛇，不明的蟲蛹，有時候還有一些腳很長的大蜘蛛。爸爸嘆氣：「這就叫以毒攻毒。」

「媽媽，爲什麼不帶姊姊去醫院？」秀珍小聲地問：「是因爲家裡沒錢嗎？」

「經痛沒有人去醫院，爸爸會治好姊姊。」

「可是姊姊真的很痛，說不定她也有別的病。」

「爸爸會治好姊姊。」

「我以後……也會這樣嗎？」

媽媽沒有回答，只是一直在老榕樹下煎煮藥材。一邊煮，一邊罵。

姊姊的肚子越來越大，手腳卻越來越瘦。

爸爸憂心忡忡說，肯定是經血排不出來，在身體裡累積不散，瘀血變成了毒血，再排不出來的話恐怕會有生命危險。

那天半夜，爸爸跟媽媽把秀珍鎖在房間裡，帶姊姊去院子的大榕樹下，排血。

姊姊叫得很淒厲，把秀珍都快嚇死了，躲在房間裡一直哭。

村子裡好幾條野狗也給姊姊吵到沒辦法睡覺，乾脆跑到門口亂吠回來，媽媽很生氣，拿棍子對著牠們一頓打，卻只是把狗打遠，野狗還是吠個不停。

最後爸爸把整個臉盆的惡臭經血，端進院子角落的柴房。

姊姊睡了一整天。

秀珍放學回家後，不管在姊姊旁邊怎麼叫，怎麼推，姊姊就是醒不來，但秀珍看見姊姊的肚子消下去了，終於鬆了一口氣。

再隔一天，姊姊大吃大喝一頓，就去上學了。

一開學便消失兩個禮拜的姊姊，比新同學還新，她從小就很漂亮，月經又來了，身材正式開始發育，胸部微微隆起，恰恰撐起了略緊的制服，班上好幾個男生都偷偷喜歡著這遲來的美麗女孩。

課業落後，朋友也少交了別人好多，幸好姊姊發揮了超級健談的強項，不只熬夜念書拚回了學業進度，還在最短時間內，交了好幾個下課時間可以手牽手一起去上廁所的新朋友。

輪到秀珍開始擔心起自己，將來是不是會經歷跟姊姊一樣的可怕月經。

一個月後的某天，體育課被午後雷陣雨打斷，大家趕緊跑回教室。

「妳的手好冰喔。」手牽手的新朋友忽然縮手。

「是嗎？」姊姊感到訝異，看著自己的手。

手不但冰，還隱隱透出了略帶紫色的血管，看起來缺乏營養。

「女孩子不要常常吃冰的，身體容易虛喔。」新朋友勸告。

「嗯……謝謝。」

還沒放學，姊姊又開始肚子痛了。

痛到沒辦法自己走路回家，老師打電話叫媽媽騎腳踏車到學校，把姊姊接走。

姊姊再度把自己包成一個大粽子，全身發抖，冷熱不分。

秀珍感到無能爲力，只能一直陪著神智不清的姊姊說話。

秀珍心裡的害怕，越來越巨大。

爸爸又開始看書，幫姊姊抓新藥。

除了之前用過的藥材，爸爸還去隔壁村子，跟一些常去山裡捕虎頭蜂窩泡藥酒的老原住民買一些虎頭蜂、鱗片黑白分明的毒蛇、更大的蜘蛛、翅膀好像有人臉印在上面的怪蛾，通通加在那個黑色大甕裡。

不用說，肯定是更有效的以毒攻毒。

白天媽媽就守在老榕樹下煎藥，爸爸就在宮廟裡讓人問事，時不時過來幫姊姊把脈，摸摸姊姊的額頭，幫姊姊稍微按摩一下肩頸。

老榕樹下大甕裡的藥氣不僅僅是臭，還臭得相當古怪，如果要秀珍形容，她會說那好像是腐爛很久的屍體，可她還眞是沒有聞過任何屍體的味道。

秀珍相當佩服媽媽，可以在恐怖藥氣旁邊坐那麼久，她一定很自責沒有將姊姊照顧得更好。有時候，媽媽根本就是一動也不動地坐在瀰漫院子的藥氣裡，整個人像是被神祕的霧狀生物給吞了。

姊姊持續無法上學。

有幾個新朋友結伴到家裡看她，爲她複習功課，姊姊雖然痛，還是打起精神跟大家有說有笑，用想像力連結她錯過的白天。媽媽會切一些水果給大家吃當做謝謝，有時還煮了麵線一起晚餐。可是沒多久就沒人來探望姊姊。

因爲姊姊的肚子不僅變大，身上還發出奇怪的臭氣。

那些臭氣，比那些怪藥材煎煮時的氣味，還要令人難以忍受。

秀珍也只能戴著棉質口罩，跟姊姊說話解悶。

「秀珍，妳不必勉強，妳先去睡吧。」

「我不想睡，我想跟妳說話。」

「……我知道我很臭。我的鼻子沒有壞掉。」

「妳不要整天只喝藥，其他的飯跟菜也要吃啊。」

姊姊只能搖頭。

那些雞鴨魚肉她完全沒有胃口，倒是那些臭得要死的藥，她還吞得下去。

這算是幸運吧，連藥都吃不了的話，身體要如何痊癒呢？

「等妳好了，我們在一起搭公車玩嘛！」

「等我好了，都冬天了。」

「冬天不開窗，也是可以吃蛋捲配沙士啊！」

「我覺得我們一定是沙士冰冰的喝太多了，腸胃才會變得不好，妳以後也少喝，知道嗎？西瓜也別吃了，爸爸說，西瓜屬寒。」

「好啦，那妳答應我，快點好起來，我們一起搭公車吃蛋捲，喝不冰的沙士！」

「一起搭公車吃蛋捲，喝不冰的沙士。」姊姊盡量笑了。

姊姊肚子這一大，竟然有個禮拜都沒辦法走出房間，大小便都在臉盆裡。

姊姊一頭美麗的頭髮雖沒有掉，卻枯萎了。

指甲很乾，時不時就會裂開，脫落。

守在老榕樹下煎藥的媽媽，眼神越來越呆滯，動作越來越慢，秀珍摀著鼻子去問她是不是該煮晚飯了的時候，媽媽過了好久才轉頭，看著秀珍，就像看著一個陌生人，直到秀珍用力拉了拉她的手，媽媽才會沉默地去煮晚飯。

晚飯越來越難吃。

每一頓飯都好難吃。

媽媽的味覺肯定被藥氣侵蝕了，就跟其他的感覺一樣。

「不要生媽媽的氣，媽媽只是累了。」看起來很沮喪的爸爸塞了點錢給秀珍：「去巷子口的麵店，買一點能吃的東西回來吧。」

外食成了爸爸跟秀珍的慰藉。

媽媽彷彿被自尊心箝制，義無反顧地吃著自己煮出來的東西。

秀珍偶爾會拚命吃一兩口媽媽煮的晚飯，鼓勵媽媽，但媽媽似乎完全不領情，或者，完全沒辦法注意到秀珍的努力。媽媽只是看著姊姊的肚子，然後又回去煎藥。

姊姊的食量變得很大。

應該說，姊姊對臭藥的胃口大開，簡直就像是爲了報答母親煎藥之苦般，狼吞虎嚥地吞食那些臭不可當的怪藥。

當姊姊的肚子幾乎大得跟孕婦一樣的那晚，秀珍再度被鎖進房裡。

院子裡，老榕樹下，一個大臉盆。

姊姊竭盡所能張開兩腿，從陰部傾瀉出大量的腐臭髒血。

滿身大汗的爸爸將木砧板壓在姊姊肚子上，用力壓，拚命擠，將姊姊肚子裡的爛血壓榨出去，一邊幫姊姊加油打氣，說一些「再多一點，再多一點，不要放棄，妳就快好起來了」的話。

媽媽走到家門口，跟那些被姊姊淒慘叫聲吸引過來的野狗對看。

越來越多野狗聚集在家門口，越多隻，就越敢吠。

媽媽只是看，手裡的棍子一下也沒揮出去。

她就只是看。

看著牠們的眼睛。

看著牠們漆黑眼珠裡，那不曉得是憤怒，還是恐懼的最深處。

2

姊姊的肚子消了，又去上學了。

落後的課業太多，數學尤其困難，姊姊追趕不上，也沒時間交朋友了。

應該說，假裝沒有時間交朋友了。

大家都因爲她身上久久不散的臭氣，難以與她親近。大家的座位離她的位子，拉出了一點點微妙的距離，一點點加上一點點，就變成了很明顯的排擠。

姊姊變得很孤立。

原本健談的她，一開口，就趕緊閉上嘴巴，連她自己也無法忍受口中的臭氣。她每節下課都去漱口，早上出門前都刷半個小時的牙，回家的第一件事一定是洗澡。完全沒有改善。

「肯定是那些中藥的關係吧。」秀珍斬釘截鐵地說。

「我想也是。良藥苦口嘛。」姊姊挑燈苦讀，這些數學怎麼會那麼難？

「那些藥眞的太臭了，媽媽在那邊煎藥眞的很可憐，一直要吸那些臭氣。」秀珍吐了吐舌頭：「幸好妳肚子又好了，不用煎藥了，媽媽最近煮的晚餐才又開始能吃了，好險。」

姊姊笑了，用力摟了秀珍一下。

秀珍得認眞憋氣才沒有昏倒。

可惜隔了一個月，姊姊又因爲肚子痛從學校提早回家。

媽媽又開始無日無夜地煎藥，在老榕樹下，過著被混濁藥氣給淹沒的日子。

爸爸一臉苦思良久，下定決心，在藥材大甕裡加入一些匪夷所思的東西。

河邊放水流死狗的屍體，吊在樹頭不知道腐爛多久的貓屍，被野狗咬死的臭青母，被太陽曬死的蟾蜍乾屍，連巢帶土的蟑螂窩，以及一把又一把從土裡挖出來的巨大蚯蚓巢。通通都下了甕。

除了早餐自己煮白煮蛋草草了事，秀珍開始全面外食。

藥越毒，彷彿眞的越有效。

姊姊白天已不再發抖，而是縮在屋內最角落睡覺，睡得很沉。

「可是姊姊眞的好臭。」秀珍捏著鼻子，快哭了：「爸爸，眞的不能把姊姊送到醫院看看嗎？應該可以不要用吃藥的，用打針的吧！」

「姊姊一直發出臭氣，就是在排毒，不把臭氣發出來的話，那些毒氣不就要悶在姊姊的皮肉裡面嗎？」爸爸不厭其煩地解釋：「我們一邊以毒攻毒，一邊要順勢排毒，雙管齊下才最有用。」

媽媽倒是對爸爸放在藥甕裡的腐屍沒有任何意見，無怨無尤，不，應該說是毫無感覺地，守在不斷冒出黑氣的巨甕旁，添加柴火。

姊姊的肚子變得越來越大。

巨甕裡加的怪東西越來越多。

然後徹夜慘叫，從雙腿之間的肉縫狂瀉毒血。

一夜無眠的爸爸捧著滿臉盆的黑血，一次次走進院子角落的柴房。

門口的那些野狗不叫了，只是呆呆地看著手裡沒有棍子的媽媽。

家裡的雞蛋都不能吃了，秀珍打在鍋子裡，聞到的都是雞蛋發臭的腥味。

到底是怎麼了？

自己將來，真的能跟姊姊一樣，一次次熬過這些非人痛苦嗎？

肚子扁了，不痛了，姊姊的臉色變得異常蒼白。

頭髮看似枯萎卻扯也扯不掉，意外地強韌。

同學異樣的眼光早已不再顧忌她的自尊，畢竟她身上的強烈臭氣都是自找的，百分之百是不愛洗澡活該被討厭的證明。連老師都把她的座位強制搬到走廊上，以免影響同學上課。

國小成績是班上第一名的姊姊，課業一落千丈，看不懂老師在上的所有東西。

爲了不讓家裡擔心，她在學校裡不管怎麼被惡意嘲諷，忽然承受從樓上丟下來的髒水桶，她都沒跟家裡說過一個字。

爲了不讓學校有通知家長的機會，姊姊沒想過蹺課逃學，她就牢牢守在走廊上的特別座——還是一個隔壁被關了窗戶的特別座，努力地背著英文單字。

直到下一次又下一次又下一次的肚子痛。

姊姊休學了。

她白天都在睡覺，只要不睡覺，她的肚子就會痛到撞牆。

吃了藥就可以很滿足地閉上眼睛，用睡眠擺脫肚子裡的翻天覆地。

晚上姊姊精神特別好，挺著一個巨大的肚子在家裡走來走去，甚至還能跟秀珍比賽踢毽子。看到身手靈活的姊姊，秀珍很想爲她越來越好的狀態高興，卻不禁感到毛骨悚然——有沒有搞錯，姊姊的手腳都太瘦了，瘦得只剩皮包骨，肚子卻又大又硬，她難道不覺得自己很像一隻蜱蟲，很恐怖嗎？

有一次，姊姊踢毽子踢累了，秀珍看見姊姊蹦蹦跳跳走到院子裡，當時藥還沒煎好，她就迫不及待把手伸進去藥甕裡，直接把還沒煮爛的半隻貓撈起來吃。

秀珍嚇傻了。

媽媽也沒阻止。

媽媽徹底活在藥氣裡了。

「妳幹嘛……」

「我在吃藥啊。」

「那隻貓……還沒煮好，牠就還不是藥啊！」

「我在吃貓？」姊姊像是忽然醒過來，看著自己手中的那半隻腐貓，打量著，凝視著，想要覺得自己很噁心很想吐，卻……

吞了一大口口水。

「對不起，我害妳丟臉了。」姊姊咬緊牙關，將半隻腐貓放回藥甕裡。

秀珍只是哭，無助地大哭。

媽媽一直煎藥。姊姊肚子痛也煎，不痛也煎，她就是無法停止添加柴火的動作。

廚房空無一人。

污濁乃至伸手不見五指的藥氣中，才能見到媽媽僵硬的身影。

村長改選就在下個月。

原本的老村長到處拜票，低聲下氣，得到的回應卻很冷淡。

用公款買了全村唯一一台冷氣的校長，即使到了秋天尾，每天還是有絡繹不絕的仕紳上門喝茶，一起看電視上的少棒比賽重播。

眼看著，眉開眼笑的校長即將多了一個新身分。

秀珍放學回家的時候，看見老村長正在跟爸爸問事。

老村長滿臉愁苦，語氣怨憎。

「丟臉！現在大家都給我臉色看是怎樣？我這村長都當了十四年了，哪條水溝不通不是我去弄好的？上次林桑田邊那個照明工程發標下來，我只賺一點點，賺多少騙得了人嗎？其他都分給大家了，這才是公道。他只是買了一台冷氣，用公家的錢裝在自己房間裡吹，這樣三百六十五天有一半都給他拿去吹不用錢的，公平嗎？你自己說說看，是不是應該想個辦法……」

一隻手放在道桌上的爸爸沉默不語。

秀珍不敢問怎麼回事，知趣地溜進後院。

老榕樹下依舊烏煙瘴氣，媽媽的身影依稀埋在裡頭。秀珍掩鼻而過。

姊姊已經醒了，肚子剛扁下去的她似乎還很虛弱，坐在榻榻米上看英文課本。

「我已經，沒辦法去上學了。」姊姊無精打采，似乎連嘆氣都懶了：「我看了一個下午，完全不知道課本在寫什麼。」

「慢慢來啊，明年重讀一次國一也可以吧。」秀珍摸著姊姊的頭髮。

太難過了，原本青春亮麗的姊姊去哪了。

三天後，校長失蹤了。

村長重新選舉的前一天，附近爬山的民眾通知警方，有一具屍體，以半跪的離奇姿勢，上吊在一棵只有一個小孩高度的龍眼樹下，腳尖著地，屍體晃來晃去。

屍體嚴重腐爛，法醫難以置信地宣布，至少死了一個月以上。

老村長順利連任，鞭炮一路從村口爆到村尾。

好熱鬧，幾百隻雞全都嚇得飛來飛去，野狗也驚慌地縮起尾巴。

鞭炮聲從正站在宮廟門口發呆的媽媽面前一路炸過，炸得媽媽整個人發瘋。

「你不是人！」媽媽兩眼瞪大，全身拱起。

爸爸慌慌張張一腳踩滅鞭炮。

媽媽忽然轉身衝進廚房，拿起菜刀想砍爸爸。

眞砍！

「你根本不愛我！你騙我！你騙我跟你結婚！你騙我幫女兒治病！」

「妳胡說什麼！」

「當初兒子根本就是你害死的！從一開始你就根本不要兒子！」

「做我這一行的要兒子不會有好結果的！是妳沒想清楚！」

「你騙我！你騙我！你只是要我生女兒！當我是一個生女兒的！」

「生女兒有什麼不好！妳給我清醒一點！」

「你不是人！你不是人！你根本就在利用女兒！你不是人！」

「把刀拿來！發什麼瘋啊！出一張臭嘴！」

爸爸受了一點刀傷，才勉強制伏了歇斯底里的媽媽。

剛剛一番可怕的扭打已經嚇到了姊姊跟秀珍，甚至不敢阻止爸爸將媽媽拖到柴房裡。柴房裡沒有打鬧，也沒有哭聲，什麼聲音都沒有。

「姊，媽媽剛剛說的兒子是誰？我們以前有過哥哥嗎？」秀珍想搞清楚。

「我好像有聽媽媽說過在我之前還有一個哥哥，但生下來沒多久就生病死了，媽媽大概是想起他了吧。」姊姊很緊張地盯著柴房。

爸爸終於帶著媽媽從柴房走出來。

媽媽的眼神渙散，除了手肘有些破皮，看起來不像被打過。

姊妹倆都不敢多問一句。

但是從那一天開始，媽媽就徹底融化在藥氣裡，再沒有表情。

3

冬天來了。

來家裡宮廟問事的客人變了。

不是變多，而是變了。

上門的人，都帶著一點非善類的眼神。

頭低低，講話特別小聲。

給的錢，特別特別多。

爸爸總是沉默不語，一隻手按在道桌上，一隻手拿著原子筆，慢慢地做著筆記。

在宮廟門口排隊問事的人，並不會互相交談，彼此也避免對到視線。

有的客人不開口，只是遞上一張寫滿生辰八字的紙，裡面包著頭髮、指甲或照片。當然還有一包用報紙捆好的鈔票。

臉色鐵青的爸爸都收了。

姊姊的肚子大了，姊姊的肚子又消了。

又大了，又消了，反反覆覆地生病與治療。

姊姊肚子大了的時候，吃了藥，就不會痛到在地上打滾，雖然還是無法上學，但肚子的疼痛得到緩解，總算是好的現象吧。唯一加劇的副作用，就是姊姊濃烈的體臭，一種接近死屍的氣味。

爸爸禁止姊姊到宮廟，以免嚇走客人。

事實上自尊心極強的姊姊也不想造成別人困擾，在病好之前，她似乎下定決心不離開睡覺的房間跟院子，她白天睡覺，晚上就只在院子裡走來走去，陪媽媽煎藥。

有一次秀珍半夜起來尿尿，聽見院子裡有聲響，便探頭出來看，發現爸爸從柴房拿出上次姊姊拉出來的一臉盆髒血，倒在媽媽正在煎煮的藥甕裡。

是的，媽媽也還沒睡。

白天都在睡覺的姊姊也眼睜睜看著爸爸這麼做，好像一點也不奇怪。

秀珍渾身起雞皮疙瘩，為了徹底地以毒攻毒，爸爸眞的卯起來幹了，也眞不知道爸爸這樣處理髒血到底有多久了，說不定每一次都是這麼回收姊姊肚子裡的髒血，只是自己一直都不知道罷了。

但姊姊即使知道要吃下所有的髒血，可依然一臉絕不向病魔認輸的表情，深深震撼了躲在門後的秀珍。

無論如何，希望姊姊快點在這個冬天好起來，明年夏天，才可以跟自己一起搭公車，吃蛋捲，喝不冰的沙士或伯朗咖啡。

秀珍期待著，期待著。

春天。

秀珍的肚子開始痛了。

當秀珍的內褲出現第一滴血的時候，爸爸已經拿著一碗臭藥站在房門口。藥很臭，很黏稠。

「爸爸，我的肚子真的只有一點點痛，一點點而已。」秀珍全身發抖。

「沒關係，喝了藥就沒事了。」爸爸心平氣和。

「我不想跟姊姊一樣，我想去看醫生。」秀珍往後退一步，兩步。

「妳不會跟姊姊一樣的，這個藥，爸爸已經研究很久了，姊姊後來不是也越吃越好了嗎？妳現在一開始就吃最厲害的藥，病種就能連根拔除，比姊姊好得更快。」爸爸拿著藥碗，和顏悅色地走向前：「妳不要怕苦，乖。」

姊姊縮在房間角落。

「爸……讓妹妹去看醫生吧。」姊姊虛弱地說。

媽媽依舊在老榕樹下煎藥，沒有反應。

秀珍往後，已無路可退。

「爸爸對不起！我眞的想去醫院！我想打針！」秀珍嚎啕大哭。

「好，先吃藥，我們再去打針。」

爸爸一手摸摸秀珍的頭，一手將藥碗慢慢靠在她的嘴邊。

光是嗆鼻的可怕氣味，就讓秀珍昏死過去。

姊姊用雙手最大的力氣，遮住眼睛，遮住淚。

腐爛的藥水灌進了四肢發軟的秀珍嘴裡，胃裡，肚子裡。

隔天秀珍是肚子痛到醒來的。

激烈的痛苦逼使她在地上打滾，眼球快速旋轉，口吐黑色泡沫，手指像尾巴著火的貓一樣狂抓榻榻米，抓到連指甲都裂出了血，最後還拚命用頭砸地，非得把腦漿砸噴出來不可。

「爸爸!爲什麼會這樣!爲什麼妹妹會這樣!」姊姊嚇傻了。

「慢慢就會好了。」爸爸面無表情，瞪著痛瘋了的秀珍。

秀珍一跟爸爸對到眼，居然馬上被爸爸眼神裡特殊的威嚴給懾服，全身發抖，縮在屋角乾嘔。

「不准吐。」爸爸嚴肅地說：「吐出來，就吃回去。」

晚上，秀珍的肚子以驚人速度隆起，好像裡面有別的生命正在迅速擴大。

體內深處的某一種絕對的求生本能被喚醒，秀珍很想大吃一頓，但等待她的，並非魚菜飯麵，而是媽媽正在煎煮的臭藥。

秀珍完全不知道自己爲什麼很想吃下那些髒東西，拚命抵抗這古怪的慾望。

她知道，一旦繼續將那些糟糕至極的東西吃進肚子，就會變得跟姊姊一樣。

「對不起。」姊姊呆呆地站在藥甕邊，看著秀珍：「妳不能跟我一樣，妳得去看醫生。」

說完，姊姊就把頭埋進藥甕裡拚命吃，拚命吃，吃得一點也不剩。

抬起頭來，姊姊的臉上跟頭髮上都沾滿了許多腐屍的爛肉，以及焦灼的臭煙。

沒得吃，秀珍並沒有得救，她肚子脹痛到暴怒。

她開始咬姊姊，揍姊姊，氣恨姊姊一點藥都沒留給自己。

她一邊哭，一邊咬。一邊道歉，一邊咒罵。

最後兩姊妹相擁大哭。

姊姊承受著妹妹肚子劇烈絞痛的爆發，雙手雙腳，像甲蟲一樣緊緊縛住了妹妹，任憑妹妹又咬又抓又踢又吼，就是不放開，不讓秀珍有自殘的機會。

直到隔天爸爸重新取得了一堆可怕的動物死屍以及猛毒昆蟲入藥後，傷痕累累的姊姊才鬆開了妹妹，看著妹妹像一隻餓壞的野獸衝向那一大甕藥。

媽媽痴傻地煎著藥，彷彿與一切無關。

日復一日，終於聽見蟬鳴。

那天正中午，一輛黑頭車停在宮廟前。

四個像是混黑道的兄弟，很有禮貌地將爸爸從道桌旁架起，扔進了車裡。

好幾天了，爸爸都沒有回來。

宮廟再無閒客上門問事。

藥甕早空了，就跟媽媽的眼神一樣。

姊姊跟妹妹在院子裡又吼又叫，比野獸更像野獸，就是沒有藥可以吃。

柴房早就被破門而入了好幾次，地上那幾個臉盆的庫藏髒血，全給她們舔得乾乾淨淨。

她們的肚子越來越巨大，還有奇怪的紫黑色鼓起物在肚皮上爬梭遁去，像是有幾百條幾千條蟲，隨時都會衝破她們的肚子。

「姊姊！怎麼辦！肚子好像快要爆炸了！」秀珍這麼哭喊的時候，完全沒有意識到自己是四肢倒抓在天花板上的：「眞的快要爆炸了！」

「不要吵！不要再吵了！」姊姊的手抓著自己的臉，痛苦帶給她的力氣之大，隨時都會將自己的腦袋抓破：「我們就這樣痛死好了！反正……什麼都不重要了！什麼都不重要了！」

姊姊不得不加重手上的力量，好眞正殺了自己。

否則，她就會……

站在大太陽底下已超過一分鐘，足以令姊姊感到頭昏腦脹。

而姊姊以相當奇怪的姿勢，站在媽媽面前很久了。

而媽媽一動也不動，坐在空無一物的藥甕前，很久很久了。

再不殺了自己，自己就會吃了媽媽。

「媽媽，妳快走。」姊姊的指甲激動地插進了自己的臉，拚了命警告：「快站起來，走開，不然我眞的會吃了妳！」

媽媽沒有移動半步，倒是轉過頭，呆呆地看著姊姊。

「妳要吃媽媽的話，那我也要吃！」妹妹倒掛在天花板上哭吼。

「誰都不可以吃媽媽！」姊姊暴怒，對著妹妹咆哮：「誰都不可以！吃！媽媽！」

就在此時，幾個人從院子外大剌剌走了進來。

走在最前頭的，是一個眼神挑釁的黑道大哥，一進院子，東看西看。

身後跟著三個看起來很能打的小弟，手上都拿著用報紙包好的開山刀。

不過最顯眼的，還是一個穿著道服，眼神極度邪門的高瘦男人。

「眞的被他養出來了，了不起。」

眼神邪門的法師盯著姊妹倆，又看了看院子中心的黑色大藥甕。

姊姊警戒地往後退一大步進房，將倒掛在天花板上的妹妹一把抓下，扔在身後。

秀珍感染到氣氛的緊張，肚子裡的劇痛卻沒有稍減，牙齒間自然發出了獸吼。

「大師，這兩個……不用怕嗎？」

帶頭的黑道大哥，倒是被這對怪形怪狀的大肚子姊妹給嚇到。

「日正當中，萬毒不侵。不怕。」

法師冷笑，仔細打量起這兩姊妹，忍不住嘖嘖稱奇：「真狠，世道艱險啊，降頭師用自己的血肉至親養蠱，血脈相連，蠱蟲自然最聽降頭師的話，這種蠱蟲已非常罕見，不是喪心病狂的人是養不出來的。」

姊姊半聽半懂，總之來者不善。

她只能盡量擴張自己怪異的身體，將害怕的妹妹保護在後。

「加上我看這兩個女的一定是處女，哼哼，藉著處女的初潮開始養蠱，此後每個月定期熟成排出的蠱蟲，更是絕頂珍品，凶殘霸道。」法師給予最高的肯定：「老大，你得到這種蠱蟲，想幹嘛就幹嘛，江湖上沒有你的敵人啦！」

一個小弟舉手：「可法師你剛剛說，這種蠱蟲最聽降頭師的話……」

另一個小弟接著疑問：「但我們已經把那個爛人剁成肉醬餵狗了耶。」

黑道老大皺眉，看向法師。

「那還不簡單，這個女人一看就知道是媽媽，比起爸爸，她們更加血肉相連，我先把她媽媽燒了，煉成了屍油，再用屍油控制她們身上的蠱蟲就行了。」法師從寬大的袖子裡拿出一大串鞭炮：「把她們炸傻了，就直接綁起來裝布袋，我回頭慢慢處理。」

鞭炮點燃。

姊妹倆被爆炸聲嚇得魂飛魄散，驚慌失措在屋子裡跳來跳去，根本無法抓到。

媽媽再度從混沌中驚醒，一開眼，恍如隔世。

法師看三個混混不知道從何抓起，感到不耐：「都放鞭炮了很安全啦！燒一串不夠我這裡還有很多，她們是人不是妖怪，只是身體被拿來養蠱的笨女兒而已！上啦！」

「先抓小的！」黑道老大倒是一把輕鬆地抓住媽媽的脖子，勒住。

三個混混拿起開山刀往秀珍身上亂砍，秀珍雖然跳得猛烈，卻沒有閃躲的眞正經驗，一下子就給砍倒，傷口裂開，黑色的血狂噴，繩子七手八腳就捆了上去。

胡亂跳到天花板上閃躲的姊姊，原本給激烈的鞭炮聲炸得不知如何是好，一見到底下的妹妹被一刀砍出一條大傷口，又驚又怒，從第一次經痛至今不斷壓抑的可怕情緒，徹底爆發。

巨大且結實的肚子上的蠱痕極速爆竄，以肚臍爲中心，激烈地炸開。

無數蠱蟲從肚子裡，往全身上下每一處的血肉飛鑽，鑽！鑽！鑽！

巨大鼓起的肚子消失了。

數百萬隻細小的蠱蟲連接了神經，爬附住筋骨，鎖住了每一塊肌肉。

啪喀！

蠱蟲瞬間拉扯牽動，改造了姊姊的骨架，指甲瞬間變長，堅硬似甲。

額骨隆起，眼睛發出黃色異光。

「啊？」天花板底下的小弟看歪了眼。

姊姊從天花板暴射而下，一落地，便朝正預備點燃第二串鞭炮的法師彈出。

法師手上的鞭炮沒能點燃。

哐啷！

黑色大藥甕碎開，法師手中的鞭炮落地。

法師整個身體被活生生撕成了兩半。

血肉臟器腸子全都淅瀝瀝嘩啦啦大噴灑。

他死前一分為二的兩隻眼睛，從兩個角度，共同讚嘆著這一具輕而易舉穿過自己，突然被蠱蟲完全掠奪的新身體。

養蠱煉屍，煉屍成精，可還沒聽說過有煉出活的……

咚。　　　　咚。

「快逃啊！」

不知道是誰喊的，總之黑道老大扔下清醒的媽媽飛奔。

三個小弟也一邊尿褲子一邊衝出院子，管不了什麼狗屁江湖制霸了。

在院子中心撕開法師身體的姊姊，下一刻卻被灼熱的太陽光燒花了皮膚，痛得她趕緊跳回房間，試圖用燒傷的手指扯開綁住妹妹的繩索，剛剛比刀還銳利的手指一經陽光燒灼，竟變得很脆弱，扯了半天，繩索還沒扯開，指甲卻全數剝落。

媽媽徹底清醒了。

媽媽站在院子裡，老榕樹下，破碎的大藥甕旁。

看著地上被撕裂的法師。

看著屋子裡，變成不明蟲蟲怪物的大女兒，以及像蟲子一樣大著肚子躺在繩子堆裡哀號的小女兒。

這就是她們的人生。

原來，這就是她女兒的人生啊。

日正當中。

再也沒有比現在，更合適的陽光了。

媽媽慢慢彎腰，撿起地上的藥甕碎片。

被陽光燒傷的姊姊感覺不妙，想要說點什麼，喉嚨裡卻只能發出奇怪的獸聲。

媽媽溫柔地看著骨架怪異的姊姊。

完全不像人了呢，這孩子……

實在是，太令做媽媽的絕望了。

媽媽手中的碎片猛刺入自己的脖子。

「來啊，快點來啊，快點過來媽媽這邊……不是想救媽媽嗎？」

姊姊衝出去想阻止媽媽，可一伸手就碰到陽光，全身就本能地反彈回屋內。

姊姊抱著快要燒起來的手痛吼。

燒起來不是很好嗎？媽媽微笑，不能讓這一點小事就擋了妳吧。

又刺，再刺。

「來媽媽旁邊，以後就不必害怕了，來……快來……」

刺，猛刺，又挖又刺，又割。

姊姊痛苦地獸吼。

妹妹傷心地慘叫。

老榕樹下，媽媽幾乎割斷了自己的頸子，站在她一生最討厭的地方。

血流盡了，完成了道別。

姊姊趴在地上，不知道該怎麼把自己回復成正常，也不知道妹妹的肚子痛以後該怎麼辦。只知道，此地不宜久留。

必須放棄這個家。

必須離開這個村子。

從此以後自己已是非人，妹妹也無法恢復成往昔的模樣。

兩個，都是怪物。

日後該怎麼活下去？

得一直苟延殘喘在陽光照不到的陰暗裡嗎？

姊妹相擁而泣，傷心欲絕。

這個小村子給了最初的答案。

一個曾經存在於瑞芳裡的小村落，在很短時間內少了很多人口。

失蹤的失蹤，搬家的搬家，從此漸漸無人往返，連公車管理處都更改了路線。

據說最後一班永遠離開小村落的公車，是蕭瑟的夜車。

年邁的老司機滿懷期待，帶著一包五條裝的蛋捲，跟一罐沁涼的黑松沙士。

可惜沒遇到當年那一對可愛的姊妹花。

老司機看著後照鏡。

最後一班車的乘客，只有兩個穿著破爛不堪，一高一矮，坐在最後座的女遊民。

沒有投零錢。

但也無所謂。

老司機一邊吃蛋捲，一邊向她們點頭致意。

她們的頭垂得很低。

垂得很低。

怪怪怪怪物

0

林書偉一直在想。

如果時光倒流的話，他願不願意付出最高的代價。

時光能倒流嗎？

不能。

於是林書偉沒有停止過那樣的幻想。

無法停止的假設性贖罪，沉溺在只是想想的廉價感，讓林書偉的頭越來越低。

第四節課下課的鐘聲響起，走廊上瞬間湧出大量的學生，拿著籃球衝去操場佔位子的，一鼓作氣跑向廁所的，幫忙搬運營養午餐餐桶的值日生，抓著零錢衝去福利社買肉粽的。很多聲音，很多歡樂。那不是屬於他的青春。

肩膀灼熱，林書偉看著手中那一罐被深色報紙緊緊包覆的寶特瓶。

時光無法倒流。

但時光可以停止前進。

好的友情，壞的友情，全都停止。完全停止。

1

幾十個紙團，砲彈一樣不停空襲在林書偉的臉上。

好像他的鼻子被畫了紅色靶心，當然沒有聽見爆裂聲。

滿教室同學的喧譁嬉鬧漲滿了林書偉的耳道，將他的臉一層一層往上逼紅。

「小偷！太沒品了吧連班費都偷！」

「浪費整堂課在翻你的書包！你真的很誇張耶，一開始承認不就好了！」

「還錢啦！還十倍！懂！」

「我看我上個月弄丟的PSP也是你偷的！還來啦！」

「真的很不要臉耶，剛剛倒書包的時候還一臉臭屁，原來只是死撐！」

「假資優生！我看你的分數也是偷來的！」

「一定是啦！老師！妳要好好調查鐵櫃裡的期中考卷有沒有被幹走啦！」

紙團持續轟炸林書偉的紅臉。

令人費解的是，講台底下排山倒海的叫罵聲，完全不帶著一丁點真實的怒意，所有的爭相指責都充滿了笑聲，笑聲又引起了更多笑聲，好像這是一場辱罵林書偉的搞笑比賽，而獎品就是林書偉那張連喘息都做不到的醬紅窘臉。

被嘲笑壓低了頭，林書偉呆呆看著講台地板上的書包。課本、參考書與一大堆螢光筆全給亂七八糟倒了一地……這一定是搞笑吧？班導師怎麼可以順應大家的懷疑，就把他的書包倒在地上給所有人檢查？這眞的是台灣現在的教育嗎？難道大家不怕他把今天發生的事投書給媒體嗎？不怕他在網路上靠北告狀嗎？

地上的爛紙團越來越多，一時之間四十幾個同學竟沒有要罷手的意思。

「不要丟到老師……不要丟到老師！」班導師的忍耐也到了極限，那些紙團可不是每一坨都精準地轟在林書偉的臉上，生怕弄花了她的妝：「不！要！丟！到！老！師！」

林書偉勉強轉動僵硬的脖子，看向老是愛說教的班導師。

「你看我幹嘛？裡面的錢呢？錢呢？」班導師手中揮舞著上頭大剌剌寫著「班費」的牛皮信封袋，那是一分鐘前在眾目睽睽下，從他書包裡的雜物中搜出來的「證據」。

「我……我沒有偷班費！」林書偉說話的時候幾乎忘了換氣：「我眞的沒有偷錢！」

「你沒有偷班費？那班費的袋子會自己長腳跑進你的書包嗎？」

班導師才一說完這個萬年老梗，全班就哈哈大笑，笑得前俯後仰，班導師忍不住也摀著嘴偷笑了起來，顯然很滿意自己很受到學生歡迎，不愧是家長口中的美女老師。

「我不知道，有人……有人把班費……」林書偉看著班導師，鼻腔裡蓄滿了酸水。

難道她看不出來嗎？

教書教了十幾年的班導師，什麼樣奇奇怪怪的學生沒看過，竟然會看不出來他是被誣陷的嗎？這個牛皮信封袋，很明顯就是眞正的小偷將證據塞進他的書包的啊！

「好，那你告訴老師，剛剛體育課你在做什麼？」班導師一副和平理性。

林書偉精神一振，太好了，老師終於要開始調查事情的眞相了。

「我一個人……在操場旁邊的樹下……背單字。」

「體育課就體育課，你去背什麼單字？」班導師瞪大眼睛。

爲什麼？

打籃球，沒有人要跟我同一隊。

打羽毛球，也沒有人要跟我打。

最好不要肖想跟大家一起打排球，不然場上的排球一定不只一顆。

「在問你爲什麼體育課不好好上，要一個人去背單字啊！」

「我想……我就想多背一些單字啊。」林書偉咬著牙。

全班哄堂大笑。

「不要笑！先不要笑！你們有誰看到林書偉體育課的時候在背單字！」班導師沒好氣地揮舞手中的牛皮信封袋。

「沒有！」全班異口同聲地喊著。

一個女生舉手：「報告老師！我們一堆女生在操場邊聊天，根本沒看到林書偉說謊。」

林書偉瞪著那女生，那女生竟然硬生生瞪了回去。

又一個女生舉手：「報告老師！我們在司令台跳舞，也沒看到林書偉！」放屁。

林書偉改瞪這個女生，只換來一條舌頭跟兩隻白眼。

班導師看向林書偉，滿臉無奈：「只有你自己一個人說，你在背單字。」

「操場旁邊的大樹下也沒有！」有人大叫。

「從司令台看下去也沒有！」馬上有人接力大叫。

林書偉的眼睛狠狠咬住快要炸裂的淚水，拳頭捏得全身發抖。

全班譁然。

「現在是在演什麼！要爆氣變超四喔你！」

「林書偉你不要死撐啦！懂！」

「這麼硬喔？叫警察啦！」

「太狂啦林書偉！這麼厲害不會改名叫林書豪喔！」

班導師嘆了一口氣：「錢呢？」

「我、沒、有、偷、錢。」

林書偉一個字一個字慢慢說，怕說了太快，眼淚就會掙脫他的自尊。

「喔喔喔喔喔喔報告老師！」

舉手哇哇大叫的是班上的最風雲人物，總是在運動會跑大隊接力最後一棒的段人豪。

林書偉兩眼發直看著段人豪。

段人豪，段人豪……完全想不起來是怎麼惹上段人豪的。

這個跟自己毫無交集的王八蛋，自從高一下學期開始就一直搞他。下課時自己在洗手臺洗個臉，會被段人豪沒來由的一個飛踢，給水龍頭撞到流鼻血。倒垃圾的時候，段人豪會從後面衝出來踢倒他手中一大包的鐵鋁罐回收。段人豪當值日生分配營養午餐甜湯的時候，他的碗盤裡絕對被倒滿沒有仙草的仙草湯、沒有綠豆的綠豆湯、沒有粉圓的粉圓湯。交換考卷改的時候，段人豪甚至把他考卷上的答案用立可白塗掉亂寫——這點完全不可原諒！

低智商！沒水準！人格低劣！前途無亮！

畢業後絕對只能考上亂七八糟的野雞大學的世界無敵大爛人！

「段人豪，你又有什麼高見？」班導師皺眉。

「報告老師！林書偉一定是把錢藏在鞋子裡啦！」段人豪笑咪咪地說。

林書偉的視線變得極度扭曲。

「對對對！一定藏在鞋子裡！」段人豪的頭號跟班，廖國鋒立馬跟上。

「把鞋子脫掉啦！」第二號跟班，葉偉竹笑得很滑稽。

林書偉正要吼回去時，他的怒氣頓時被淹沒。

被什麼淹沒？

「脫鞋！」「脫鞋！」「脫鞋！」

「脫鞋！」「脫鞋！」「脫鞋！」「脫鞋！」

「脫鞋！」「脫鞋！」「脫鞋！」「脫鞋！」

「脫鞋！」「脫鞋！」「脫鞋！」「脫鞋！」

「脫鞋！」「脫鞋！」「脫鞋！」「脫鞋！」

「脫鞋！」「脫鞋！」「脫鞋！」「脫鞋！」

「脫鞋！」「脫鞋！」「脫鞋！」「脫鞋！」

「脫鞋！」「脫鞋！」「脫鞋！」「脫鞋！」

「脫鞋！」「脫鞋！」「脫鞋！」「脫鞋！」

「脫鞋！」「脫鞋！」「脫鞋！」「脫鞋！」

「脫鞋！」「脫鞋！」「脫鞋！」「脫鞋！」

「脫鞋！」「脫鞋！」「脫鞋！」「脫鞋！」

全班同學都樂壞了，一邊拍桌一邊大吼大叫。

這些人都瘋了嗎？要我脫鞋？

林書偉將頭撇向班導師。

「看我做什麼？」

「我……」

「林書偉，你可以不脫鞋，但這個信封袋的的確確是從你書包搜出來的。」班導師的眼神充滿了懇切：「如果你真沒有偷錢，現在這正是證明你清白最好的機會。」

是這樣的嗎？

只須要這麼做，就可以證明自己的清白嗎？

林書偉依舊感到迷惘，他的身體卻不由自主地跟著那些歡鬧的聲音，依隨老師的期待，慢慢地蹲下，脫掉了右鞋，脫掉了左鞋。等他回過神來，林書偉已經雙手拿著左右兩隻鞋，只著襪子站在講台上。

他將鞋子倒了過來，連一枚銅板都沒有掉出來。

全班哈哈大笑。

只有坐在教室外，走廊上靠牆「特別座」的胖女孩，沒有跟著大家一起發噱。

那個被大家隔離的胖女孩，只是呆呆地看著林書偉那緊緊揪在襪子裡的腳趾頭。她不敢將頭抬起，畏懼接觸到林書偉眼睛的時候，看到的不是怒火，而是委屈的眼淚。

「報告老師！」

段人豪又舉手瞎起鬨：「我知道了！他一定是把錢藏在屁眼裡！」

全班崩潰大笑。

不知道從誰開始，竟然拿起桌子撞地板，大吼。

「脫褲！」「脫褲！」

「脫褲！」「脫褲！」

「脫褲！」「脫褲！」

「脫褲！」「脫褲！」

「脫褲！」「脫褲！」

「脫褲！」「脫褲！」

「脫褲！」「脫褲！」

「脫褲！」「脫褲！」

「脫褲！」「脫褲！」

「脫褲！」「脫褲！」「脫褲！」

「脫褲！」「脫褲！」「脫褲！」

「脫褲！」「脫褲！」「脫褲！」

「脫褲！」「脫褲！」「脫褲！」

「脫褲！」「脫褲！」「脫褲！」

「脫褲！」「脫褲！」「脫褲！」

「脫褲！」「脫褲！」「脫褲！」

「脫褲！」「脫褲！」「脫褲！」

「脫褲！」「脫褲！」「脫褲！」

「脫褲！」「脫褲！」「脫褲！」

四十幾張桌子，一百六十幾支桌腳，著魔地撞擊地板。

歇斯底里的聲音卻漸漸抽空在林書偉的耳朵裡。

林書偉瞪著段人豪。

——邪惡。

臉龐多了一點鹹鹹的重量，視線‧片清澈。

字典裡的這兩個字，就是為了這個傢伙發明出來的吧。

2

學校的廁所，一向有很多種大小便之外的功能。

四腳獸，人形蜈蚣，勒索，幫派談判，打架，打教官，打老師，學長教學弟如何用舌頭清理馬桶，學姊免費幫學妹用從天而降的水桶洗澡。

今天，林書偉躲在大便間裡，拚命用手指划手機。

班級對話群組裡，充滿了對林書偉的敵意，但林書偉的手指就是停不下來，努力想要找出任何一句相信他清白的話，任何一句都好，任何，一句。

line：林書偉真的很扯！假資優生！

line：資優生最會裝了啊！超假！

line：超靠北！

line：他今天超好笑的，還脫鞋子咧！

line：林書偉也在這個群組裡吧，嗨！林書偉！

line：嗨！小偷！

line：偷錢的假資優生！

line：好笑三小？他腳超臭的耶，靠我坐最後一排都聞得到！

line：會不會是香港腳啊！空氣會傳染香港腳嗎？

line：到底要不要把他退學啊？

line：不可能這樣就退學啦，人本會噴。

line：一想到他會看到這些對話就想吐！滾啦！

line：滾啦！懂？

line：懂！懂！懂！不想在班級群組裡看到這種人！

line：不可以在班板上偷貼圖喔林書偉！

line：踢他出去啦！

line：踢他！

下一個瞬間，林書偉的帳號就被踢出班級群組。

儘管如此他的手指依舊停不下來，中邪似狂戳螢幕，戳戳戳戳戳，卻無法將他的帳號戳回班級群組裡。

事出必有因是嗎？

林書偉的手指戳戳戳，划划划，腦袋裡卻沒有任何一個記憶畫面，可以眞正解釋他爲什麼會被全班同學排擠……

他的成績很好，每次都是班上第一名。班上課業第二名是公認長得最漂亮的女生吳思華，那個女生是段人豪的女朋友，只有她弄別人，別人休想弄她。問題是，自己的成績確實領先她一大段，他常常考進全校十名內，有時還會進入前三名，吳思華則在全校三十多名徘徊，那種差距已否定了林書偉因課業被霸凌這個原因。

他的體育成績普通，高一下學期的前兩個月他都還跟大家一起打球，生物課分組也沒有異常，運動會的時候也參加過兩人三腳比賽，當時跟大家相處的氣氛還滿好笑的啊。

他沒有舉報過任何人考試作弊，沒打過誰的小報告，大家交換改考卷的時候他也會識相地送分給同學，只是沒有參加過班上的集體作弊。但等等，沒有參加集體作弊的人也不只有他一個，說他自命清高也沒有道理。

到底問題出在哪？

林書偉好幾次開口問同學，都只得到對方一臉「問你自己吧！」的冷笑，問到後來，他終於不問了，只好假裝一切如常地上學，卻始終沒有辦法回到高二以前的時光。

叩叩。

林書偉的手指終於停下來，看向廁所門板。

叩叩叩叩。

「有人啦！」林書偉大叫。

不對，有股熟悉的臭味。魚腥味。

「林書偉，我是……高百合。」

果然，在門外敲敲的，是坐在走廊上靠牆特別座的那個胖女孩。

高百合，班級群組裡從來就沒有出現過她的名字。打從一進高中，她鯨魚一樣的胖大身軀就很惹眼，在教室裡走來走去的時候，大家的鉛筆盒、修正液跟飲料都會被撞倒，各式各樣關於「胖」的綽號從沒少過，多到無法統一，每個綽號都很難聽。

不過胖還不是高百合主要的問題，高百合是菜市場魚販的女兒，身上總是有一股濃濃的魚腥味，好像有一萬條魚在她身上集體自殺似的，高一開學後的第四個月，某次體育課結束，滿身大汗的高百合身上特別臭，有一張連署書開始在大家的抽屜底下傳來傳去，同學一致連署要高百合轉學，理由是眞的太臭了，怕中毒。唯一跑票的段人豪也沒有比較好心，他在連署書上用麥克筆大剌剌寫上，乾脆直接把高百合丟到垃圾子母車喔耶的字眼。

眞的太臭了，怎麼辦？班導師只好在講台上捏著鼻子勸誡高百合，如果她無法一天洗三次澡，她只好親自打電話跟家長溝通。高百合一邊哭一邊拜託大家再給她一次機會，她也會認眞洗澡，千萬不要跟她媽媽告狀。

不須要跟她媽媽告狀——當週班會的臨時動議上如同一場公開行刑。有人舉手提議，如果高百合無法改善她身上的味道，就不能坐在教室裡妨礙班上其他同學的學習……跟呼吸，於是高百合就只好將位子搬到走廊上，過著如廢氣般的高中人生。

她擁有不去朝會升旗的特權，因爲太臭了，直直的隊伍會給熏歪。

她擁有不去體育課的特權，因爲太臭了，用過的球都得消毒。

她擁有被點名時不須要舉手的特權，因爲舉手時腋下會露出，太太太太臭了。

同學這麼取笑高百合的時候，林書偉偶爾也會呵呵笑兩聲，畢竟不笑的結果實在太可怕了，走廊還很空，可以容納不只一個特別座。

但林書偉可沒像大多數人一樣，在走廊上經過高百合的特別座時，會刻意捏著鼻子發出快要中毒死亡的聲音，或是在掃地時間突然朝高百合的身上潑水。這一點點的不同，讓林書偉自認是這個班上最善良的人。

「走開啦！妳是白痴嗎！這裡是男生廁所！」林書偉在門裡大吼。

「我只是想說，其實……沒有人眞的覺得，錢是你偷的。」高百合的聲音細小得實在配不上她的身材：「他們只是，在鬧你。」

現在是什麼狀況？

這個從來沒有被班上同學接納過的臭鯨魚，竟敢跑來開導我？

「走開啦！誰要聽妳說這些！」林書偉感到十分屈辱。

「我只是……」高百合的聲音越來越細：「不想你變得跟我一樣。」

變得，跟妳，一樣？

是因爲我沒有像其他人一樣弄妳，所以妳竟然對我產生同病相憐的心理嗎？

就妳？妳？

我跟妳……同病相憐？

「誰會變得跟妳一樣！滾開！滾啦！」林書偉簡直忍無可忍：「滾！」

高百合頭垂得很低很低，一時之間卻沒有要走的意思。
她的沉重，就連影子都悶悶地黏到了地板上。
門板裡，門板外。
放學後的廁所裡，無法逃出高中地獄的兩個靈魂。

3

林書偉知道，班費，是段人豪偷的。

他沒有親眼看到，也沒有證據，甚至連合理的推論也沒有。只是直覺就夠了。

當林書偉站在講台上，跟底下一隻隻眼睛狠狠相對的時候，段人豪的眼睛特別不一樣。充滿了狡猾，還有更多的挑釁。

至於坐在段人豪附近的那兩個跟班，超機巴的廖國鋒，跟超智障的葉偉竹，他們誇張的肢體動作透露出更多訊息，你看我，我看你，再一起看看站在講台上出糗的自己——一個活該被整死的倒楣鬼。那絕對是共犯的玩鬧氣氛。

林書偉走在籃球場上，遠遠地尾隨段人豪他們。

那群王八蛋邊走邊嬉鬧，加上操場上還有不少人在打球跑步，完全沒有發現自己正小心翼翼地跟蹤。

他們偷了班費，這當然不關自己的事，但段人豪再將裝班費的信封袋塞進自己的書包，還帶頭起鬨逼自己出糗，完全很故意，罪無可赦。要那群垃圾向自己認錯是絕無可能的。要證明自己的清白，得用大腦。

林書偉看著段人豪等人沒有走出校門，反而走到學校的深處。他們旁若無人，大膽地翻過一堵被鐵鍊鎖住的欄杆……咦？那個方向，不是學校後山的舊校區嗎？

這裡已是校園裡人跡罕至的地方，林書偉聽過，但完全沒去過。

據說那裡有一座荒廢了十幾年的游泳池。

林書偉忍不住放慢腳步，壓低身子。

東實高中的校園鬼故事，廢棄的游泳池就佔了八成。在二十幾年前，曾經不小心在游泳時溺死在池底的小兒痲痺學長，總是在半夜抓野狗野貓到游泳池將其淹死的變態體育老師，被霸凌到乾脆跑來游泳池自殺的兩個同性戀學姊……當然特意穿了紅色泳衣。

奇奇怪怪的鬼故事不勝枚舉，都發生在那裡。

除了一大堆鬼故事，什麼東西都沒有。

難道，他們發現我在跟蹤，所以默默想引誘我到廢棄游泳池毒打一頓嗎？

多疑的林書偉停下了腳步，全神戒備地張望四周。

「哈哈哈哈哈……嘻嘻哈哈哈！」

段人豪等人的笑聲忽然出現在更遠處。

林書偉這才深深吸了一口氣，硬著頭皮繼續往前。

保持不被發現的安全距離，林書偉走過幽暗的小徑，終於看見了曾經聽聞過的廢棄游泳池。池子底當然一滴水也沒有，而是堆滿了幾百張學校早早在十多年前便丟棄在那的過時課桌椅、以及被學生玩壞的教具，甚至還有四座傾倒的生鏽籃球架。

他小心翼翼靠在泳池圍牆後方，遠遠看見段人豪一行人熟練地打開泳池旁觀眾席旁邊的厚重鐵門，溜進通往地下更衣室暨淋浴間的水泥甬道。

那裡就是他們在放學後的祕密基地嗎？

或者？那是個臨時起意的陷阱？

幽暗的淋浴間如果是陷阱，等一下自己落入的，大概不是一頓毒打那麼簡單。

要冒險跟進去嗎？

「……」

林書偉握緊手機。

4

咻！

人形鏢靶上密密麻麻都是飛鏢。

咻咻咻！

大概不是在比賽吧，段人豪、廖國鋒、葉偉竹三人一起沒有章法地射著飛鏢，而段人豪的女友，同時也是班上成績最好的女生吳思華，則坐在邊邊的位子上算數學題。

「老大，我們是不是應該搬一台遊戲機到這裡啊？」廖國鋒用力射。

「去哪裡搬啊？」段人豪一鏢射中人形鏢靶的鼻子，似乎很滿意。

「聽說廟口那一間三角窗雜貨店啊，裡面有兩台機了要賣，我們去搬其中一台灌快打旋風的啦！復古一下啊哈哈哈哈！」葉偉竹嘻嘻笑亂射，似乎早就跟廖國鋒商量好了。

段人豪聳聳肩，繼續射。

「還是搞個投影機來這裡看電影？」葉偉竹不放棄。

「上個禮拜，生活科技教室報廢了一台投影機，我看應該沒壞，只是按照學校的預算規定必須報廢才可以買新的吧，它報廢後都會被老師偷偷幹回家自己用，不如我們先把它幹走，幹來這裡放電影！」廖國鋒認眞附和。

段人豪意興闌珊地繼續射飛鏢。

「而且啊，用大螢幕看A片一定超爽的啦！」葉偉竹哈哈大笑。

「我就在這裡直接打炮了啊，還看什麼A片啊？」段人豪呵呵一笑。

吳思華白了段人豪一眼。

「段人豪你再說一次？」

「好好好，那以後我們一邊看A片一邊打炮，妳別生氣！」段人豪哈哈笑，衝過去親了一下吳思華白淨的臉：「廖國鋒！就去把投影機幹來，別忘了連喇叭也一起幹過來啊！」

「給我閉嘴，白痴。」吳思華用力推開段人豪，低頭回到數學方程式的世界裡。

這裡是廢棄游泳池底下的更衣室兼淋浴間，連校工都不想來的鬼地方，原本只剩下堆積校產雜物的功能……就幾十個無關痛癢比賽的爛獎座、跟幾支發霉的蓮蓬頭。

打從一年前的夏天，正式被這四個學生偷偷佔爲己用，慢慢將這裡改造成一個玩鬧的地方——刻意綁在樑柱上的破裂籃框、體育課用來訓練投手用的九宮格鐵板、健康教育課用的安妮人偶、生物課用的超不嚇人的塑膠人骨架、快被打爛的沙包，再加上廖國鋒是從電工科轉學過來的，他把電偷偷接好後，燈管一亮，這個祕密基地就很有個樣子，更方便他在這裡囤積色情漫畫。

這個祕密基地除了兩個月前解剖過一隻活貓打發時間之外，平常也沒有特別用來做什麼，但段人豪很喜歡窩在這裡，畢竟在這裡耗時間花不到一毛錢，偶爾他會在這裡跟女朋友打炮，不打炮的時候就開放給廖國鋒跟葉偉竹進來玩，一起混時間。

吳思華當然不喜歡在這裡跟段人豪做愛，她寧願花錢去MTV裡面快速解決一下兩個青春肉體慢慢成熟所必須經歷的性高潮，乾淨，沙發又軟，還有飲料喝。但待在這個祕密基地，除了爽一下之外還可以認眞複習功課，吳思華並不討厭。

說到讀書，雖然段人豪肯定只能考上鳥鳥的爛大學，但吳思華她本人可是很有企圖心，她知道她只要好好讀書，就考得上第一志願的理想科系，她清楚得很，喜歡段人豪歸喜歡段人豪，可吳思華並不介意在考上最好的大學後再換一個比較有腦的新男朋友。

現在，就只是現在，她也挺喜歡段人豪渾身散發出的那種玩世不恭的野性。可以說，吳思華表面上是一個成績很好的學生，但她不喜歡因爲成績好就被當成乖乖牌，跟段人豪這種王八蛋交往或許就是吳思華青春叛逆的證明吧。

飛鏢密密麻麻插在人形鏢靶的臉上。

「老大，怎麼感覺你最近做什麼都提不起勁啊？」廖國鋒將掉在地上的飛鏢都撿起來。

「哪有，只是我不喜歡看電影，打電動……打那種老掉牙的遊戲機台要幹嘛啊？搬到這裡又佔空間。」段人豪嗤之以鼻：「手機遊戲都好玩多了好不好。」

「但你也玩膩啦。」葉偉竹呵呵。

這時，一個人影忽然站在更衣室門口。

林書偉揹著書包，怒氣沖沖地掃視這個祕密基地。

「喔？你跟蹤我們？」

段人豪只是隨意瞥了林書偉一眼，就繼續射他的飛鏢：「辛苦你啦。」

「看起來好兇喔，你是來殺人的啊？」廖國鋒冷笑。

葉偉竹嘖嘖，故意跑到林書偉旁邊東看西看，好像在打量外星人。

這些人，完全沒把林書偉當做一回事。

奮力踏前一步，林書偉的臉漲得很紅：「段人豪，你幹嘛誣賴我偷班費？」

段人豪停下手中的飛鏢。

「你哪一隻眼睛看到我把班費幹走？」

「我就是知道。」

段人豪笑了，走向林書偉。

林書偉緊張得無法呼吸。

段人豪慢條斯理從口袋裡拿出一大疊鈔票，輕輕拍著林書偉的臉：「就是知道？你會通靈喔？啊？說啊？你會通靈喔？」

廖國鋒跟葉偉竹相視一笑，林書偉的拳頭捏到最緊。

這種被贓款打臉的屈辱……

「你偷班費就偷班費，幹嘛栽贓我！」林書偉怒氣爆發。

吳思華忽然站了起來，一伸手就用力抓住林書偉的手，往她的胸部一按。

啊？這是什麼意思？

尷尬的林書偉腦中一片空白，只覺得手掌心裡的東西很軟很軟，而他的臉很熱。

吳思華轉頭看向葉偉竹，葉偉竹像是接到了天外飛來的一顆好球，趕緊掏出手機往他們身上拍。林書偉大吃一驚，想把手抽回去，吳思華的手卻抓得更緊。

手機的閃光燈一亮。

吳思華一巴掌朝林書偉的臉頰甩落，好一記明快果決的耳光！

「這樣就沒有誣賴你了吧。」

吳思華冷冷地看著她留在林書偉臉上的作品。

林書偉的左臉熱辣辣地浮出五條紅痕。

段人豪三人在叫囂聲中一擁而上，將林書偉壓在地上一陣亂搞。

「手腳不乾淨！偷錢還亂摸奶！」段人豪的膝蓋壓住他的肚子，一拳扁下。

「我沒有！」林書偉挨了一拳大叫。

「你眞的很誇張耶，竟敢動我老大的女人！」廖國鋒壓制住林書偉的雙手。

「我沒有！」林書偉又羞又怒，下半身卻被段人豪整個坐住，無法動彈。

「你眞的很色耶，像你這種色狼遲早變成強姦犯！」葉偉竹瘋狂亂搔他癢。

林書偉大吼大叫，又癢又無法掙脫，全面崩潰。

「你眞的很自私耶！沒有偷班費！我怎麼有錢改車！」

「沒偷班費！我怎麼有錢幫我的車加油！」

「只想摸奶！你只想到你自己！」

動手搞事的吳思華高高在上，俯視著狼狽不堪的林書偉。

「小偷，給你取個綽號好了……叫什麼？」段人豪胡亂甩著林書偉巴掌。

「奶子神偷！」廖國鋒提案。

「太長了。」段人豪否決。

「叫摸奶俠！」葉偉竹哈哈大笑。

「……嗯，這個不錯？」段人豪轉過頭，看著他漂亮的女友。

吳思華忍俊不已，點點頭。

「好！摸奶俠好耶！」廖國鋒覺得好妙：「巨乳跟貧乳的剋星——摸！奶！俠！」

林書偉的眼淚都爆出來了，憤怒嘶吼：「我沒有！我沒有！快放開我！快放開我！」

拚命掙扎卻只是更狼狽，換來更多肚子發疼的笑聲。

不知道過了多久，大家總算累了，將軟癱無力的林書偉一個人留在地上。

廖國鋒站起來抽菸，葉偉竹躺在跳箱上搧風喘氣，吳思華回到座位上算數學。

滿身大汗的段人豪撿起地上的一支飛鏢，蹲坐在林書偉旁。

「聽好了，摸奶俠。」

段人豪手中的飛鏢慢慢逼近林書偉蒼白的眼球，林書偉大氣不敢透。

「大家都說這裡有鬼，誰都不敢來，幹他媽我在這裡抽了兩年菸，就沒看過半個鬼。改天看農民曆，選個諸事大吉的好日子把你活埋在這裡，你穿不穿紅衣都無所謂，有辦法的話就變成鬼找我報仇好了。」

掠過長長的睫毛，飛鏢生鏽的尖端幾乎要戳中林書偉顫抖的眼球。

有那麼一瞬間，真的，有那麼一瞬間……

林書偉真的覺得只要自己露出想要反擊的表情，飛鏢就會直直插進他的瞳孔。

段人豪咧嘴微笑。

「我這輩子沒看過鬼，摸奶俠，你要好好努力啊！」

5

一支螢幕破碎的手機放在班導師的辦公桌上。

「手腳不乾淨！偷錢還亂摸奶！」

「我沒有！」

「你眞的很誇張耶，竟敢動我老大的女人！」

「我沒有！」

「你眞的很色耶，像你這種色狼遲早變成強姦犯！」

嬉鬧霸凌的聲音從手機裡播放出來，林書偉鼻青臉腫地站在一旁。

辦公桌上除了好幾本藍色精裝版的佛經外，還有很多心靈雞湯系列的輔導書，井然有序地排列在架上，一串佛珠放在小香爐旁邊，感覺非常莊嚴。

面無表情的班導師一邊改考卷，一邊任憑手機裡的慘叫聲持續，其他在辦公室處理事務的老師，各自做著手邊的事，看起來一點也沒有被那些鬼吼鬼叫給影響。

手機裡的叫聲終於停止。

林書偉熱切地看著班導師。這份錄音檔可是自己拚了命在口袋裡暗中錄下來的，自己被壓在地上亂搞一通才不算白挨，加上臉上的傷，事實就更加明確了。現在可是洗刷冤屈的重要時刻。

「……眞是冤親債主，一切都是舊記憶重播。」

班導師深深嘆氣，手上的紅筆兀自揮動在試卷上。

林書偉不解。

「我不知道你跟他們之前有什麼過節，不過，無風不起浪。現在，你這樣在背後打小報告，同學知道了，當然就會更不高興。這就是因果的開始。」

林書偉大感震撼，一時之間完全無法接受：「可是，我又沒有做錯什麼！」

「你有試著跟他們作朋友嗎？」

「……我……爲什麼要跟他們作朋友？」

「在這個班上，你有任何朋友嗎？」

班導師還是沒有停止改考卷的動作，甚至連頭都沒有抬起來一下。

林書偉意識到自己無法發出任何聲音。

「你看，你根本沒有能力發展正常的朋友關係。」班導師紅筆持續抖擻。

「我，又沒有，做錯事。」林書偉萬分艱難地將字吐出。

「你一直強調你沒有做錯事，那放在我桌上的手機是怎麼回事？林書偉，校園生活，除了讀書，還有人際關係，本來就不是容易的事。」班導師將一疊改好的考卷放在抽屜裡，左手又拿出一疊班級考卷：「同學一直欺負你，但爲什麼是你，不是別人？你自己有沒有想過這個問題？」

林書偉忍不住大聲起來：「……他們威脅要把我殺掉，這還不夠嚴重嗎？」

班導師終於從考卷堆裡抬起頭，難以置信地看著林書偉。

「殺掉？你這麼聰明，以前國中念的還是資優班，殺掉一個人是多麼嚴重的事，你分不清楚什麼是認眞，什麼時候同學只是開玩笑嗎？」

「……」他那張充滿憤怒的紅臉，幾乎要燒起來。

班導師皺眉。

她不喜歡林書偉那種帶著挑釁的表情，明擺著控訴她處理這件事的偏頗。

班導師深深吸了一口氣，將一股來自權威感的怒意強自壓抑住。

……好險，眞的好險，這個學生的業力實在太沉重了，差點誘引自己的魔性擾動，害修行破功，幸好自己平常的修持頗爲精進，佛性長存，才能即時踩住煞車。

班導師慢條斯理點燃桌上的安定除穢香，閉上眼睛，雙手手指結著師父傳授的慈悲手印，將神聖的香氣妥妥當當地吸進鼻腔裡，安撫自己躁動的靈魂。

幾個深層的呼吸後，班導師緩緩睜開眼睛。

「我可以把這個錄音檔拿去班上播。你要我這麼做嗎？」

林書偉怔住。

現在是想告訴全班，我是暗地裡偷偷打小報告的抓耙子嗎？

在被逼到這種極限之前，我是這種人嗎？

「……我錄音，只是想跟老師說我是被誣賴的，我沒有偷錢！」林書偉全身發抖。

「你沒有偷錢，但你有證據是他們偷錢嗎？段人豪從頭到尾都沒說過班費是他拿走的啊？」

「他的語氣就是有！他還拿偷來的錢打我的臉！」

「語氣語氣，段人豪說話本來就是那種語氣，有什麼好奇怪的？而且說到這個，錄音檔沒有畫面，哪來的錢打你的臉？誰看見了？就算他眞的用錢打你的臉，你可以證明那些錢就是班費嗎？」

「那些錢就是班費！」

班導師沒好氣地說：「說到畫面，林書偉，我只看到你用手摸吳思華胸部的照片傳得全校都是，那才是證據！你知不知道吳思華可以告你性騷擾啊？」

「那是吳思華自己抓我的手去摸的！」林書偉大叫。

整個導師辦公室的人都忍不住朝這裡看。

「哪有一個女生會這麼做？你要辯解也用一下大腦嘛！你自己照照鏡子，你有那麼帥嗎？」班導師的臉色很難看，溫和的語氣也顯得非常刻意：「如果那種猥褻的照片上了媒體，那就不是我們在導師辦公室這樣聊來聊去，就可以解決的你知不知道？」

「難道我臉上的傷是假的嗎！」林書偉悲憤交加：「他們打我！把我壓在地板上弄來

弄去！都是假的嗎！」

「我再說一次，錄音檔，沒有畫面，你臉上的傷是不是你自己打的誰知道呢？就算是他們打的，說不定是你先動手啊？說不定你的表情就是在挑釁啊？你如果覺得這種語焉不詳的錄音檔就是他們誣賴你的證據，對他們公平嗎？」班導師一字一句噴出最誠懇的懷疑，以及最真摯的結論：「我當然要放錄音檔給段人豪他們聽，給他們機會進一步解釋、澄清，這才是教育。」

林書偉眞想一拳揍在班導師的臉上……身爲一個男生，他應該要這麼想才對吧？

但他發現，全身上下沒有一根毛能動彈，連理智都因爲太過憤怒而炸光光。

不，不是憤怒。

是恐懼。

他彷彿已經看見錄音檔公布出來，全班絕對不會有任何一個人覺得他被打成豬頭很可憐，只會認爲一個事先在口袋裡放手機偷錄對話的人很可恥，很賤，很小人，很機歪，他在班上僅剩的一點點生存空間將會瞬間縮成零，被歸類在走廊的特別座。

班導師顯然很滿意林書偉現在的表情。

「還是，你想好好把握這個機會，改善你們之間的關係？」

6

這個秋天特別悶熱。

下午最後倒數第二堂課的班會，坐在走廊特別座的高百合，身上的汗水也特別地黏稠，一股魚腥味從她身上陣陣飄入教室裡，值日生終於忍不住將一台電風扇插在教室門口，把電源開到最強，對著高百合身上猛吹。

高百合趴在桌上，安慰自己竟能獨佔一台電扇。

「各位同學安靜一下，老師有重要的事情宣布。」

班導師站在講台上，一邊捏著佛珠，一邊環視教室：「這個學期，學務處跟縣政府社會課有一個新的合作，希望大家在每天的放學後，能夠到一些老舊社區，去關懷一些被社會長期忽視的獨居老人，送飯給他們吃，協助他們整理家裡，幫他們倒垃圾，這是一個很有意義的活動，完全屬於志工性質，不過要拍照，要記錄，最後還要在期末進行成果分享。老師知道你們平常都很感恩，現在就是大家回饋這個社會的時候囉，自願的同學請舉手？」

全班譁然，一副「哎呀說什麼鬼咧哪可能有人自願啊」的表情。

一隻手顫顫巍巍地舉起。

是臉色蒼白的林書偉。

全班暴起狂噓。

「太假了吧！吼眞的太假了啦！」

「裝什麼裝啊，班費到底還了沒啊！」

「眞的看不下去了啦！摸奶俠！」

「對啦對啦！去見習啦！反正你以後就是獨居老人啦！完！全！懂！」

「報告老師！小心林書偉假借餵老人！結果是去偷老人的錢！」

「是去摸老阿嬤的奶！」

「裝聖人！裝奶俠就摸奶俠啊！」

「老師不要被他騙了！他要偷社會局發給老人的便當！」

「哈哈哈就給他去啦！那種屌缺很適合摸奶俠啊哈哈哈！」

班導師點頭示意，林書偉只得撐起他僵硬的身子，在噓聲中走向前。

講台上，林書偉臉色蒼白地站在班導師身旁，同學繼續報以慘烈的噓聲。

班導師拍拍講桌，示意同學肅靜。

「其實呢，上次偷班費，林書偉一直在反省自己犯下的錯，爲了幫助他表達歉意，跟完整的人格教育，老師決定給他一個改過自新的機會，讓因果能夠圓滿。各位同學，有沒有人想幫助林書偉一起完成這個社區關懷的作業？」

全班你看我，我看妳，發出喔喔喔喔喔到底誰會那麼倒楣的嘻笑聲。

林書偉覺得眞是夠了。

「段人豪，廖國鋒，葉偉竹。」班導師似笑非笑地看向教室後方。

吳思華順著班導師的視線轉過頭，看著她男友一臉撞屎，忍不住覺得好笑。

班導師看著那搗蛋三人組吃驚的表情，笑笑說：「非常好，老師呢，從你們的眼中看出想要幫助同學改過向上的熱情，老師覺得很感恩。段人豪，廖國鋒，葉偉竹，你們三個人都是班上的風雲人物，由你們來協助林書偉完成跟社區合作的心靈輔導作業，老師覺得特別有意義，實際上該怎麼做，你們自己再跟林書偉好好討論。」

苦主出現，全班哄堂大笑。

「啊！」廖國鋒呆住。

「爲什麼我們這麼倒楣啊！」葉偉竹慘叫。

「哇靠！我們這麼內心的熱情，竟然也被老師發現！」段人豪倒是誇張演出，用驚呼的聲音詮釋慘叫：「我還以爲我掩飾得非常好！」

林書偉瞪著段人豪。

「很好，就是這樣的熱情，非常正能量。」班導師非常享受自己很受學生歡迎的氣氛，刻意抬高聲音，手指敲敲講台：「不要混水摸魚，時時刻刻記住這個作業的意義，知道嗎？」

「領旨！」段人豪大叫。

班導師莞爾，隨即轉向林書偉：「好了，回座位。」

林書偉鐵青著臉，正要走下講台。

班導師輕輕咳嗽。

林書偉的腳步遲疑了一下，轉頭鞠躬：「……謝謝老師。」這才回到座位。

班導師微笑，心中眞是欣慰不已。

把彼此衝突的問題學生丟在一起團隊合作，讓他們眞正認識對方，而且又會有一起完成一件好事的榮譽感，一起把靈性向上提升，一起因果圓滿，她眞是太滿意自己的處置了。

她想，林書偉這種帶給大家麻煩的問題學生，幸好遇到我這種充滿正能量的好老師，不然一定會將班上的磁場帶往更負面的方向……而且，一旦自己當導師的班上有人參與這種社區關懷計畫，自己的年度考核還能加上不少分，算一算，年度優良教師也該輪到自己了吧。

「摸奶俠！」葉偉竹朝林書偉大喊。

林書偉無奈地看向他。

葉偉竹雙手虛抓空氣，用淫蕩的聲音大叫：「以後請多多指教！」

7

東實高中分配到的關懷社區，是幾棟大樓聯合而成的大社區，曾經也有過人聲鼎沸的熱鬧日子，圍繞著一樓中庭的住戶自己營業了理髮店、小宮廟、照片沖洗店、算命鋪子、牙科診所、賣素菜的、包子油條豆漿店的、幾間雜貨鋪子等等，可惜前幾年發生過一場嚴重的火災，燒死了不少人，焦黑的牆壁即使重新上漆，也依稀聞得到淡淡的焦臭，令人不安。

幾間介入產權收購的建商都有黑道背景，彼此角力未果，產權更加亂七八糟，原地改建一直失敗，歲月流逝，住戶只出不進，有七成多的房子都空空如也，一樓的店家一間接著一間關門大吉，氣氛蕭瑟。

現在，裡頭眞正住的大多是年邁的低階退伍軍人，很多都已經妻離子散，或根本沒有成過家，到了人生最後時光已是孤苦一人，非常需要政府社福單位介入幫忙安頓他們的生活。

林書偉第一眼看到這個破舊社區，覺得有些訝異。

其實這裡並不荒涼，只要往前後走一條街，馬上就來到市中心最熱鬧的區域，自己國中時也曾在附近補習數學，可從來沒有注意過這麼熱鬧的街區鄰近了這麼一個死氣沉沉的貧民窟。大概是，人類都有刻意忽略令人不舒服的事物的本能吧。

林書偉將腳踏車停好，在社區門口等了許久。

社區無人理會的牆上，連地下錢莊的貸款傳單都懶得貼，反倒爬滿了失蹤人口的協尋啓事。彩色列印的尋人啓事下，是一張張黑白照片，古老又破碎，好像這個世界上隨時都有許多人不斷在消失、消失、消失，最後剩下的，只是這點微弱的存在過證明。

其實存在過又怎樣？根本沒有人在乎這些照片上的人吧？

這些貼了又貼，蓋來蓋去的人，都不可能再出現了吧？林書偉這麼喃喃自語。

不知不覺，剛剛去里長辦公室領取的十個便當都涼了，這才看見兩台改裝過的閃亮摩托車闖過紅燈，蛇形急停在林書偉旁邊。

「……」段人豪自己騎一台車，熄火。

「這裡該不會有鬼吧？」坐在廖國鋒後面的葉偉竹跳下車，挖著鼻孔張望。

「每個有死過人的地方都有鬼啊，怕什麼？」林書偉裝作毫不在意。

「還裝什麼酷啊摸奶俠，事情快點做一做閃了啦。」廖國鋒沒好氣地說：「倒楣。」

一邊走進這個鬼屋一樣的眷宅社區，段人豪順手點了一根菸。

社區關懷作業要求要參加的成員拍照記錄，並不是段人豪願意來這裡的理由，畢竟拍照可以逼林書偉用修圖軟體合成，交差了事，萬一合成出來的結果很假就揍林書偉，揍到他合成成功爲止，或是逼他自己花錢找修圖專家搞定。

眞是吸引段人豪的，是無聊。

他太無聊了。

段人豪並不是到處勒索低年級學生的那種不良學生，他確實是班上的風雲人物，班上有一半的女生改到他的考卷時都會自動幫他偷偷改正答案。上課時他老喜歡插嘴跟老師抬槓鬼扯，就連上課節奏被打斷的老師也會哈哈大笑。他運動神經很好，除了大隊接力總是霸佔最後一棒，他還是班級籃球隊的隊長，他只喜歡得分不愛防守，所以大家只得搶籃板再扔還給他。他經過高百合的座位時會直接將剛喝完的飲料罐朝她臉上當垃圾桶扔，大家也會哄堂大笑。他很受同學歡迎，只要他看誰不順眼，大家就會一起針對那個人，跟他一起玩死那個人直到膩。

段人豪，只是一個非常須要找樂子的，窮極無聊的霸王高中生。

「這裡要是沒有鬼的話，就太可惜了呵呵。」

段人豪邊走邊打量，這裡連走廊天花板上的日光燈管都壞了一半，昏昏暗暗。

「一定會有鬼的啊，這裡發生過火災，燒死超多人的。」

葉偉竹開始裝鬼，發出嗚嗚嗚嗚的怪叫，在林書偉的眼中比較像是裝智障。

林書偉提著重重的便當，埋怨：「你們好歹也幫忙提一下好不好？」

「我今天手痛。」廖國鋒淡淡地說。

「我今天月經來，不能提重物啦抱歉。」葉偉竹一臉歉然：「下次！下次！」

林書偉快快地走著。

接下來一個月，他們放學後都要一起混……他開始感覺到這份作業的沉重。

8

社區關懷服務？

林書偉眞是不敢相信這些王八蛋正在做的事。

當他正在餵臥病在床的老人吃飯時，段人豪三人正在老人破舊的房間裡翻箱倒櫃，手腳之粗魯，根本沒有把躺在床上的老人看在眼裡。

「喂，你們不要那麼誇張好不好？」

慢慢將湯匙放進老人的嘴裡，老人迷迷糊糊地吞嚥著，還揹著書包的林書偉眞是難以相信，這群人簡直無恥到了極點。

段人豪從抽屜裡拿出幾卷老舊的錄音卡帶，卡帶封面都是上個世紀的歌星，他端詳再三，將裡面的歌詞本粗魯地抽出來：「這種老古董到底是很不値錢，還是其實超級値錢的啊？」

「應該只全新的才有人收吧，而且要巨星。」廖國鋒蹲下，敲敲沉重的電視：「這種電視很少見了耶，如果沒有壞，整理一下說不定還有玩家會收……咦，幹，好像掛了？」

葉偉竹倒是嬉皮笑臉地翻著老人琳琅滿目的藥櫃，說：「摸奶俠，那麼認眞幹嘛啊，反正有拍照存證就沒問題啦，到時候成果分享就通通給你上台去說，你把我們說得超偉大超有愛就好啦。」

說著說著，葉偉竹的手裡已拿了一罐不知名的科學中藥藥粉，打開，空氣中瀰漫了一股刺鼻的藥氣。他笑笑走到床邊。

「幹嘛？」林書偉起了戒心。

「來，加一點，吃吃看！」葉偉竹笑嘻嘻地把藥粉倒在便當裡。

「不要鬧了好不好？」林書偉大驚：「吃了死掉怎麼辦？」

「死？死掉了最好。這些老人如果腦袋還清醒的話，一定會謝謝我們把他弄死。」段人豪手賤地將沒價值的老舊卡帶的磁帶抽出，這種無謂的破壞動作他做起來眞是順手無比。

葉偉竹搶過便當，樂不可支地將摻了怪藥粉的飯菜送進失智老人的嘴裡。

林書偉呆呆地看著。

剛剛還以為葉偉竹只是嘴砲一下，沒想到他眞的幹，都沒在怕的。

「乖喔快吃喔！吃了以後說不定老二馬上就復活啦！」葉偉竹笑死了，繼續餵。

段人豪跟廖國鋒笑成了一團。

「來來來！拍照交作業！」廖國鋒拿起手機：「來！摸奶俠也要入鏡！」

喀擦！

這一切只是剛剛開始而已。

接下來的兩個禮拜，他們每天放學後都拿著一本里長給的獨居老人名冊、跟幾個剛剛從里民活動中心領到的愛心便當，在眷宅裡餵食獨居老人拍照交作業。

這麼無聊的差事，段人豪他們當然想盡辦法讓它多采多姿。

不只在老人家裡翻箱倒櫃地搜刮任何值錢的東西拿去變賣，他們還把失智老人綁在滾輪椅子上，在走廊上賽車。老人雖然頭腦不清楚，還是害怕得尖叫大吼。

「摸奶俠！你負責計時啊！」段人豪抓著椅子，興奮不已。

坐在椅子上發呆的老人，額頭上被麥克筆畫了賓士的符號。

「哈哈哈哈阿伯別怕啦！」廖國鋒也抓了一張滾輪椅子，椅子上的老人額頭上被畫上奧迪的四個圈圈：「反正你也活很久啦！夠本啦哈哈哈！今天就衝到心臟停止吧！」

「哇靠，我這台保時捷的圖案很難畫耶！」葉偉竹抱怨，他的滾輪椅子上，失智老人臉上根本被畫得亂七八糟，哪裡看得出來是保時捷。

「誰叫你不畫TOYOTA的哈哈哈哈！」段人豪轉看向林書偉：「準備啊摸奶俠！」

「……幹嘛把我算進去？」林書偉嘀咕。

「來回三圈才算結束啊……預備！三！」段人豪發號施令：「二！」

林書偉無奈拿起手機，打開碼錶功能。

自己到底在幹嘛啊？爲什麼不由自主就聽起那個王八蛋的話？

「一！」段人豪大叫。

林書偉本能地按下手機碼錶，三人……喔不，六人一起在走道上衝出。

「哈哈哈哈哈哈哈哈哈哈哈！」三人的笑聲迴盪在窄小的走廊上。

段人豪三人的速度又快又晃，老人嚇到手足無措，幸好他們已事先被皮帶綁死在椅子上，否則一下子就會摔得七葷八素。

「喂……你們這樣是不是有一點……太超過？」

林書偉看著三台老人跑車迅速在走廊盡頭折返，當他們的身影跟自己錯身而過時，那些歡暢的笑聲令他毛骨悚然。

這些獨居的失智老人當然沒有惹到段人豪、廖國鋒跟葉偉竹。

他們真的只是好玩——為了好玩，什麼事情都幹得出來。

毛骨悚然的不只如此。

好像完全看不見報應似的，段人豪他們將失智老人的頭髮剪光，用廣告顏料畫臉，畫成弗力扎、我愛羅、魯夫、蟻王跟多啦Ａ夢，還叫他們自己用手拿黑色木框，拍了很多奇奇怪怪的搞笑遺照。

這也不夠毛骨悚然。

真正毛骨悚然的是，其中的魯夫就是林書偉的創作。

雖然是大家半威脅半起鬨下林書偉的無奈參與，但他畫完了自己也笑了出來，林書偉覺得這一切眞是又糟糕又蠢斃了。不笑就會被揍——林書偉噗哧一聲笑出來的時候，他是這麼告訴自己的。

過了兩天，當他們玩膩了叫老人互相打巴掌的爛遊戲後，他們將水管一圈又一圈纏在滿臉紅腫的老人身上，瘋狂打起人體陀螺。規則很簡單，比誰可以將老人打轉得最多圈，最輸的人就要去舔老人的腋下一分鐘。

「我不玩。」林書偉斬釘截鐵地拒絕。

「不玩的人就輸十倍，要舔十分鐘。」段人豪滿不在乎地宣布。

最後舔老人腋下的是葉偉竹。

段人豪九圈，廖國鋒七圈。

而最後出擊的林書偉，創下的新紀錄是，十一圈。

「哈哈哈哈我贏啦！我贏啦！哈哈哈哈！」

林書偉對自己贏得比賽的笑容渾然未覺。

然而，看在段人豪的眼裡，林書偉振臂狂呼的那畫面非常……新鮮有趣。

9

荷爾蒙的氣味是成長最粗暴的證明。

廢棄游泳池旁的地下祕密基地裡，傳來最原始的肉塊碰撞聲。

許久過後，大汗淋漓的兩具青春胴體，終於躺在破舊的跳箱上面喘息。

「你們最近，好像跟林書偉走得很近？」吳思華接過段人豪手中的菸。

「幹嘛，妳以爲我要跟他搞肛啊？」段人豪呵呵笑。

最近放學後的時光確滿好玩，戲弄老人比上體育課還有趣，也比上生物課時把蚯蚓切成二十段還更有互動，讓一成不變的日子鮮活了起來，實在是始料未及啊。

「……我看他就討厭。」吳思華抽了一口菸，厭惡地皺起眉頭。

段人豪看著女友忍住咳嗽的怪表情，嘲笑道：「妳白痴啊，不喜歡就別抽啊，幹嘛一定要陪我抽菸？」

「誰陪你抽菸？是我自己要抽的……總有一天我會習慣，然後喜歡。」吳思華又吸了一大口菸，努力將菸氣吸進肺裡。

段人豪覺得很幸福。一種油然而生的心安。

「我覺得啊，林書偉他，很奇怪。」段人豪接過菸，狠狠吸了一大口。

「哪裡奇怪？被你們這樣搞還沒自殺所以很奇怪？」

「人哪有那麼容易自殺啊，不過也差不多是這個意思，好像啦。」段人豪將菸屁股彈向天花板：「我覺得他……腦袋裡不知道在想什麼，一下子跟蹤我們來這裡討打，一下子又跟我們去玩那些臭老人，好像變形蟲，一直變變變，呵呵，不知道他還可以怎麼變。」

「我覺得他很討厭。」吳思華冷冷地說。

「知道啦，我知道妳很討厭他。」段人豪賊兮兮地揉著吳思華柔軟的胸部：「不過，妳很討厭他，還是讓他摸妳的奶，妳也，很奇怪啊哈哈。」

「你再說！」吳思華狠狠咬了段人豪的手一大下。

「哎呀！很痛耶！」

高一時吳思華就注意到，每次輪到林書偉在中午負責在講台上分配營養午餐的時候，高百合的湯碗裡總是該有什麼就有什麼。蛋花湯裡有蛋。紅豆湯裡有紅豆。仙草湯裡有仙草。愛玉湯裡有愛玉。綠豆薏仁湯裡竟然眞的有綠豆薏仁。

林書偉好像很喜歡跟別的値日生不一樣，很自以爲是，很高高在上，很假。

再加上那件事。

你想跟大家都不一樣，很好啊……

那就讓你更不一樣好了。

吳思華叫段人豪幹什麼，他跟他的跟班就會做什麼。林書偉大概被搞到自殺前都不會想到是這麼一回事吧哈哈哈。

「你還要幹嗎?不幹的話我要穿衣服了。」吳思華坐了起來。

那完全沒有一丁點贅肉的平坦小腹,眞是,美好的慾望線條。

段人豪呵呵一笑,從後面用力在將她抱倒,將手指插進吳思華濕潤的陰部。

「要幹要幹,吼拜託,我這隻是青春無敵的鐵懶叫耶,稍微休息一下就硬啦!」

「麻煩你硬久一點,不要用手指隨便假裝。」

「遵命!」

10

「老大，我們這樣一直玩老人，會不會有報應啊？」葉偉竹一邊爬樓梯，一邊研究黏在焦黑牆壁上的色情名片。每天放學後都來這棟廢棄國宅報到，就好像買了一個老人遊樂園的月票，不玩一下就很虧似的。

「爲什麼會有報應啊？那些老人平常都沒有人陪他們玩耶，我們陪他們玩，沒有拿錢已經很慘了，還報應咧。」廖國鋒用刀拍了走在一旁的林書偉，林書偉只好點點頭。

「可是，我們總有一天都會變老啊？」葉偉竹感覺有點認眞，好像平常玩弄老人都沒他份似的。

「不一定吧。」段人豪翻著里民資料簿，在這個樓層裡東張西望。

今天他們要拜訪的，是社區關懷計畫中最後一個倒楣鬼。對段人豪來說，還眞是有點離情依依，雖然一開始就抱持著要瞎搞，可眞沒想到玩老人還眞是超級無敵有趣，現在終於輪到最後一個老人，務必要玩得盡興，玩得毫無遺憾。

「啊？」林書偉不解。

「早死的話，就不用變老了啊。」

段人豪研究著斑白生鏽的門牌，比對著里民資料上的住址：「叫我選，我一定不要像這些老不死的一樣，老到沒辦法爬下床，有一天被幾個突然跑出來說要做社區作業的小鬼，假裝要把屎把尿，結果卻是被當白痴耍，哈哈哈哈，我寧願趁年輕就玩夠本，然後死得很炫。」

林書偉沒有應話，心中少見地認同段人豪的想法。

這一個月看太多獨居老人的晚年，少數腦袋還清醒的幾乎都活在赤貧裡，無親無故的很沒尊嚴，至於腦袋亂七八糟連自己是誰都記不清楚的就更慘，他們根本不算活著，卻連自殺的能力都嚴重匱乏。與其無助地變老，被……其他人如此鄙視，還不如……還不如……

「你在擔心變老嗎摸奶俠？」葉偉竹用全身力量一把勾住林書偉的脖子，壓得林書偉差點跪倒。

「幹嘛啦！」

「放心啦，我會看相，你一臉就早死的格局，而且是橫死！你知道什麼是橫死嗎！就不是忽然得癌症慢慢的死，是那種被車撞飛、被黑道做成消波塊、被瘋子砍成一塊塊的，一定死得轟轟烈烈！」葉偉竹老是在說一些有的沒的。

「……你才會被砍成碎片，做成肉鬆。」林書偉冷冷地回嘴。

「做成肉鬆！哈哈哈哈哈這個好笑！這個好笑！」葉偉竹笑得很激動。

「肉鬆！哈哈哈哈哈資優生的笑點眞的很機歪耶哈哈哈哈！」段人豪也狂笑。

「什麼跟什麼啊，做成肉鬆……哈哈哈哈人鬆！」廖國鋒笑到腿軟：「老闆！來一碗……稀飯……」

「配人鬆！」段人豪接話時根本就笑到流淚：「哈哈哈哈哈哈哈！林書偉！摸奶俠！一百分！給你一百分！」

林書偉看到自己咒罵對方的話，引起如此劇烈的笑果，感覺眞是複雜。有點得意，但自己幹嘛這麼得意？林書偉使勁把眉頭皺起，才不會讓嘴角情不自禁地飄揚。

段人豪停在一扇斑駁的綠色鐵門前，看樣子找到了。

「李榮峰！開門！」

段人豪胡亂拍著鐵門，大聲嚷嚷：「出來面對啦李榮峰！開門！」

拿著一個熱騰騰的肉排便當，林書偉注意到這戶叫李榮峰的人家對面，有一個老人坐在門口小板凳下象棋。老人的對面沒坐人，他卻看著一團空氣喃喃自語，好像在抱怨對方下棋下得太慢……當然了，林書偉並不覺得這老人是在跟鬼下棋，而是跟其他獨居老人一樣有些失智，可那畫面還是令他毛骨悚然。

「幹李榮峰！」段人豪胡亂鬼叫著：「快！點！開！門！」

廖國鋒忍不住探頭看了段人豪手中的里民資料一眼：「上面有寫啊，就這一行啊，這個叫李榮峰的老兵也變成白痴了啦，我們可能還是要用暴力開門。」

段人豪沒好氣地隨意踹了一下門，門竟慢慢彈開，原來根本沒鎖。

四人魚貫進入，一陣淡淡的酸臭味撲鼻而來。

屋子裡只有一個老人，顯然就是資料上的李榮峰的老兵。

他的身材高大，恐怕是最近戲耍過的老人裡面體型最大隻的一個，他穿著白色泛黃汗衫坐在餐桌邊，眼裡一點也沒有痴呆的跡象，只是那兩隻目光灼灼的眼睛一動也不動地看著手上的半顆饅頭，好像要把饅頭看出火來。

「好酷喔，這半顆饅頭不知道吃了多久。」葉偉竹仔細研究。

「到底是眞呆還是假呆啊？」廖國鋒伸手往老兵的臉上揮揮。

老兵的視線像是直接穿透擋在面前的手，持續盯著饅頭。廖國鋒嘖嘖。

林書偉將熱熱的便當打開放在桌上，其香氣也沒有令老兵轉移注意力。林書偉試著將老兵手上的半顆饅頭拿開，卻無法移動分毫，老兵捏得很緊，好像那饅頭是一顆手榴彈似的。

林書偉只得小心謹愼地用筷子戳起一顆滷蛋，試著將滷蛋送進老兵微微打開的嘴裡，油油的滷蛋在老兵的嘴邊動來動去，那畫面眞是詭異。

段人豪在屋內四處打量，看看有什麼可以搜刮。

牆上除了掛著蔣介石的遺照，還有幾張鄧麗君等老明星的海報，櫃子上有很多裝在相框裡的黑白照片。

相片裡面，有一群人穿著軍服擠在坦克車上。有一群人赤裸上身拿著圓鍬站在山洞前。有幾個人嚴肅地站在不苟言笑的新郎新娘身後合照。這個小小的老兵房間，就是一個舊時代的縮影。

「這個老灰仔的朋友大概全死光了，有一天他在這裡嗝屁的時候，我敢打賭，根本不會有人知道。」段人豪拿起相片看了看，隨手亂丟。

廖國鋒從牆壁上解開一把掛著的大刀，略感驚訝：「哇靠，這把刀好像是眞的耶！滿屌的，這個老芋仔年輕的時候一定用這把刀殺了很多人！」掂了掂，手中的大刀眞是沉。

葉偉竹接過大刀的瞬間，也很吃驚刀身的重量，他仔細端詳刀身上的刻字：「國民革命軍，第二十九軍，大刀隊……大刀隊？好像有聽過耶！」

段人豪經過老兵一動也不動的背，冷笑：「殺過人又怎樣？還來不及把自己殺了就變成阿呆阿呆的蠢樣，現在只剩下浪費空氣。」

三人在老兵房裡東摸西看，搜刮可疑的好東西，放林書偉一個人在那裡餵便當。

林書偉看著這個身材高大的傻老兵，終於將滷蛋吸進嘴裡，然後像蛇一樣直接吞進食道，他沒有感嘆什麼，反而覺得有些恐怖。

不過說起大刀隊……他在網路上看過一些關於大刀隊的事蹟還是故事之類的，好像是武器匱乏的國軍在對日抗戰時訓練出來的特殊部隊，主要兵器是好幾公斤重的大刀，在近身戰時砍得日本軍魂飛魄散，如果不是編造出來的抗戰神話，那眼前這個老兵眞是一個了不起的男子漢啊……

「哇靠，鐵鍊！」

廖國鋒的聲音從掛了蚊帳的老兵床底傳來。

大家聚了過去，從老兵的床底下拖出一大只鋪滿厚厚灰塵與蜘蛛網的鐵箱，地板上焊死了一個大鐵環，鐵箱上的鎖頭用鐵鍊鏈在那個大鐵環上，廖國鋒試著拿起鐵箱，搖晃的鐵箱裡發出金屬碰撞的鏗鏘聲。

「滿重的，不知道裝什麼。」廖國鋒自言自語：「特別用鐵鍊鏈住，裡面一定是很厲害的東西！」

「會不會裝屍體啊？」葉偉竹有些擔心，手裡還拿著那把大刀。

「屍體會發出這種聲音嗎？白痴也要有個限度。」廖國鋒嗤之以鼻。

段人豪蹲下，仔細研究這只鐵箱。

這只鐵箱的樣式不意外的陳舊，像是戰亂時代的旅行箱，好像在某些老電影裡看過，運氣好的話，鐵箱本身大概可以賣到古董店賺一點錢吧，但真正值錢的肯定是被保護在裡面的東西——就跟廖國鋒說的一樣，既然這老兵特地用鐵鍊鎖住，還鎖在焊接在地板上的鐵環，這麼大費周章……

「聽說很多老芋仔當初從大陸逃到台灣，都帶了很多金條在身上耶。」葉偉竹忽然說到重點中的重點。

這一說，就連林書偉也好奇地湊了過來，蹲下打量鐵箱。

段人豪對林書偉的反應感到有趣。

「開工了！找看看鑰匙放哪！」段人豪站起來，摩拳擦掌。

「這樣不好吧？」林書偉咕噥。

這個資優生啊，眞是假得可以……

「摸奶俠，你不是想跟我們一起混？找到鑰匙，金條就算你一份。」段人豪用力搖晃林書偉窄小的肩膀：「加油，好嗎？」

兩個小時後。

老兵房間已給翻箱倒櫃得很誇張，每一個抽屜都扔在地上，每一個盒子都給倒了出來。鑰匙的確叮叮噹噹找到了很多把，卻沒有一把可以打開那神祕的鐵箱。

完全一無所獲。

又累又煩躁的段人豪坐在鐵箱上，用鞋子亂踢，聽著裡面金屬不斷碰撞的聲響，聽起來越來越像是一大堆金條在合唱……哇靠，如果裡面裝的全部都是金條，至少價值好幾百萬吧？

廖國鋒滿頭大汗坐在床上，跟段人豪要了根菸抽。餓壞了的葉偉竹跟林書偉坐在地上發呆，希望段人豪可以快點宣布找鑰匙的行動結束。

段人豪恨恨不已地看著痴呆的老兵：「……這個箱子，我們要想辦法把它幹走。」

葉偉竹，廖國鋒跟林書偉面面相覷。

「怎麼幹……這個鏈子，很粗耶？」葉偉竹不解。

「我家有油壓剪。」廖國鋒馬上舉手。

雖然眞的很累，但他超級崇拜老大，段人豪既然決定了，他一定奉陪到底。

「這個鏈子那麼粗，油壓剪剪不斷啦！」葉偉竹唱衰。

「那就把它燒紅了再剪，你家有沒有焊槍？」段人豪看著林書偉。

林書偉有些爲難：「要看一下。」

段人豪不置可否：「今天晚上一點半……兩點，大家帶好工具，在這裡樓下集合。」

林書偉嚇了一跳：「要幹嘛？」

「摸奶俠，叫你集合，怎麼廢話還是那麼多啊！」廖國鋒沒好氣地說。

葉偉竹馬上將差點出口的問句呑回肚子裡。

「半夜兩點整。」

段人豪掃視大家：「如果有誰洩露出去，害我幹不到金條，那個人就死定了。」

段人豪銳利的視線，最後停在林書偉的臉上。

這一刻，林書偉明顯感覺到……

自己在高中畢業前要過什麼樣的生活，似乎取決於他如何回應段人豪的眼神。

他看著段人豪。

緩緩地，僵硬地，點了點頭。

11

白天就已經夠陰森，半夜的老眷村集合住宅，更像超大型的鬼屋。

手電筒的光在極度昏暗、堆滿了破銅爛鐵的樓梯間慢慢前進。

隱隱約約還有一股淡淡的強力膠味，眞是毫無違和。

四個不約而同都穿黑色帽T的死屁孩，各自拿著不像樣的工具，踩著提心吊膽的步伐。陪伴他們的，只有遠方的狗號聲。

「摸奶俠，我不是叫你帶焊槍？」段人豪的語氣，像是想掩飾自己對黑暗的恐懼。

「我是說，我要看一下。」手拿著小鐵鎚，林書偉非常後悔來到這裡。

「白痴，就說要給你一個當兄弟的機會。」廖國鋒冷言。

「你自己呢？你帶鏟子幹嘛？」段人豪惱怒。

「說不定……說不定有用。」廖國鋒怏怏。

「有用？你要去掃墓是不是！」段人豪握緊手中的短斧，作勢要砍。

一群只會拖累自己的低能兒，要不是自己帶了斧頭，可說完全沒有機會弄斷鏈住箱子的鐵鍊。

「焊槍我有啊！登登！」葉偉竹得意洋洋展示手中的工具，高壓瓦斯從金屬噴嘴噴出，發出斷斷聲。

「我剛剛就想吐槽了，那是烤肉用的噴燈。」廖國鋒冷冷。

「是嗎？這是烤肉用的嗎？」葉偉竹很詫異，看著手中的瓦斯噴具：「那它燒得開鐵鍊嗎？」

「燒你的懶叫。」廖國鋒將自己被老大罵的怨氣，都發洩在葉偉竹身上。

四人花了比平常多十倍的時間，終於來到老兵家門口。

打開原本就沒上鎖的門，手電筒第一道射進屋子裡的光，就是老兵蒼白的臉。

四人嚇得魂飛魄散。

老兵手拿大刀站在門口內側，上半身穿著泛黃的軍裝，下半身穿著鬆鬆垮垮的衛生褲，鼠蹊部都是乾涸的尿漬。四人不約而同往後一跳，全都嚇到跌倒。

手拿殺敵大刀的老兵，完全跟威風凜凜無關，兩眼空洞，嘴巴開開。

「幹……」段人豪唯一能發出的聲音，就只有這個本能的幹字。

他白天原來是裝呆賣傻，等的就是晚上大家來偷金條，再一舉斬殺嗎！

段人豪緊握手中的短斧，卻一點也沒辦法站起來。

腿軟了，面對這個無法控制大小便的老兵，自己竟然腿軟了？

只見老兵完全無視摔倒在門外的四屁孩，拿著生鏽的大刀，搖搖晃晃地跨出門。

林書偉屁股同樣黏在地上無法自拔，他不是心臟病發，就是剛剛得到了最新鮮的心臟病。他看著巨人一樣的老兵，跨過自己的頭，那一瞬間，在老兵的兩腿之間聞到了腐爛的惡臭。

老兵拖著沉重的大刀，往走廊一片黑暗的盡頭晃去。

「他要去……要去哪裡？」葉偉竹還沒完全回神，也無人回答他。

林書偉緊緊抓著快要裂開的胸口，好臭……剛剛眞的好臭……老兵褲襠裡那一大包漏出來的大便，應該沒有碰到自己的頭髮吧？

這個老兵，很明顯完全是傻了，大概每天晚上都會拿著大刀在這棟廢樓裡夢遊，幸好他沒有恍神到見人就砍……不！是因爲剛剛大家第一時間都嚇到跌倒，所以老兵沒有看見大家，這才晃過吧？

直到老兵的腳步聲消失，四個屁孩才重新振作，躡手躡腳進入房裡。

「你去顧門。」段人豪將林書偉一推：「一看到那個老白痴回來，馬上叫！」

「跟你換。」廖國鋒將長鏟塞在林書偉手中，搶過他的鐵鎚。

林書偉拿著掃墓等級的長鏟，守在門口。

他的眼前，是走廊上令人不寒而慄的黑暗。

背後，則是三個「同伴」把鐵箱再度拖出床底，嘗試用工具敲開鐵鍊的聲音。

同伴嗎？

眞是最不貼切的稱呼，況且現在已經升級到「共犯」的程度了。

自己怎麼會跟那三個不把自己當人的王八蛋混在一起，還被他們催眠，大半夜不睡覺跑來這裡偷金條，搞到自己變成了小偷？被學校知道了，一定會一次記滿三大過退學，就算有金條也不可能留住。那種爛學校當然毫無留戀的必要，但自己在國中時期曾轉過兩次學，兩次轉學的經驗都非常差，這次如果眞的因退學而轉去別的學校，一旦被新學校的同學摸清楚自己在上一所學校被退學的原因，一定會得到嶄新的爛綽號，大概是……「偷老俠」？「老人終結者」？「老兵把尿俠」？不……他們一定會更有創意！更恐怖！更離奇！搞不好還會誣賴自己強姦老兵！不！什麼搞不好！他們一定會反過來說自己是半夜跑來，賣屁股給獨居老兵幹的援交男，這種綽號大概是什麼「年度老兵最愛妓男」、「賣屁俠」、「老兵尿桶」、「老兵肉便器」、「屁股任幹狂人」、「新世紀老兵慰安戰士」、「老兵公車」、「九陰烝莖老兵兵」、「老兵小黃瓜」、「老兵愛小兵」、「老兵莖肛郎」……

「喂，走了。」

陷入死胡同的林書偉嚇了一跳，轉身。

只見段人豪三人已合抱著大鐵箱，鏽跡斑駁的鐵鍊已斷：「你拿這一邊。」

林書偉深呼吸。

今天晚上絕對不能被抓，一定要萬無一失離開這裡。

正向思考！只要離開這裡的時候，不管鐵箱裡裝的是不是金條，我都會跟這一群王八蛋擁有共同的祕密，彼此都有把柄，這群人就再也不能像從前一樣對我予取予求！

四人各抓鐵箱一角，在幽黑的走廊慢慢前進。

視線所及，只有段人豪的家用手電筒微弱的光線發散。

提著沉甸甸的鐵箱，林書偉不得不說自己開始興奮起來。

說不定眞的是金條？

「老大，眞的好重喔！如果不是金條的話，我們不是很虧嗎？」葉偉竹雖然在抱怨，語氣還是非常飛揚。

「閉嘴，等一下再講。」段人豪保持最基本的警戒。

「那要除以三還是除以四？」葉偉竹竟然來這麼一句。

「等一下再講。」段人豪不想理會。

「除以四啊！我也有來耶！」林書偉忍不住強調。

「我說——」段人豪非常不爽的聲音：「等、一、下、再、講。」

突然，葉偉竹停下腳步，鐵箱幾乎要脫手墜地。

「幹嘛！」段人豪微怒。

葉偉竹皺眉：「好像……好像有什麼聲音？」

林書偉點點頭，他好像也聽到了什麼怪聲，只是沒有人提，他也就繼續前進。

那聲音喀啦喀啦，又吱吱抓抓的，很難說是什麼。

老鼠嗎……巨大的老鼠嗎？

巨大老鼠在啃什麼東西？

不，真要說的話，也是巨大的野貓在啃巨大的老鼠吧？

看廖國鋒一臉古怪的表情，他可能也感覺到了異狀，於是緩緩舉起鏟子警戒。

四人屏住呼吸，全神貫注想把那怪聲聽清楚。

剛剛一直往前走，鐵箱雖然重可也不成負擔，現在停下腳步，鐵箱好像綁了一個錨，越來越沉、越沉、越沉，大家的呼吸就越來越粗重。

四周的黑暗好像更厚重了，連彼此的表情都看不清楚。

「好像……」葉偉竹隨意鬆口：「好像是我的心跳聲啦！」

「白痴。」段人豪率先罵出口，提著鐵箱繼續往前。

林書偉很疑惑，剛剛那些聲音絕對不是誰的心跳聲，也不是管線老舊的機械聲，聲音裡摻雜著嗚嗚啊啊的細碎，好像是呻吟，說是有喝醉的遊民躲在角落裡偷偷打手槍都比較像。

不過，沒花時間亂害怕還是滿好的……正當林書偉這麼想的時候，沒走幾步，廖國鋒便搖搖頭，示意大家將鐵箱原地放下。

「真的有怪聲。」廖國鋒壓低聲音。

「鬼？」葉偉竹吐了吐舌。

「我還以為你們什麼都不怕。」林書偉硬是嗆了這句。

換來的，當然是段人豪的瞪。

「啊，我知道了啦，就是剛剛那個老兵啊！」葉偉竹恍然大悟，氣音連發：「他拿著大刀夢遊，走廊上東西那麼多，當然會發出很多聲音啊。」

一個夢遊中的痴呆老兵，拿著大刀，在一片黑暗的走廊上走來走去……

幹很恐怖好不好！

萬一老瘋子忽然抓狂，亂揮刀，就算沒被砍死，那把大刀上面都生鏽了，被刮出任何一點點傷口都要去醫院打破傷風，說有多倒楣就有多倒楣！

林書偉越想越覺得，等一下一定會看到老兵朝自己揮刀的畫面，忍不住握緊手中的鐵鎚。

「這裡還有住其他人，有什麼聲音都不奇怪，剛剛我還有聽到很大的打呼聲。」段人豪的聲音欠缺平常那種滿不在乎的篤定，命令的成份變多了：「我們用最快的速度回學校後山，等等還要花時間撬開鐵箱，你們是不是不想分金條了？」

「要，除以四。」林書偉堅定表態。

四屁孩提起鐵箱，朝樓梯轉角走去。

段人豪的手電筒左撇右撇，在前方開路，一旦想起了老兵正拿著大刀在夢遊，就無法不在意最壞的後果。他心想，幸好帶了短斧來這裡，除了剛剛硬劈開鎖鏈，還可以砍死老人，只是砍死後，要怎麼跟警察解釋自己半夜要來這裡呢？

不，當然是不解釋，直接逃跑……可剛剛樓下，好像有看到監視器？

正當段人豪陷入古怪的思緒裡，其他三人不約而同停下腳步，害他重心不穩。

段人豪正想罵出口時，他剛剛好順著手電筒微弱的光圈，看見了走廊的岔處，那莫名怪聲的來源。

有兩個全身髒污的怪人，一高一矮，正蹲坐在地上狼吞虎嚥……

突然被手電筒的光束撇到，兩個怪人停止動作，呆呆地看著拿在手上的……

四屁孩看著兩怪人，忘了呼吸。

兩怪人彷彿被手電筒光射到睜不開眼，拿在手上的東西一直滴滴滴滴。

一股非常「生」的腥味撲鼻而來。

太離譜了，導致林書偉無法確信自己看到了什麼。

只有短短的一秒，還是兩秒？

他已經知道，這個畫面將永遠黏著在他往後的每一個惡夢。

「婷婷 婷婷 婷婷 不累 不累 不累！」〔註〕

——葉偉竹的手機鈴聲歌曲忽然響起。

這個巧合，引爆了埋在這四個屁孩青春裡的潛水炸彈！

兩個一身髒污的怪人同時大吼，一個往後面的窗戶破出，一個往前急竄。

「快跑！」段人豪大叫。

四個人拔腿狂衝，葉偉竹不知道哪來的神力，臂上線爆發，獨自抱著鐵箱猛衝。

「迪迪 迪迪 迪迪 play play play！」

「不累 不累 不累 play play play！」

剛剛那一個藏在深黑處裡的模糊畫面，瞬間變得清晰銳利！

「吃人！他們在吃人！」林書偉尖叫。

「都是血！」廖國鋒拿著鏟子飛奔，一路撞倒許多堆在角落的瓶瓶罐罐。

「吃人！」葉偉竹衝得跟砲彈一樣快。

「看看他們有沒有追來！」段人豪大叫，手中的手電筒絕對不能掉。

當然沒有人回頭看，全都緊跟著段人豪手中那支手電筒，生怕跟丟。

四屁孩在深夜廢棄國宅裡沒命似狂奔，一看見往下的樓梯就跨足急跳。

往下跳跳跳，往下跳跳跳，突然撞見夢遊的老兵一動也不動，手持大刀在一片漆黑的二樓樓梯間守候，彷彿正在等待斬殺來襲者的致命一刻。

「三小！」

四屁孩齊聲尖叫，卻煞車不了，只好以炸彈開花的怪隊形從老兵身旁扭過。

「何方妖孽！」老兵中氣十足大吼。

老兵任憑四屁孩又跌又摔從他身邊滾下樓梯，自己卻提刀衝進黑暗。

林書偉滾滾滾，段人豪摔摔摔，葉偉竹死抱的鐵箱脫手飛出，擦過廖國鋒的腳邊直出樓梯，墜地一撞！

老舊生鏽的鐵鎖裂開，答案提前揭曉——琳琅滿目的國民政府戰士勳章……抗日的、勦匪的、花東開礦闢路的，全都漫天飛出，鏘啷鏘啷摔了滿地。

一根金條也沒有。

四屁孩氣喘吁吁坐在一樓地板，驚魂未定地看著滿地的勳章，卻無人抱怨。

一樓了，廢棄眷村大樓的出口就在眼前。

剛剛的畫面實在太過震撼，太過恐怖，太像一場攪亂現實的超級惡夢。

沒有人說話。

大家拚命的喘氣，全靠葉偉竹該死的、持續的手機鈴聲將大家連結回現實。

「迪迪不累 迪迪不累 婷婷play 婷婷play！」

「迪迪不累 迪迪不累 婷婷play 婷婷play！」

「小帥弟不要停 小帥弟不要停！」

豈止不累，簡直是大累特累。

「對不起……我的手機靜音功能一直壞掉……修不好……」葉偉竹臉色蒼白地拿起手

機，來電顯示是家裡，大概是半夜外出被抓到了，趕緊掛掉電話。

「剛剛……」一身冷汗的段人豪正要開口說點什麼，卻聽見一聲巨響。

就在眼前。

一輛高速行駛的白色改裝轎車，轟然撞上了一道從廢棄國宅躍下的黑影。

黑影應聲彈開，在地上滾了好幾圈。

白色改裝轎車裡傳出非常喧譁的電音音浪，漆咚漆咚叭啦叭啦，肇事的駕駛完全沒有下車的意思，連開窗確認都省了，便往一旁的小巷加速逃逸。

現在是怎樣？

無法思考的林書偉看著葉偉竹，葉偉竹看著廖國鋒，廖國鋒看向段人豪。

段人豪呆呆地站起來。

剛剛被改裝轎車撞倒的那一道黑影，是從大樓上面跳下來的沒錯吧？

段人豪轉頭看著林書偉。

「你去看看。」

林書偉驚魂未定：「爲什麼是我？」

段人豪不須揮動手中的短斧，只是用殺人的氣勢瞪著林書偉。

林書偉無奈地用鐵鎚撐起顫抖的身子，深呼吸，慢慢走向馬路。

深夜，馬路前後無人，只聽見小巷子裡依稀傳來緊急迴轉的車胎摩擦聲。

一個小女孩一動也不動趴在馬路中央。

大腿明顯骨折了，大腿中段以上整個反方向歪掉，看起來非常慘。

「喂！要不要報警啊！」林書偉大叫。

段人豪等三人這才慢慢靠了過來。

段人豪故意走很慢，狐疑地打量這個可疑的小女孩。

這個小女孩半張臉都貼著柏油路，看起來很髒，頭髮又油又亂，遠遠就聞到一股腥臭的氣味，毫無疑問就是剛剛正在「吃人」的兩怪人中比較小隻的那個。

不過，剛剛他們看到的眞的是「吃人」嗎？

這個小女孩，很明顯就是一個逃家的……小流浪漢吧？

「她的腳被撞斷了，我們……應該要先叫救護車，再報警！」林書偉喘氣。

「報警？你打算怎麼告訴警察我們半夜幹嘛跑到這裡？」段人豪不屑地否決。

全身無力的葉偉竹呆呆地看著小女孩：「她……是不是……剛剛那個？」

「那個什麼？」段人豪。

「就剛剛那個……蹲在地上吃人的……那個啊……」葉偉竹不禁往後退了一步。

「說不定只是殺人，不是吃人。」廖國鋒倒是恢復了奇怪的冷靜。

林書偉順著腿軟，慢慢蹲下，仔細看著昏迷小女孩的髒臉。

她的嘴巴周圍都是血，但不像是從她嘴裡吐出來的，而像是沾到的，難道自己剛剛看到的畫面是眞的？這個小女孩，跟她另一個比較大的同伴，在廢棄國宅大樓裡……

「不，吃人是絕對不可能的。」林書偉努力解釋起來：「她們可能是在一個流浪漢旁邊吃一些像是生豬腸還是什麼的東西，她們可能有一點智障，所以就隨便亂吃，那個流浪漢躺在那邊可能是喝醉了也可能是吸毒吸到昏倒，整個畫面看起來就好像是她們在吃那個流浪漢，但想一想也知道不可能……說不定她們不是智障，是喝醉了，要不然就是吸毒吸到腦袋壞掉……」

「所以咧？你在寫作文啊？」段人豪語氣不屑，轉頭示意廖國鋒。

廖國鋒將手中的長鏟遞給段人豪。

段人豪用長鏟輕輕戳著昏迷小女孩斷折的大腿：「智障到從樓上隨隨便便就跳下來給車撞？到底是要多智障才有辦法這樣？」

「我覺得……不管她是吃人還是怎樣，不報警的話她的腳……」林書偉說著。

小女孩的眼睛忽然睜大。

所有人還來不及反應，小女孩整個身體歪歪斜斜彈射出去，撲倒了廖國鋒。

小女孩死命環抱住廖國鋒，力量之大竟然讓他無法掙脫，更完全無法呼吸，被撞倒在地的廖國鋒，看見小女孩在距離自己只有十公分之處變化成另一張臉，張大嘴巴，露出兩排野獸一樣的利齒！

「幹！」

長鏟重擊，小女孩的獸臉瞬間高速震晃。

廖國鋒身上的緊箍之力消失，滿身腥臭的小女孩整個軟倒在他身上。

一擊用力過度的段人豪，拿著顫抖的長鏟看著地上的廖國鋒。

只一下下，廖國鋒便尿了滿褲子。

段人豪用力到，手中的長鏟好像永遠黏在手中了。

「閃了……閃了啦……」驚嚇過度的葉偉竹喃喃自語。

地上的小女孩看起來像是死了，一動也不動。

林書偉用力一拍段人豪的肩膀。

段人豪猛一抬頭，順著林書偉的視線看向電線桿上的社區監視器。

林書偉拚命搖頭。

現在閃了，留下一具屍體，警察就會調閱監視器，馬上就會發現他們大半夜莫名其妙跑來這裡，就算有車子先撞了這個恐怖小女孩一下，也會看見段人豪後來一鏟轟向她的頭，而自己……自己就站在行凶者的身後！百分之百就是個共犯！如果恐怖小女孩就這麼死了，管她是智障還是吸毒還是……

「不能閃……」林書偉不知道自己到底哭出來了沒有。

段人豪咬牙。

「把她帶去學校後山！帶去祕密基地！」

註：〈迪迪不要停〉，張婷婷／Kevin Lin作詞。

12

教室裡有一半的人都在睡覺。

另一半的同學則恍恍惚惚飄蕩在快睡著的路上。

不意外，教數學的許老師上課的內容實在敷衍透頂，黑板上的練習題解答根本就是直接抄參考書，而且還不是許老師自己抄，是倒楣的值日生寫的潦草板書。

「呵呵呵呵其實數學這種東西，加加減減就夠用了，就連乘法都常常派不上用場呢！九九乘法表，就是久久才會用一次的意思……所以啊！這次月考要考的題目，乾脆就洩露給你們班算了！哈哈哈哈哈睡覺的同學記得跟還沒睡覺的同學問一下要考哪裡啊……」

許老師完全沉浸在自己的歡樂世界，連眼睛都懶得瞄同學一眼。

吳思華大剌剌戴著全罩式耳機，吹著口香糖泡泡。

在課堂上睡覺一樣浪費時間，那是一般魯蛇才會做的事。

她總是在上課時聽補習班老師的教學錄音檔，寫補習班的測驗卷，畢竟考上好大學才是可預測範圍內最正確的人生選擇——上好大學，進好公司，當主管，然後當主管的主管，才能避免落入「被淘汰的那一種人」的悲慘境地，變成另一個許老師。

是的，打從國中開始，吳思華就打從心裡看不起任何一個學校老師。

一樣教英文，教數學，教物理，教化學，稍微有能力一點的肯定都去補習班賺鐘點費了，就連國文這種廢科都有神人可以在補習班裡開課睡學生了，所以一切都是能力問題，就是因爲不夠聰明也不夠有企圖心，眼前這些所謂的老師才會淪落到在學校打工吧？這些能力不足的次級品，憑什麼站在講台上教導自己呢？

還不如把上學的時間通通拿來寫測驗卷。

今天的吳思華寫測驗卷的眼神特別帶著怒氣，越寫越快，越快越怒。

從早自習開始她就注意到，不僅段人豪、廖國鋒、葉偉竹三個人都一直睡睡睡，不僅睡出了鼾聲，就連林書偉也罕見地趴在桌上，連下課都沒有醒來。

這個畫面令吳思華極度生厭。

段人豪他們到底要跟這個假資優生混到什麼時候？現在就連半夜也混在一起？

中午第四節課的下課鈴響，吳思華終於爆氣了。

「一整天都在睡覺，昨天半夜到底在幹嘛！」

吳思華用力踹段人豪的椅子。

段人豪彷彿從惡夢中驚醒，兩隻眼睛都佈滿血絲，沒好氣地看著吳思華，卻一點也不敢有起床氣。

「你們跟那個假資優生一起混到天亮？」

「……嗯。」

「都在幹嘛？」

「妳先不要暴走，我現在腦子裡真的很亂。」

吳思華一下子就看出了段人豪的煩躁，以及眼神裡的無助。

不過她倒是很喜歡段人豪跟林書偉混得不開心這個結論，這讓她鬆了一口氣。

「午睡就免了，我們到祕密基地講。」吳思華捏著段人豪的臉皮。

段人豪皺眉，伸手撥開吳思華的手。

「……暫時不能去那裡。」

吳思華瞪大眼睛。

段人豪把頭埋在吳思華柔軟的胸部裡，深深嘆了一口氣。

13

如果某某現在做的決定很糟糕，其他人一定會出聲阻止的吧？——攪和在突發事件裡的大家通通都是這樣的想法，才會不由自主放棄思考，導致悲慘的集體毀滅。

祕密基地裡，這個裝著小女孩屍體的大紙箱，就是最好的註解。

吹著葡萄香料的泡泡，吳思華的表情倒是意外的平靜。

她咀嚼著段人豪一路走過來跟她說的幹話，什麼大刀隊的老兵什麼夢遊什麼偷金條什麼好像看到怪物吃人眞好笑，最後竟然結束在怪物被車撞、還被自己打暈？

蹲在祕密基地角落的林書偉，卻一臉天崩地裂。

今天，就是今天，今天絕對就是世界末日。

林書偉心裡的荒謬感像漩渦一樣，越轉越大，越大越深……明明只是半夜潛入失智老榮民家裡偷東西，現在，卻演變成把小女孩屍體搬回「祕密基地」這結果？比荒謬還荒謬的是，段人豪之所以做出這麼離譜的決定，竟然還是自己用力拍他的肩膀，才觸發出來的！

一股惡臭從大紙箱裡不斷飄出。

吳思華冷笑。

「大費周章瞞著我，去偷那老芋仔的金條，結果偷了一具屍體。」

「本來只是想……給妳一個驚喜……」段人豪有氣無力，半個身體都靠在生鏽的淋浴柱上。

「然後呢？」吳思華踢了大紙箱一腳：「從金條變成屍體，眞好笑。」

葉偉竹跟廖國鋒同時看向段人豪，段人豪卻不由自主看向林書偉。

林書偉無力回應段人豪的眼神。

「看他幹嘛？」吳思華一陣惱火。

「是他叫我把屍體搬回來的。」段人豪怏怏。

「……我沒有叫，我只是拍你的肩膀。」林書偉急忙澄清。

「你拍我的肩膀，不就是那個意思。」

「對啊，都是林書偉害的！」葉偉竹趕緊幫腔：「如果那個時候我們馬上把那個女的送去醫院，說不定還有救！」

「是沒看到她整個被車子撞飛嗎！」段人豪卻不領情，怒叱：「都撞成那樣還有救！救個屁！」

「嗯……加上你那一揮……」林書偉呆呆地說。

「幹！什麼叫加上我那一揮！你再說一次看看！」段人豪氣急敗壞：「你是沒聽過迴光返照嗎！她本就是死了！」

「……是沒聽過迴光返照還會跳起來咬人的。」林書偉不知哪來的勇氣吐槽，大概是絕望到底，豁出去了。

找死嗎，吳思華噗哧一聲笑了出來。

「幹！」段人豪抄起放在牆角的長鏟，作勢往林書偉的脖子戳下：「你很有種嘛幹！等一下我可以在後山挖一個洞！也可以挖兩個！」

氣氛太差了，廖國鋒跟葉偉竹都不敢接話，只好看向吳思華。

吳思華抖了抖菸蒂，搖搖頭。

「把屍體扛去後山更裡面一點埋不是一個辦法，肉化掉只要幾個月，但骨頭要十幾年，後山又不是什麼眞正的荒山野嶺，萬一有早起的阿公阿婆在那裡走來走去，洞挖不夠深，屍體被野狗咬出土，警察平常再怎麼懶，看到屍體不查也難。」吳思華嗤之以鼻：「你們到底能不能動動腦？」

吳思華的心裡早就有答案了。

她是犯罪影集「絕命毒師」的忠實粉絲，裡面有一集說到毀屍滅跡的化學配方，記得非常簡單，氫氟酸之類的，最重要是得買到一個巨大的塑膠桶，還得有蓋子，嗯……嗯嗯嗯嗯……

吳思華的腦袋裡飛快地推演影集裡的毀屍教學步驟。

得去買幾件防止強酸噴濺的防護衣，不知道最厚的雨衣夠不夠力……還有手套，對了，口罩最好買N95的，臭是一回事，只要怕的是氣管被氣體灼傷……現在是午間靜息，下午的課通通直接請假出去買材料吧，錢就用上次偷來的班費。

葉偉竹忽然奮力舉手：「有了！我記得後山靠電塔那裡有一個土地公廟，那裡的金爐不知道可不可以偷偷燒屍體！」

廖國鋒皺眉，點點頭：「不失為一個好方法，也可以順便燒紙錢送她一程。」

林書偉動氣了：「你們是認眞的嗎？金爐的洞那麼小，是要怎麼把屍體塞進去！」

葉偉竹理所當然地說：「先分屍啊。」

林書偉越說越激動：「你要分屍嗎？你敢分屍嗎！而且金爐的溫度根本不夠把骨頭燒成灰，那是燒紙的！燒紙的！燒紙的！我敢賭不只骨頭燒不掉！肉也燒不掉！」

「啊不就變成烤肉？」葉偉竹隨口：「中秋節才剛剛過沒多久哈哈哈！」

林書偉怒極：「不好笑！」

葉偉竹罕見地瞪了他一眼：「摸奶俠，你今天特別嗆嘛，不要忘了把屍體扛到這裡都是你的主意。」

林書偉猛然站起，直接撥開段人豪架在他脖子上的鏟頭，歇斯底里大吼：「從頭到尾都不是我的主意！欺負老人不是我說的！半夜去偷金條不是我說的！那個女生不是我開車撞的！也不是我拿鏟子敲頭的！屍體也不是我說要搬回來的！你們到底要亂說到什麼時候！你們——」

沙沙……大紙箱好像動了一下。

大家不約而同看向大紙箱。

林書偉整張臉僵硬。

「剛剛是不是……？」葉偉竹倒抽一口涼氣。

「她該不會沒有死吧？」廖國鋒小聲地說。

吳思華皺眉。生物課解剖的青蛙明明死了，雙腳還是會因爲殘留的生物電流而抽搐，但人……也會嗎？死了這麼久也會嗎？

段人豪一臉駭然，默默拿起長鏟，慢慢地靠近大紙箱。

「醜話說在先，她死了最好，只要想好怎麼處理屍體就沒問題。」吳思華直接抹殺掉林書偉腦子裡正在萌生的怪念頭：「沒死的話也得把她殺了，不然她去報警，一條殺人未遂你們就眞的完了。」

「怎麼可以……」林書偉難以辯駁。

沙沙！

大紙箱眞的又動了好大一下，非常明顯。

你看我，我看你，空氣凝結。

這下段人豪的長鏟不敢靠近了。

段人豪完全不敢眨的眼睛，從恐怖的大紙箱上，慢慢地，移動到吳思華的臉。

吳思華看著段人豪前所未有的恐懼表情，簡直比浮誇還浮誇，她心念反向一動，嘴角差點失守。

原來如此……藏了一個人在大紙箱裡假裝屍變嚇人，這才是你的驚喜吧？至於大紙箱裡傳出的惡臭味大概就是一隻死狗死貓之類的，眞是難爲了跟死貓死狗一起躲在裡頭的誰。到底是誰這麼倒楣被當做一個爛驚喜，吳思華倒是一時想不出來。

「我承認差一點就被你們騙了。」

吳思華一踏步，正想掀開大紙箱的時候，一道快速絕倫的黑影從裡頭破出！

黑影撞倒了最近的吳思華，旋即又撞倒了無法反應過來的林書偉，林書偉還沒完全跌在地上，黑影便一個借力躍上了天花板，在天花板上飛竄起來！

那黑影正在咆哮。

「屍變！」段人豪大叫，木能地揮動手中鏟子。

一道閃光以肉眼絕對無法追上的速度，撞上了正在天花板狂奔的黑影。

黑影慘叫，竟彈射向天花板的最角落。

吳思華馬上看明白了。

「牠怕光！」一屁股跌在地上的林書偉也明白了：「牠怕陽光！」

沒錯，剛剛那一道閃光，就是段人豪手中鏟子無意間將窗戶外射進的陽光反射上天花板的光片，只是一個小小的反射，就將那道野獸般的黑影嚇得魂飛魄散。

吳思華一把搶過段人豪手上的鏟子，以傾斜在地板上的怪角度，折射陽光上天花板，光片激衝向在天花板角落喘息的黑影，黑影驚嚇，四肢抓著天花板往前狂奔，許多被爪子抓碎的灰屑噴落在大家的頭上。

黑影沒頭沒腦一頭撞上柱子，跌在地上，登時像龍捲風一樣把堆得亂七八糟的校產雜物撞得一塌糊塗，上百個印了議員嘉勉詞句的紀念馬克杯頓時破飛。

大家嚇得往一旁猛跳。

「幹！」段人豪抓起一個獎座亂揮。

「死定了死定了！」葉偉竹差點被段人豪狂揮的獎座打到。

唯一保持冷靜的吳思華只是將鏟子輕輕一轉，陽光反射便輕易追上黑影，黑影一個莫可名狀的慘叫，從一大堆馬克杯碎片中暴彈飛躍，再度衝上了天花板。

吳思華奮力一揮，擊碎了一面已髒到絕對無法看清任何東西的泳池立鏡，大叫：「一起反射！」

所有人都明白了，馬上手刀撿起四分五裂的鏡子碎片，拚命找尋能夠反射陽光的任何角度，用反射光片射向在天花板上胡亂打轉的黑影。

光片只要稍微觸碰到黑影，黑影就會發出恐怖的慘叫，緊急往反方向逃開。

「牠真的怕光！」

「就是這個角度！」

「你去拿大片一點的！」

「你過去一點！過去一點啦！」

「牠的關節轉得好奇怪！牠會不會突然衝下來啊！」

「你管好鏡子就對了幹！」

經過了幾次焦灼的呼吸，那黑影總算被五個大小不一的光片，聯合逼困在懸掛著國父遺像的樑柱上，無法進，無法退，只要稍微嘗試逃脫，馬上就會被陽光燒到。

再怎麼驚魂未定也該冷靜了，大夥兒總算將那顫抖不已的黑影給看清楚。

那黑影，毫無疑問是一個人形。

雖然已經大大改變了臉上的骨骼肌理，四肢也變得像是野獸……或者更像昆蟲一點，但確實就是大家一起扛回來的那具「小女孩屍體」。牠的眼睛裡漾著一股淡淡的黃，像是貓科動物的瞳孔，那股黃光很快因過度驚恐收縮成一個極小的光點。

以前大家在這間廢棄泳池淋浴間吃零食亂聊天時，總會恥笑學校幹嘛要掛一幅國父遺像在淋浴間的樑柱上，逼國父變成一個偷窺狂。現在，國父在天之靈一定也很納悶，怎麼會有一個「屍變的人形怪物」倒掛在他老人家旁邊喘氣。

五道封鎖住屍變怪物的光片裡，有四道在發抖。

「牠長得……好像跟我們抬回來的小女生不太一樣？」林書偉喘氣。

「就同一個啊！」段人豪大叫。

「現在！現在怎麼辦！」葉偉竹打顫的牙齒縫裡，只能勉強擠出這句台詞。

「去……等一下就去請道士來吧？」廖國鋒的腦子倒是符合預期。

「道士……不是警察嗎？」葉偉竹迅速推翻自己：「不！不能叫警察！對吧老大！不能叫警察！」

林書偉眼皮上的汗珠刺痛了他的視線，他六神無主地看向段人豪。

段人豪點點頭，又搖搖頭，隨即本能地看向掌控這裡眞正的老大，他的寶貝。

吳思華甚在還在嚼泡泡糖。

泡泡越來越大，她凝視著屍變怪物的雙眼，聽著屍變怪物喉裡的怪聲。

牠在低吼。

牠在威嚇。

吳思華感受到拿著鏟子的雙手因過度緊張抽搐著，手心都是冷汗，腳趾指尖異常很冰冷，幾乎失去感覺。呼吸沒有一絲急促，心跳卻很劇烈，可見身體的緊張隨時都會壓倒心理的冷靜。

這些都是剛剛一連串的緊急判斷與反應過後的身心副作用，也是這些副作用，眞眞實實地向吳思華回報著過去一分鐘裡……還是三十秒？還是更短？自己到底經歷了什麼。這一切都還是現在進行式，沒有結束。

倒掛樑柱上的是貨眞價實的怪物。

平凡人，平凡人的理智是絕對應付不了的。

吳思華知道自己不能分散自己的視線去看段人豪，去看其他人的表情。她明白一旦接觸到任何可稱平庸的正常情感，自己就無法保持異常的敏銳。

令她疑惑的是，屍變怪物爲什麼不應變得，像個眞正貨眞價實的怪物？

雖然陽光疑似可以傷害牠，但爲什麼牠不忍受一時的皮開肉綻，拚命直衝往前，或乾脆往下，將樑柱底下的五個人一口氣殺光？

爲什麼？爲什麼屍變怪物不敢放手一搏？

屍變怪物持續意義不明的低吼，牠被陽光壓制，卻一直焦躁祟動，被心意不定的利爪抓碎的水泥灰屑掉落在眾人頭上。不管牠發出多少聲音，已漸漸無法遮蓋住牠眼神裡眞正的情緒。

牠在害怕。

牠恐懼著節節逼近的陽光，恐懼著底下正在觀察自己的那雙……

「靠！牠死定了！這下牠死定了啦哈哈哈哈哈！」

「不要動！你那邊不要動！」

「牠好像……」

吳思華明顯感覺到自己的臉部肌肉正在變化。

她沒能拿起手機自拍自己的表情當做紀念。

但她猜想，此刻自己的嘴角應該扭曲上揚。

吳思華輕輕轉動手中的鑷子，屍變怪物爪子旁的陽光一明一滅。

不管樑柱上的是什麼，牠總算弄清楚了誰才是這個房間裡眞正的怪物吧。

「林書偉，回去拿假條，下午所有人都要請病假。」

14

林書偉滿身大汗從今晚第十一個惡夢中驚醒。

沒有電線桿上的麻雀聲，沒有腳踏車嘶嘶銳利的煞車聲，沒有機車有氣無力的排氣聲，不須要看窗外就知道天還沒亮。房間裡黑壓壓的，只有床頭櫃上鬧鐘指針上塗滿了黃色的螢光清晰可見。

清晰可見的四點十三分。

彷彿爲了掙脫剛剛的慘烈夢境，林書偉幾乎是用胡亂撕扯的方式暴躁地脫下濕透的灰色汗衫。因恐懼而產生的汗漿與運動流出的汗水很不一樣，經歷過腎上腺與雞皮疙瘩共同加工處理過後的液體特別黏稠，林書偉的指間充滿連自己都很討厭的黏膩感。

林書偉看著床頭櫃上的鬧鐘指針，那刺眼的黃色螢光，馬上讓林書偉知道剛剛惡夢中與自己對視的恐怖雙眼確實也存在於夢境之外，自己無論是醒、是睡都無法逃脫。

假裝會有一點幫助，林書偉伸手將鬧鐘蓋下。

不得不承認，自己的確因爲被大夥手忙腳亂抬回祕密基地裡的那具屍體，不是一個人，而是一個如假包換的「屍變怪物」，不必牽扯到只適用於人類的刑法、或動物保護之類的法律問題而大大鬆了一口氣，但接下來會發生什麼事，林書偉自認身爲一個平庸至極的人類，他已放棄想像。

繼續躺下也睡不著吧，林書偉下床，赤身打開電腦。

電影螢幕上還停留在睡前在網路上搜尋到的一大堆關於怪物的鄉野傳說，殭屍、活屍、吸血鬼、雪人、狼人、半獸人、女巫、地底人、外星人……不管被大家合力用橡膠水管與鐵鍊綁在淋浴柱上的「牠」到底是什麼來頭，可以肯定的，就是睡前胡亂看了這堆充滿負面能量的資料，才一併害自己作惡夢的吧。

窗外的天色轉藍，終於聽見麻雀的聲音。

胃裡傳出聲音，還以爲自己這輩子不再有食慾了。

林書偉躡手躡腳走出房間。

房間外走道堆滿了直銷保健食品的紙箱，只剩下側身可過的窄小空間，這些沒拆封的紙箱一路堆到了客廳，蜂膠、鈣片、乳酸菌、段木靈芝、大豆卵磷脂、高單位綜合維他命、葉黃素、冬蟲夏草菌絲體、號稱營養到頂點的膳食纖維代餐。

其中以兩年前就開始大量囤貨的蜂膠產品最多，連牙膏都是號稱由最頂級的巴西蜂膠製成，通過一堆英文縮寫的國際認證，不僅保證沒問題，還可以一邊治療口臭一邊預防嘴破，特別厲害，不知道是不是受夠了老爸的口臭，媽媽一口氣就囤了五十箱，一夜之間塞爆的客廳讓她才入會兩個禮拜就抵達藍鑽經理的勳章，可以用最優惠的價格搶先購買最受組織推崇的蜂膠噴劑，一樣可以防口臭防嘴破保養喉嚨，冬天治療喉嚨痛，夏天預防……

預防喉嚨痛，所以媽媽一口氣買了二十箱，堆得廚房連瓦斯爐上面都是蜂膠噴劑。

不過這倒是沒差，家裡很久沒煮飯了，反正冰箱旁邊有半個人高的膳食纖維代餐，採用富含一大堆維他命的山楂跟超高纖的洋車前子合力特殊精製而成，加冷開水沖調後就有飽足感，一包不夠飽足就吃兩包，還可以促進腸胃蠕動，軟化糞便，如果嫌山楂含的維他命不夠，家裡還有幾十大罐高單位維他命丸可以補充，而洋車前子纖維的軟便效果不夠顯著的話當然也沒關係，飯前飯後搭配乳酸菌，效果就會出來了……

客廳裡電視機不意外還開著，重播著第四台的政論節目。

老爸坐在震動功能時好時壞的按摩椅上，鼾聲震耳欲聾，看他脖子上鬆開的領帶就知道他又連澡都沒洗就睡著了。話說那張雜牌按摩椅是媽媽連霸十週的藍鑽級區域銷售冠軍得到的獎品，很值得，因爲那是他們夫妻倆唯一的生活交集。老爸愛看政論節目卻又老是在按摩椅上看到睡著，意外治好了他多年嚴重失眠的毛病，不得不說按摩椅對失眠療效做出卓越的貢獻，更讓獨自在房間裡睡覺的媽媽一路好眠到天亮。當然了，老媽每天吞的褪黑激素藥丸也有功勞。

林書偉打開冰箱。

沒有菜，沒有蛋，沒有水果，媽媽再三強調冰箱已經不須要放那種佔空間的東西，家裡多的是比那些更營養的保健食品，只有一瓶牛奶是昨晚自己在巷口便利商店買的，只剩下半瓶，肯定是老爸一邊嘆氣一邊喝掉的。他倒了剩下的半瓶，再開一包巧克力味道的營養奶昔，胡亂攪拌後就一口氣喝掉。不一口氣還眞不行。

喀喀喀……嗡嗡嗡嗡……

他看著按摩椅上忽然震動起來的老爸。

老爸的人生很眞實，眞實到被大量無用的營養品、以及自己的鼾聲給淹沒。

「我們公平一點吧，都別給對方帶來麻煩。」老爸幾年前曾經這麼說過。

是，他不想帶給這樣的老爸任何一點麻煩。在保險業工作的老爸的確沒有將外面的不愉快帶回家打擾他，雖然連續好幾年他的臉上都沒有出現快樂的表情，但他絕沒有像鄉土電視劇裡的爛老爸一樣喝醉酒打老婆揍兒子，只要在桌上放妥一張全都及格的成績單，是的，只要全都及格就好，不須要名列前茅，跟老爸要錢補習組電腦買手機上網連寬頻便沒有一句教訓告誡的話。很公平。

不管發生在自己身上的有多眞實或多不眞實，林書偉跟自己手中空掉的馬克杯說，他想要一直這樣公平下去。

15

學校後山的舊校區，廢棄游泳池旁的地下祕密基地。

唯一可以透外見光的天花板邊緣通風口，一共有四扇，每一扇都被重複貼上了八卦雜誌本內頁，原本空氣就不太流通的祕密基地變得更悶，只要進來一分鐘，什麼也不做，就會開始流汗。於是廖國鋒搬了一台老電風扇。

「從今天開始要來好好研究一下，牠到底是什麼。」

段人豪笑嘻嘻地脫下棒球外套。

今天是週六，原本早上排定的數學補習課當然是作罷，除了半夜去老人家偷金條，林書偉不記得自己曾穿著便服跟段人豪他們混在一起，但這個場景倒也不須要紀念。

林書偉只看了一眼大家特地帶來、擺在小書桌上的「工具」，就知道今晚也別想好好睡覺。

綁在廢棄更衣室淋浴柱上的，看起來一點都不像是怪物，而是被大家扛回來的小女孩，滿身髒污，手腳上多了很多類似燒傷的疤痕，嗯，那肯定是被陽光反射燒出來的傷口吧，至於大腿斷折的部位已完全癒合，一點都看不出來曾經嚴重骨折過……這是怪物相關電影裡常見的「快速傷癒」的經典設定吧，就跟小女孩的臉會因爲情緒高漲改變肌肉結構，瞬間獸化成怪物的臉一樣，很多電影也是這麼拍，林書偉心想。

小女孩嚷嚷著沒人聽得懂的聲音，看起來非常害怕。

「昨天沒空拍下你嚇瘋的樣子讓你自己回味，今天倒是精神很好嘛！」吳思華穿著一條超短露出半個屁股的運動短褲，手裡晃著一盞從生物實驗室裡偷出來的酒精燈。

「哈哈哈不要虧我啦，今天我要報仇！報仇！」段人豪神氣活現拿起老虎鉗：「登登登登！」

吳思華點燃酒精燈，烤起了段人豪手中的老虎鉗鉗頭。

「爲什麼要先加熱消毒啊？怪物會怕感染嗎？」廖國鋒不懂。

「白痴，是因爲加熱感覺比較專業啊！」葉偉竹自己腦補。

吳思華看著林書偉，眼神同時帶著命令與挑釁。

「……那是因爲，不知道這隻怪物的血有沒有毒，所以萬一血噴到我們身上，就可能會發生感染。加熱過後的老虎鉗，可以同時把怪物的傷口炙燒起來，血就不會噴得到處都是。」林書偉無奈地解釋。

吳思華不置可否，塞了一顆新的泡泡糖在嘴裡。

「靠！原來如此！」段人豪哈哈大笑：「哈哈哈其實我早就知道了啦！」

至於要在哪裡製造出怪物的傷口？

那還須要問嗎？

廖國鋒與葉偉竹合力用扳手撬開小女孩的嘴，露出滿嘴野獸般的利牙。

小女孩咿啞咿啞地怪叫。

「等一下，這個怪物……我們不用先調查一下牠的來歷嗎？牠現在長得又不像是怪物，她……看起來就是人啊，硬拔牠的牙齒不會太殘忍了嗎？」林書偉面有難色。

段人豪一臉呆萌，看向吳思華：「殘忍？這樣會很殘忍嗎？」

林書偉看著一臉驚恐的小女孩，看著一臉沒所謂的吳思華。

「好啊，想調查，那你自己來問牠看看啊？」吳思華淡淡吹著泡泡：「問啊，問牠叫什麼名字啊？問牠現在幾歲啊？問牠家住哪啊？問牠到底是什麼東西啊？問啊？」

「……」

「我給你五分鐘問，想問什麼就問什麼，五分鐘不夠就問十分鐘，十分鐘不夠就問一小時，想問多久就問多久，這裡不會有人阻止你當好人。」

林書偉怔住。

小女孩的表情完全就是人類無誤，但很明顯無法使用語言，這是要從何問起。

吳思華嗤之以鼻，手上的老虎鉗鉗頭已被酒精燈的火焰烤到微焦。

「唉呦林書偉你書都讀到哪裡去了，她這麼恐怖的牙齒怎麼會是人的嘛！」葉偉竹插嘴：「這個世界上還有很多我們不懂的東西，所以要研究嘛！研究！研究！」

「那我們也可以把牠交出去啊，看是要交給警察，還是要交給……國防部之類的，反正政府單位一定不可能怪我們抓到一個怪物，說不定還會給我們一點獎金，說不定……反正不管是警察還是國防部問我們在哪裡抓到牠的，我們隨便唬爛一下就好了，也不用說我們是半夜跑去偷金條才意外碰到牠的啊，我們就說我們是半夜……去傳說中的鬼屋探險！然後就……反正牠感覺不會講話，不可能告我們的狀啊！」

「說太多了喔摸奶俠，你這個人的毛病就是一直念一直念。」廖國鋒皺眉。

「我沒有說不交給政府啊，只是我們先玩一下啊，玩膩了再賣給政府就好啦！就跟你說的一樣，反正怪物又不會告狀哈哈哈哈哈……」段人豪忽然靈光一閃，像發現新大陸一樣大叫：「還是……摸奶俠！今天來幫你升級！」

「升級？」林書偉感到不妙。

吳思華這時才第一次笑了，咬破嘴邊的泡泡：「好啊，今天幫他升級。」

林書偉意識到手心一陣冰冷時，已經抓著段人豪塞給他的老虎鉗。

「來！升級！」段人豪用力一拍：「摸奶俠2.0！」

林書偉整個人給推到距離小女孩只有一個呼吸的距離。

現在是什麼狀況？

「拔下去！讓你一秒變成男子漢！」葉偉竹往左用力拉開小女孩的嘴。

男子漢？

「幫你集氣啦！」廖國鋒往右扳開小女孩的嘴。

集氣？

集什麼氣？

林書偉看著小女孩那張極度恐懼的臉，她的嘴巴被硬拉開來，兩排鋸齒狀的牙齒的確不是人類所能擁有，更像是野獸用來撕裂肉塊的凶器，但那又如何呢？她的恐懼是如此眞實，她的眼睛甚至不斷湧出了淚水。

淚水不是藍色，不是紅色綠色黃色，跟所有人一樣，很清澈。

顫抖地拿起老虎鉗，清楚聞到了被烤熱了的老虎鉗鉗頭周圍過度乾裂的空氣，那股灼熱所意味的強烈傷害性，那種不可逆轉的惡意，林書偉感覺到一百萬隻螞蟻密密麻麻爬上了後頸，鑽開一個血洞。

「快拔啊！牠會吃人耶！你不是都看到了嗎！快點爲民除害啊！」

「對啊快點啦看你表演！表演爲民除害！」

「你這樣要拔不拔是在演哪一齣啊？我這樣一直壓著牠很累耶！」

「你要問就問，要拔就拔，不拔就滾開！」

「快拔！」

高高舉起老虎鉗，瞄準小女孩尖銳的牙齒。

別被牠的外表騙了，牠不可能是人！

牠吃人！牠吃人啊！

「啊啊啊啊啊啊啊啊啊啊啊啊啊啊啊！」林書偉大吼大叫，試著用誇張的吼叫聲淹沒自己能夠意識到的所有事物。

但無法，完全無法，吼叫是吼叫，根本無法淹沒從小女孩嘴巴裡嗚咽出的害怕。

吳思華翻了一個大白眼。

「幹！」

段人豪撞開林書偉，一把搶走他手中的老虎鉗。

「你還是比較習慣被弄是不是？」段人豪一秒就把老虎鉗插進小女孩的嘴裡。

老虎鉗夾住門牙，門牙登時燙到發紅，小女孩發出淒厲的怪叫，臉上的肌肉跟骨骼快速扭動，粗糙的皮膚底下浮現出一條條驚擾爬動的紋理，好像有許多小蟲在血肉裡奔逃似地，不到兩秒，小女孩的額骨往前突出，鼻子尖起，臉頰內凹，完全變成一張非人的獸臉。

沒了小女孩，只有小怪物。

「獸化！是獸化耶！好像電腦特效！」

「牠平常一定是假裝自己是人，再忽然變成怪物暴走！」

「幹好屌！體內細胞遇到危急的狀態就會強制變身！」廖國鋒讚嘆。

「跟比絲吉一樣！」

「那牠的肌肉會不會跟比絲吉一樣整個強化啊！會不會掙脫鐵鍊啊！」

「幹！好難拔！牙齒好硬！」段人豪一手按住小怪物的肩膀，一手死命地扯動老虎鉗，使出渾身解數。

血煙從小怪物的嘴裡冒出。

「老大！轉一下會不會比較好拔！」葉偉竹在一旁建議。

「還是用扳的？扳一下！直接把牙齒扳斷！」廖國鋒也很多意見。

「不准扳斷！我要蒐集完整的牙齒！」吳思華火爆阻止：「轉一下，把牙床轉爛就比較好拔了吧！」

「蒐集完整的牙齒幹嘛啊！」段人豪一下子就汗流浹背。

「我要拿去串珠珠啊！」吳思華沒好氣地說。

喝啊！

段人豪總算拔出一顆牙齒，齒根還帶著黏糊糊的血肉渣渣。

小怪物痛到全身發抖，無法闔上的嘴巴冒著高熱炙燙的焦煙，那焦煙的氣味非常古怪噁心，噁心到祕密基地裡的所有人都快吐了。

「靠，累死了，換手！」表情嫌惡的段人豪把老虎鉗遞給廖國鋒，自己接手壓制小怪物的臉：「用轉的！」

廖國鋒一點也沒有猶豫，老虎鉗對準第二顆門牙就夾，一夾便轉。

「眞的很硬！完全沒有鬆動！」廖國鋒訝異不已。

「是不是！轉大力一點！不是……對對對！就是那樣，左右兩邊快速轉！」

「不知道拔了以後會不會再長出來啊？」

「怪物的身體就是無限修復啊，電影不是都這樣演的？」

「再長！就再拔啊！這樣不是更好玩嗎？」

呆站在一旁的林書偉完全無法動彈。

他不知道自己還待在這裡做什麼。

他不屬於這裡。

他完全不屬於這些奇奇怪怪的討論。

但他卻牢牢黏在這個腐爛的氣氛中。

他沒有腿軟，只是想不出可以讓自己全身而退的一句話。

想不出來。無法思考。無法正常思考。無法將自己當做一個正常的人類一樣思考。抓到怪物這種事應該很不正常吧，自己如果把自己當做是一個正常的人類看待，是不是反而無法在這種不正常的狀態下生存呢？自己是不是應該放棄正常的思考？那什麼又是不正常的思考呢？難道在這裡用超過攝氏一百度高溫的老虎鉗拔怪物的牙齒才是一種可以讓自己生存下去的不正常思考呢？

廖國鋒好不容易拔了一顆，葉偉竹馬上笑嘻嘻接手。

「看我的！幫我抓好牠！」

葉偉竹用雙手夾住一顆犬齒，接著立定一跳，雙腳直接踩在小怪物的胸口上。

「看我用全身的力量！超！級！賽！亞！人啦！」

葉偉竹不正經地劇烈晃動全身力量拔牙，小怪物胸腔裡的空氣一下被咕嚕咕嚕踩出，發出恐怖的窒息聲，大家不知道爲什麼反而哈哈大笑起來，還差點鬆開壓制小怪物臉頰的手。

「眞的好難拔喔！喔喔喔喔喔喔喔喔！喔喔喔喔喔喔！」葉偉竹搞笑配音。

葉偉竹雙腳踩在小怪物身上拔牙的動作太滑稽了，大家一直笑個不停。

就只有林書偉發現葉偉竹漲紅的臉上，眼角正在滲淚。

那絕不是用力過頭的淚水。葉偉竹不僅眼睛紅了，鼻頭更紅，還在抽動。

葉偉竹竟然是個假貨！

無比眞實的假貨。這個裝模作樣的傢伙根本一點也沒有享受拔小怪物的牙齒，還很害怕！吳思華那麼聰明，那麼機歪，一定也察覺到了吧……可爲什麼吳思華沒有找葉偉竹的麻煩呢？

林書偉瞥見吳思華正看著他。她注意到了他的注意。

此時葉偉竹突然往後摔倒，　顆牙齒連血帶肉從小怪物的嘴裡噴出。

小怪物面目猙獰地大哭。

「沒想到你拔最快！」段人豪哈哈大笑。

「想不到我是拔牙齒的天才，以後我去考牙科好了！」葉偉竹摸著發疼的屁股。

「你才考不上。」

「我只是還沒開始用功而已好嗎！」

「老虎鉗要繼續加熱啦，不然被血噴到會很噁耶，搞不好還會被傳染。」

「酒精燈！來，打火機咧？」

剛剛從地上爬起來的葉偉竹伸出手，將老虎鉗遞向正點燃酒精燈的吳思華。

吳思華看著林書偉，嘴上的泡泡越來愈大。

啵！

「你。」

「……我不要。」

「你是不是覺得我們很爛，虐待怪物算什麼英雄好漢，然後你比我們高級？」

「我沒有，我只是不想。」林書偉耳根發燙：「你們弄你們的，不要拖我下水。」

「什麼叫我們拖你下水？怪物是你們抓回來的，我才是被你們拖下水。」吳思華平靜地看著林書偉：「然後你現在在這裡擺什麼樣子？」平靜得令人毛骨悚然。

段人豪接過葉偉竹手中的老虎鉗，強硬地指向林書偉的臉。

再前進一公分，林書偉的鼻子就要燒焦。

「想安全玩怪物，就要拔光她的牙齒，這不是很正常嗎？」段人豪皺眉。

才不正常。

玩怪物才不正常。

林書偉接過老虎鉗。

正常人是無法在這個不正常的空間裡生存的。

你們通通都不正常。

林書偉想深呼吸調整情緒，鼻子用力一吸這個動作，卻讓他忽然非常想哭。

「還在演？」吳思華嫌惡不已。

林書偉手中的老虎鉗瞬間停止了顫抖。

在小怪物淒厲的慘叫聲中，林書偉又一次獻祭了他心中的「某個東西」。

16

五金雜貨行的A6貨架上，擺了各式各樣的大剪刀。

半個小時前吳思華說，拔光了小怪物的牙齒，接下來就是要剪掉小怪物的手指，至少，要把第一截帶爪子的部份剪掉，不然做實驗的時候被抓傷了就划不來。

而選剪刀的任務，就交給葉偉竹跟林書偉。

「扣掉那一整排，這些都是剪樹枝用的吧？」葉偉竹拿起一把造型特殊的剪刀：「沒想到現在剪刀功能分那麼多種……德國製造，包裝上面有說，黑色鐵……鐵氟龍防腐處理過的鋼材，是不是沾了怪物的血也不會被腐蝕啊？啊？還是怪物的血根本就不會腐蝕？不對，這個握柄太長了，很難瞄準。」

林書偉皺眉：「很難瞄準就不要買。」很難瞄準的意思就是，需要有人直接抓住小怪物的手腕，再讓人遠遠地操作長柄剪下，而自己一定會被分配到近距離抓牢小怪物手的爛角色。

「喂喂喂！林書偉還是你看這個，新一代電動樹枝剪，電動的耶！還是我們買這種，買這種回去一定不會被罵！」

林書偉注意到，葉偉竹只有在跟大家一起胡鬧的時候，才會叫他摸奶俠。

「經費不夠。」

「夠啦怎麼不夠！班費偷一次不夠，就偷兩次嘛哈哈哈！」

「趕快買一買好不好，我跟我家裡說補習結束的時間已經過了。」

醒醒吧，家裡根本沒人在意好嗎。

「還是這支！造型超級陽剛的！日本製鐵甲武士剪刀，你看上面這樣寫，每個男人都要有的一支經典萬能剪刀！超強的剪碎力，電線，鐵線，樹枝，光碟都可以輕鬆剪，還得到過GOOD DESIGN設計大獎！哈哈哈好像在介紹卡通玩具耶！」

「有沒有得過獎根本不重要，又不是拿去做什麼了不起的事。」

兩人有一搭沒一搭地討論，最後拿了一支紅色塑膠握柄的寬刃剪刀去結帳。

一想到這支剪刀很快就會出現在明晚的夢境裡，林書偉的手心就開始盜汗。

「放你那還是放我這？」

「很重要嗎？」林書偉冷冷地踩上腳踏板。

眼看林書偉就要與自己分道揚鑣，葉偉竹忽然湧起一股莫名的心慌。

「等一下啦！」葉偉竹大聲嚷嚷。

「幹嘛？明天早上十點集合，我沒忘。」

「不是啦……現在才七點，七點耶！你那麼早回家幹嘛？」

「吃飯啊。」

「靠北，你還吃得下飯？」

「……不然咧。」

「你太早回家又吃不下飯，馬上睡覺一定會作惡夢，先不要回去啦！」

「……你到底想怎樣？」林書偉皺眉。

「班費還剩很多，我們去吃飯……算了，去喝一點涼的！」

一開始，林書偉也不知道自己爲什麼就這樣跟著葉偉竹的腳踏車走，但一起騎上一條人煙稀少的小公園外巷道後，他馬上明白葉偉竹並不想要一個人。而自己……也不想馬上回到堆滿直銷食品的家，獨享在腦袋裡循環播放的小怪物拔牙影片。

兩個人在一間手搖飲料店前面停下。

買了完全沒減糖的珍珠奶茶跟剛出爐的紅豆餅當晚餐，大概也就只有這麼純粹的糖分可以輕易被飽受震撼的身體吸收。飲料店的人氣很旺，兩人坐在騎樓的花台上吃喝時還是有很多國高中生在後面排隊，現在的林書偉特別需要這種擁擠感。

兩人非常緩慢地嚼著珍珠。

平時非常聒噪的葉偉竹，倒是不發一語地看著鞋帶。

林書偉無法不去想那一只裝了三十幾顆牙齒的寶特瓶罐，在段人豪手中搖晃時發出的喀啦喀啦聲。吳思華說明天要把那隻怪物的牙齒拿去串珠珠，不管是不是開玩笑的，都太離譜了。明天早上還得輪流剪光牠的手指，到底是想虐待誰。

吳思華不知道爲什麼總是用很討厭的眼神看著自己……如果想讓她取消剪怪物手指的計畫，一定不能是自己說出來。葉偉竹這傢伙明明也怕得要命，只是死撐，不如現在先說服他看看？如果是葉偉竹提議別剪怪物手指的話，吳思華覺得麻煩說不定也就算了……那要用什麼方法取代呢？

林書偉忽然想到，如果怕怪物的手指抓傷大家會感染怪病，想辦法把牠的手指百分之百包住不就得了？用手套……用冬天最厚的手套……不！用拳擊手套！用拳擊手套就可以了！

該怎麼跟葉偉竹說起呢？

應該用一種很酷的、發現新大陸的語氣吧？

還是該用一種仍在苦苦思考，但反過來慢慢誘導他自己想出拳擊手套這點子呢？

「你今天應該搶先動手的。」葉偉竹忽然開口。

「什麼意思？」林書偉假裝漫不經心。

「高一一開始我也常常被老大弄，你忘了嗎？」

「沒這個記憶。」

「你當然不記得，因爲不關你的事嘛。」葉偉竹試著用一種比較放鬆的語氣：「我也不知道是怎麼開始的，明明我也沒怎樣，但一開學，大家才認識沒幾天，老大跟廖國鋒就一直弄我，老大最喜歡趁午睡的時候拿洗碗精偷偷擠在我頭上，不只一次，不是兩次，至少二十次。」

「……我以爲你們是在玩。」

「對啊，你以爲嘛，因爲不關你的事啊。」

林書偉漸漸想起來了，想起來葉偉竹常常在結束午間靜息的鐘聲中，慌慌張張跑到走廊上的洗手臺把頭上的洗碗精沖掉……可想而知，只會洗出越來越多泡沫，搞了半天老師都進教室了，葉偉竹才一身濕答答狼狽地跑進教室。

那時老師一直狂電葉偉竹擾亂秩序，葉偉竹總是嬉皮笑臉說「啊我的頭就很癢忽然想洗頭嘛！」不管老師怎麼罵怎麼罰，葉偉竹總是自己一直笑個不停，全班也笑到前俯後仰，始作俑者段人豪更是在教室最後面的座位笑到飆淚，有時還會笑到腳抽筋猛踹垃圾回收桶怪異地宣洩一番。

林書偉全都想起來了。

他想起來，自己當時很疑惑，大家都知道葉偉竹是被段人豪拿洗碗精惡整的，只有老師一直狀況外，但葉偉竹幹嘛不舉手說出眞相呢？他總是笑嘻嘻的，不但一臉不在意，反而自己還覺得被整很好笑？

林書偉更想起來，在那個時候自己根本很普通，在班上一點都不是被大家欺負的對象，倒是那個臭得要命的高百合，很快就妥妥地被大家排除在教室外面的走廊上。

那是一個班會。

班會的臨時動議。有一個人舉了手抗議高百合身上一直一直有一股很濃的魚腥味，提議動用班費買一瓶殺蟲劑擺在講台上，方便大家自由取用拿去噴高百合消毒。原本大家都在笑，但這個提案馬上被下一個舉手的人否決了……第二個人說，殺蟲劑要花錢，花這種錢做什麼呢？當然是叫高百合把桌子挪去走廊自己一個人坐啊！

全班表決，鼓掌通過這個經濟實惠的隔離方案。

「我跟著老大他們一直弄你，難道我討厭你嗎？」葉偉竹的表情很正經，跟平常很不一樣。

「不是嗎？」林書偉眞難想像正在跟老是弄自己的人討論這個問題。

「我討厭你什麼？討厭你成績比我好嗎？」葉偉竹似笑非笑。

「……」

「我只是可憐你，成績這麼好，卻一點都不知道怎麼讓自己不被弄。」

「我又沒怎樣。」

「我現在好心教你，你就不要那張臉，ＯＫ？想不想知道祕訣是什麼！」

「……」林書偉大概知道自己的眼神有點不自然，只好把視線移到手上的飲料。

「祕訣就是，好笑！我問你！如果老大突然在走廊上飛踢你，你會怎樣？」

「很生氣問他幹嘛踢我啊？」

「錯！你要馬上爬起來，一邊笑一邊想辦法踢回去！」

這是什麼怪反應啊？錄綜藝節目嗎？

「如果他踢得眞的很大力，完全不像在開玩笑呢？」

「白痴，你成績好還是一個大白痴，不管別人是不是開玩笑，你都要讓自己覺得那是開玩笑，你要……表演啊！假裝那是開玩笑啊！一點都不難演眞的，你一開始笑就停不下來了，然後你一邊笑一邊踢，說不定還眞的讓你踢回去了是不是？」

「踢回去，然後段人豪一定會再踢更大力回來啊！」

「那又怎樣啊資優生？到底是你被踢到很痛比較不爽，還是你被弄你會比較不爽？當然被弄最不爽啊！所以被踢不是重點，重點是不能被弄，就算老大一開始是想亂弄你，但你一直笑，還白痴白痴地追著他想踢回去，他跟你踢來踢去，大家一定在旁邊一直笑啊！踢到最後一定連老大自己都忘記他一開始是在弄你，那就會變成，他跟你其實是玩瘋了，久了就怎樣？」

「久了就……他就不會弄我了？」林書偉好像懂了。

「對，會弄別人的人就是會一直弄別人，老大當然還是會弄別人，但至少不會弄你了，對不對？」葉偉竹越說越有成就感：「對我來說，對你也是一樣吧，老大不弄到自己就好啦，他要去弄誰，關我屁事啊！」

林書偉有點懂了。

「所以老大弄我就沒關係。」林書偉呼吸忽然亂了起來。

「我有說錯嗎？我們一起亂搞那些老人的時候，你也一起下去弄了啊，你不是笑得很爽？而且你跟我很熟嗎？我們從小一起長大嗎？你幫我偷改過考卷嗎？我欠你什麼幹嘛要幫你？」

看葉偉竹忽然板起臉來，林書偉馬上就覺得是自己不好。

「……我剛剛只是隨便說一下。」林書偉的臉熱了起來。

「算了，你正好練習一下好了。」葉偉竹看了林書偉的反應暗暗覺得好笑。

「練習什麼？」

「當然是要練習搞笑啊，來……重來一遍。」葉偉竹迅速調整情緒，瞬間很嚴厲地說：「你跟我很熟嗎？幹！我是欠你什麼！」

聰明的林書偉立刻就接到球了，趕緊說：「沒有啦！我剛剛只是隨便說一下！」

「不夠搞笑啦，你這樣會搞得大家都很尷尬，你要從內心覺得你剛剛眞的只是在亂講。再來……」葉偉竹好像教上了癮，馬上再來：「幹你跟我很熟嗎？我欠你的嗎？」

「哈哈哈沒啦我只是在亂講！」林書偉咧開嘴試著笑。

「幹！跟你很熟嗎？憑什麼要我罩你，欠你的嗎！」

「哈哈哈哈幹嘛這樣，剛剛我只是隨便亂講的嘛！」

「靠北我是跟你很熟嗎？欠你的嗎！」

「哈哈哈哈剛剛亂講的啦！你發神經喔你！」

兩個人就這樣胡亂演練了好幾遍，最後幾次林書偉還加上了親暱的拐子。

「方向對了，以後你就……想辦法練習吧，在老大旁邊，機會多得很。」

「嗯。」

林書偉頓了頓，很艱難地吐出接近氣音的謝謝兩字。

沉浸在教學成就感的葉偉竹大概沒有聽到吧，他忽然想到了什麼，啊了一聲。

「不過還是有一個關鍵的轉捩點。」葉偉竹徹底打開話匣子了：「高一下的時候生物課不是要解剖青蛙嗎？我跟老大、廖國鋒還有吳思華正好分到同一組，當時老大還沒跟他馬子在一起，還在曖昧。你知道我要說什麼吧？」

「我記得那件事，高百合後來一直哭。」

林書偉怎麼可能忘記那天。

原本解剖青蛙，是要把青蛙放在廣口瓶，放入一點點高濃度的乙醚，蓋好瓶蓋，輕晃到青蛙昏迷後，把青蛙肚子朝上，將四肢拉直後再用人頭針加以固定，接著拿鑷子小心挑起牠的肚皮，用解剖刀慢慢割開肚子觀察內臟。

以上除了把青蛙弄昏迷這點外其他步驟都很恐怖，教生物的黃老師示範的時候班上的女生就有人嚇到哭，黃老師還強調現在的方式已經很人性了，以前要麻醉青蛙不是用乙醚，而是直接拿針刺進青蛙的頭骨，把青蛙的腦髓攪碎後破壞掉牠的反射。

黃老師示範完了，人家開始躡手躡腳把青蛙放進廣口瓶時，段人豪一直嚷嚷要嘗試老方法用針絞爛青蛙的腦，弄得大家尖叫聲連連，黃老師還很嚴厲地命令段人豪不准亂搞，用乙醚就用乙醚，亂搞就叫他媽媽到學校來。

沒多久，林書偉就看到葉偉竹捧著一隻沒有腳的青蛙到處嚇人，別說好多女生都被嚇哭了，很多男生也都嚇到跳椅子，有的還拿起解剖刀警告葉偉竹如果再抓著沒腳青蛙逼近一步就絕對揮下去。

被割掉四肢的青蛙只是被乙醚弄昏，沒有死，這恐怕才是最滑稽的部份。

黃老師氣到把葉偉竹轟出教室的同時，眞正的高潮才來。

一向被大家排擠的高百合忽然衝過來，從葉偉竹的手中把沒腳的青蛙搶走，她站在走廊洗手臺上，捧著沒有腳的青蛙一直哭一直哭，說誰過來搶青蛙她就跳樓死給大家看。高百合是說眞的，不過大家本就不想理她，連黃老師也只有嘆了一口氣，沒繼續理會高百合的亂入。

「你要說的是，老大叫你割青蛙的腳，你沒廢話馬上就幹了，而且還加上搞笑。」林書偉回想著那天葉偉竹抓著沒腳青蛙在生物實驗室裡橫衝直撞的畫面。

那畫面充滿了尖叫聲，還有不比尖叫聲還小的怪異笑聲。教室就是一個這麼奇怪的地方，在教室裡一起待了三年，很難不變成奇怪的人吧。

拳擊手套？

算了吧什麼拳擊手套。

「所以明天早上大家要割小怪物的手指，我要搶著幹是嗎？」林書偉閉上眼睛。

葉偉竹點點頭。

一想到那隻沒有腳的可憐青蛙，那種黏黏膩膩的觸感瞬間出現在此時此刻的手掌上，葉偉竹放下還剩三大口的手搖飲料。現在連單純提供熱量的珍珠奶茶，也完全沒胃口了。

身邊的徒弟陷入了令人尷尬的沉默，葉偉竹沒有恥力把事實說出口。

被乙醚迷昏的青蛙，四肢被拉開，用大頭針殘忍地固定好。

段人豪拿起立可白：「我用立可白滴牠的眼睛，牠會不會馬上醒來啊？」

吳思華冷冷說道：「你可以試試看啊。」

廖國鋒拄著下巴：「靠很噁耶，換別的啦。」

葉偉竹忽然舉手：「有了！讓我來！」

沒有人命令葉偉竹。

他完全是自告奮勇拿著解剖刀，笑嘻嘻把青蛙的四肢切掉，連段人豪跟吳思華都在一旁又叫又跳還鼓掌。

他用罰站了整整兩節的生物實驗課，加上連續四週的愛校服務，換來了段人豪覺得他很變態、很搞笑、很好相處。換來了友情。

換來了不被弄，而是一起弄別人的友情。

林書偉起身時，手裡的珍珠奶茶同樣沒能喝完。

葉偉竹一直看著腳上的鞋帶。

17

既不閃耀，也不光輝，他擁有的都跟名字代表的意義毫無關係。

耀輝東張西望，很快便進了瀕臨廢棄的國宅。

大半夜潛進這種破爛地方，耀輝自忖偷不到什麼值錢的東西變賣，但至少能找到讓他度過一個晚上的棲身之所。

快步走上二樓，連祈禱都說不上，耀輝只是兩手插在口袋裡取暖，看看會不會忽然出現一張發霉的床墊，還是上一個被警察臨檢抓走的毒蟲留下來的睡袋，最差都有一間門鎖被敲掉的房間……吧。說不定會找到罐頭，嗯，找到完全沒開過的舊罐頭也是偶爾會發生的幸運，說到這點耀輝可就得意了，很多人都不知道罐頭只要沒打開，幾乎沒有保存期限的限制，而這是他少有的知識之一。把手伸進櫥櫃的深處說不定都能摸到一兩個。

牆壁上都是斑駁的壁癌跟憤世嫉俗的塗鴉，耀輝不介意。

地板黏黏的，好似每一腳都踩在半乾半濕的痰上，耀輝不介意。

走廊極度昏暗，只有樓梯轉角的逃生指示燈給了點光源，耀輝也不介意。

至於氣味……如果耀輝的鼻子沒有因爲吸太多強力膠吸到喪失嗅覺的話，他大概會被這裡無所不在的腐臭味給熏走。不，其實也不盡然，即便聞到了什麼怪味，頂多就是死貓死狗或是死在家裡的獨居老人吧，耀輝也不是沒在廢棄屋子裡遇過乾屍，但耀輝都不怕，強力膠的化學氣味早已深深黏著在他的腦子裡，將一切會令他畏懼的東西連同愛過的一切通通都溶解了。

蒼蠅很多，到處都是蒼蠅，眞惱人。

耀輝終於把發抖的雙手伸出口袋，只爲了揮趕不斷在他身邊嗡來嗡去的蒼蠅。也算託了蒼蠅的福，走在走廊上，耀輝的手一間房一間房試探性地推，很快便推開了一扇沒上鎖的門。

第一個進入昏暗視線的便中了獎，是一張床，床上甚至還有一張薄薄的椰子殼床墊。太好了，也許不只今天，明天也睡在這裡好了。

還沒正式翻箱倒櫃，耀輝便踩到了一個發出金屬聲響的物事。

彎腰仔細一看，是一把刀，一把金屬大刀。耀輝隨意掂量，手感極沉，如果不是值錢的古董，至少是貨眞價實的……純鋼吧？拿去典當不知道值多少錢？

眞是值得慶祝啊！

高興的耀輝將厚實的大刀隨意靠在床邊，坐上床，馬上從口袋裡拿出一管強力膠，擠了一大沱在塑膠袋裡，慢慢搓了起來。很快地，被摩擦加熱的強力膠揮發出有機溶劑的氣味，甲苯透過血液進入耀輝的中樞神經系統。

把臉埋在塑膠袋裡，耀輝的瞳孔慢慢放大，準備迎接美好的幻覺。

最好是關於食物的幻覺，這樣不必花時間找東西吃就可以恍恍惚惚睡著了。

隨著方向感瞬間喪失，很多細細碎碎的聲音開始從床底下、牆壁裡、天花板上、腳趾間裡不斷滲出，從四面八方環繞著耀輝。

奇奇怪怪的聲音越來越近，越近越清晰，儘管他心知肚明那些聲音不存在於這個世界，耀輝還是忍不住把頭拔出塑膠袋，看看到底是什麼東西。

上次他看見一隻跟人一樣高的松鼠，上上次則是一個會唱歌的紅綠燈。他也看過扮成阿密特的張惠妹穿著郵差的制服跟他報明牌，還說如果這期不簽就會家破人亡，那次眞是好笑，什麼家破人亡，他根本就是一個被家人徹底淘汰的爛人好嗎，他還跟張惠妹要了一張上面有簽名的票，想說可以拿去演唱會門口賣掉賺錢，結果隔天他清醒時，才發現手裡根本沒有張惠妹賞賜的票，而是一條很久都沒硬過的老二。

這次，他看見了一雙眼睛。

一雙淡黃色的，像是荒原野獸的怪眼睛。

把散漫的視線移到怪眼睛的下面，看到了一張很大的嘴。

嘴裡都是很尖很尖的牙齒，牙齒超髒，很黃，污垢超黑超多。

絕對不是人。

「別想嚇我，我什麼都知道。」耀輝呵呵地笑：「我知道你什麼都不是。」

這張什麼都不是的怪物臭嘴，慢慢開得很大。

一股連強力膠的強烈氣味都掩蓋不了的惡臭，往耀輝的臉上瀰漫籠罩。

「這次好逼眞啊……嚇死我了……」耀輝看得臉都歪了：「呵呵……」

好像有類似爪子一樣刺刺的東西搭上了他的肩膀，牢牢揪住。觸感有點冰冷。

瀰漫臭氣的獸嘴張到最大，往下含住耀輝的臉。

獸嘴非常緩慢地闔上。

強力膠的幻覺體驗達到了人生極致，耀輝聽見自己的臉正發出剝喀剝喀剝咖如花生被咬碎的聲音，眼睛跟鼻子慢慢攪捲在一起，太奇幻了……太……

「太痛啦！」耀輝放聲慘叫的時候，爪子已刺進他肩膀的肉裡。

完全無法動彈的耀輝，就這樣被慢慢咀嚼掉了他半張臉，然後是整張臉。

充滿化學藥劑氣味的鮮血噴上了靠在床邊的大刀。

一分鐘過去，耀輝的脖子以上已空無一物。

只剩下憤怒的捕食。

18

比約定的時間還提早了三個鐘頭。

星期天早上八點，林書偉就已經出現在祕密基地裡。

綁在水泥淋浴柱上的「那個東西」不管是人還是怪物，牠的臉已經恢復到小女孩的模樣，牠又瘦又矮的身軀被鐵鍊緊緊纏繞，腳底板無法完全踩到地，當然也無法坐下、蹲下或躺下，以這個姿態被囚禁超過兩天，感覺非常虛弱，連呻吟的聲音都發不出來。

再三確認了綁住小怪物的鐵鍊與橡膠水管都沒有問題，林書偉將陳舊的跳箱搬到小怪物前面，小心翼翼坐了上去。

在這個距離溝通應該非常安全吧。

他凝視著牙齒全遭拔光的小怪物。

「嗨，我叫林書偉。妳記不住名字沒關係，記住臉就可以了。」

「咿……」小怪物的嘴角都是乾涸的血跡。

「我猜妳以前是人，只是發生了某些意外，現在變成這樣。」林書偉觀察小怪物疲憊的眼睛：「但沒關係，昨天晚上我睡不太著，想到一個方法可以幫妳。我用電腦查失蹤人口的照片，但一張一張看，看得很累也看很不確定，所以我先幫妳拍照，現在網路的自動辨識功能很厲害，我出門前註冊了一個新網站，號稱可以用圖片檢索全世界的人臉資料庫……」

林書偉拿起手機，從不同的角度拍了很多張小怪物的臉。

「昨天大家拔妳的牙齒，我也動手了……嗯，我想跟妳說，對不起，真的，我平常不是這樣，我是被他們逼的。我以前也被他們弄得很慘。」

「咿……咿……」

「所以我要做一個新的努力，妳要幫我，妳才可以好過一點。」林書偉拿出兩個棒球手套，解釋道：「等一下他們會拿剪刀，把妳的手指全都剪掉，剪刀？剪掉？妳聽得懂嗎？」

小怪物流露出恐懼的眼神。

「根據我看一些怪物電影的了解，就算妳的牙齒可以再長，妳的手指被剪掉，也不可能再長出來吧？就算可以再長出來，剪的時候也會很痛。我不想剪，也希望他們不要剪。」林書偉拿出一捲包裝紙箱用的寬膠帶：「本來我是想用拳擊手套的，但體育器材室沒有，所以我想拿棒球手套代替，然後用膠帶把妳的手跟棒球手套固定住，這樣妳懂嗎？」

小怪物還是很害怕，不過好像沒有剛剛那麼挫賽。

林書偉點點頭，說：「就當妳聽懂，那我要開始綁了。妳不要亂動，我一定要在他們來之前把妳的手指裝好，彼此配合一下。」

不知道是完全聽得懂，還是虛弱到不剩氣力，小怪物沒有任何抵抗便讓林書偉將棒球手套戴在牠反綁的雙手手掌上，膠帶纏了又纏，直到整捆膠帶都用完爲止。

「好了，妳一定不是很舒服，但相信我，這樣比剪手指好多了。」

「咿……咿……」小怪物竟然在笑。

「妳也不要高興得太早，等一下妳要表現得……像是很怕我，知不知道？」

「咿咿咿咿……」小怪物咧嘴笑的時候，露出沒有牙齒的嘴巴。

林書偉難受地別開視線，看了看錶，九點半。

時間還早。

林書偉跟小怪物大眼瞪小眼。

「其實跟我一樣，不想欺負妳的，還有另一個人。」林書偉隨意開啓話題：「妳記得吧？就是那個把兩隻腳都壓在妳身上拔牙的那個？有點胖胖那個？」

「嗚……吼……」小怪物的臉微微扭曲起來。

「妳很生他的氣，我完全了解，但他只是故意裝得很喜歡欺負妳，這樣他才不會被欺負……就跟我一樣，我也只是假裝跟他們混在一起。」

林書偉說的很心虛，其實不跟他們混在一起又怎樣呢？再忍耐半年就高中畢業了，段人豪可沒有那種成績跟自己考到同一所大學。

「總之，現階段……現階段這三個字對妳來說可能是太難了……反正現在就是忍耐，除了我，那個胖胖的人也不算是百分之百的壞人，我們這五個人裡面有兩個人隨時都願意放妳走，妳說，是不是很有希望？妳是不是應該忍耐一下？」

「咿……」

「忍耐一下，他們玩膩妳了，就會把妳賣給政府……好吧，賣給政府說不定也滿慘的，那些科學家一定會拿妳做很多實驗。」

「咿！」小怪物感到害怕。

「好啦，要不然，我來想個對我也安全的辦法，偷偷放妳走，只是辦法我現在還沒想出來。總之，我們走一步算一步。」

「咿咿咿咿咿……」小怪物好像有點高興。

林書偉說著說著，便隨意說起了關於自己的一點點事情。

談不上是成長故事，就是一些零碎的抱怨，跟稱不上是檢討的胡亂反省。

他談到，或許自己是獨生子，別家小孩上安親班的時候他媽媽請了保母到家裡照顧他，直到上小學後，他在人際關係上跟其他同學一直都有些許隔閡，但他自認學習能力很強，擅長察言觀色，大家哈哈大笑的時候他也會跟著笑，雖然常常他都不確定大家的笑點在哪，但沒所謂吧，很多人一起做的事不能說一定對，但一起出錯的機率一定比較少，這是毫無疑問的。

他很討厭打躲避球，但小學五年級的下課時間，大家忽然決定不玩紅綠燈一窩蜂跑去玩躲避球的時候，他也馬上衝去報隊，雖然不管是擲球還是躲球他都不喜歡。一直以來，他都不是班上的核心人物，但也不是害群之馬，實在是搞不清楚哪個環節出錯了……

他很意外自己跟小怪物這麼一說話，就是滔滔不絕的一個多小時。

「我比較不好的地方大概就是，我在分數上面很小氣，同學跟我交換改考卷的時候，我看到同學錯十分，我錯一分，他說就一起都偷偷把答案改成一百分吧，我都覺得很不公平，我都說我頂多讓你變95，用五分交換我錯的一分，哪有實力不一樣的人都一百……跟我交換考卷的人都會說，作弊就作弊啊，偷改一題是作弊，偷改十題也是作弊，幹嘛不要大家一起都改成一百？妳聽了會怎樣？我有時眞的會想說，好吧那算了都不要改，但因爲我太想拿一百了，如果我不交換，別人也會交換啊，所以我就眞的讓他們跟我一起作弊拿一百分。」

「咿……」

「我很不服氣，就卯起來用功，我的成績本來就很好，更認眞讀書之後就眞的常常拿一百分了。我都一百分，就沒道理跟別人交換分數了吧？但我人很好，我發現我拿一百分以後，別人想要跟我交換分數交換不到，他們就會用求的，而且絕對不會求我讓他們改答案改到一百。沒有人會這麼不要臉。」林書偉悠悠說道：「他們求我，我就會說好啊讓你改啊，改到99分也沒關係，不要改到一百就好……」

小怪物肯定聽不懂什麼叫交換考卷。

但或許就是聽不懂，讓林書偉更加暢所欲言。

他反省自己太過重視成績，這算是他古怪的毛病，畢竟他那做直銷的媽媽知道他將來一定會考上台清交其中之一後就很欣慰地不理會他，而他那從下班後就跟按摩椅合而為一的老爸則早早跟他擬定好人生互不侵犯條約，所以考卷上的分數，從來都是他自己心中的魔障，跟家裡壓力無關。

林書偉對著小怪物嘆氣，不知道是不是因為這一點才被大家慢慢討厭。

從某一天開始，他的桌子被立可白塗滿了各種極盡羞辱的字眼。

下課時離開教室，外套不能掛椅背，得隨身穿上，不然就得往垃圾桶裡找。

竭盡所能別在學校大便，否則一百次裡有一百次會被反鎖，其中有五十次裝滿抹布髒水的水桶會從天而降。

回家打開書包時永遠有驚喜，沾滿鼻涕的衛生紙團，或是一罐少了蓋子的漿糊，有幾次還把皮開肉綻的板擦帶回家。

午間靜息時他不能真的完全睡著，否則醒來的方式永遠意想不到。

體育課時總是一個人拿著單字本在操場邊緣走來走去，假裝背單字很重要。

明明就是用學號輪流當值日生，他的夥伴永遠是身上有怪味的高百合。

營養午餐的餐盤上永遠看不到雞腿，咖哩飯裡只有馬鈴薯紅蘿蔔沒有肉。

林書偉越說越像是在自言自語。

哐噹……厚重的鐵門被推開的聲音。

小怪物嚇得全身發抖，纏繞在身上的鐵鍊叮叮噹噹作響。

腳步聲踏過轉角的水泥甬道，段人豪他們終於來了，看起來大家昨晚都睡得很好。

「摸奶俠！今天那麼早！」

「唉呦！特別早起來跟小怪物談戀愛啊……你們很速配喔！」

「唉呦！叫你買的大剪刀帶了沒！」

林書偉擠出一個邪惡的笑容：「把她的手指剪光太麻煩了，我已經……搞定！」

段人豪歪著頭，順著林書偉的手勢，看到了小怪物手上用膠帶纏繞住的棒球手套：「你弄的啊？」

林書偉避開吳思華的目光，沾沾自喜地介紹，總有一天小怪物是要舉報給國安局或是調查局之類的政府高層，把牠的手指剪光，賣相就不好了，牙齒拔光了大概還會再長，但手指剪光了就長不回去了，怪物嘛，還是要有怪物的樣子，總之今天大家就別花時間在剪手指上，來研究一下小怪物除了怕光之外其他特性……

段人豪蹲下，仔細檢查著膠帶的密合度。

「好像有一點道理。」葉偉竹抓抓頭。

得到了潛在盟友的支持，林書偉感到欣慰。

「但那個膠帶緊嗎？」葉偉竹再抓了抓頭。

「還滿緊的啊。」林書偉趕緊說：「不過我已經在網路上訂了拳擊手套，到貨之後我就會換成那個，拳擊手套完全包覆住爪子，反正……我會負責弄好！」

「你對這隻怪物還滿好的嘛。」吳思華冷笑。

「我……我爲什麼要對牠好？牠是怪物，牠吃人耶！」林書偉故意有點生氣。

葉偉竹看向廖國鋒，廖國鋒聳聳肩，看向老大。

「好啊，就先這樣子。」段人豪噴噴：「反正今天還有更重要的事。」

吳思華從書包裡拿出一只粗大的針筒。

「……要抽怪物的血，拿去顯微鏡下面研究嗎？」林書偉一臉恍然大悟，隨即皺眉：「但是生物實驗室裡的顯微鏡不是電子式的，倍率不夠，可能看不到什麼厲害的東西。」

吳思華噗哧一聲。

這種可愛的笑法，令林書偉的頭皮發麻。

「你們不是看到這個怪物吃人嗎？」吳思華淡淡地說。

「所以咧？」廖國鋒的腦子還沒跟上。

「對喔，我都忘了要餵怪物吃人了，不過要餵誰啊？」段人豪眨眨眼。

「啊？餵誰？」廖國鋒一臉茫然，顯然還在狀況外。

「對啊，餵誰好？」吳思華笑笑。

林書偉耳根子發熱，一路熱到了頸後。

這些王八蛋不是在開玩笑。他們什麼都做得出來。

他的視線毫無掩飾地射向祕密基地唯一的出口，然後慢慢看向葉偉竹。

林書偉相信此時自己的眼神，就像看著宇宙的偉人、民族的救星、中國的長城……

「我們來投票！投票看看要餵誰！」葉偉竹看起來非常興奮。

林書偉視線劇震。

「投票好！很民主！」段人豪開始用力鼓掌。

此時廖國鋒的表情才啊啊啊地猥褻了起來，跟著鼓掌大笑：「好！來投票！」

「贊成把摸奶俠拿去餵怪物的舉手！」葉偉竹把手舉高高。

段人豪、吳思華與廖國鋒全都一起舉手，大家都笑得東倒西歪。

林書偉難以置信地看著笑到流淚的葉偉竹。

這個卑鄙的爛人，跟昨晚向我掏心掏肺的是同一個傢伙嗎？

林書偉緊緊握拳，牙齒過度咬合產生了令人暈眩的耳鳴。

大家前俯後仰的爆笑聲迅速被耳鳴蓋過，世界只剩下眞空。

絕對的眞空中，林書偉聽見了指甲被握裂的巨響。

但，一起被憤怒握裂的，不只是指甲，還有——

林書偉鬆開拳頭。

「哈哈哈哈哈哈哈……幹！幹嘛餵我啦！」林書偉指著葉偉竹哈哈大笑：「要餵當然就要餵最胖的啊！胖子才吃得久啊是不是！」

葉偉竹楞住。

大家也是一怔，隨即哄堂大笑，連吳思華也忍不住笑了。

「啊！還是餵老大！老大有在運動，血比較好喝啦哈哈哈！」林書偉指著段人豪：「跑大隊接力最後一棒耶！不就等於人類中的放山雞！老大看起來就很好吃！」

「幹！敢餵我！」段人豪一個飛踢，將林書偉整個人踢歪。

倒在地上的林書偉摸著疼痛的肋骨，馬上忍痛翻了起來，給了段人豪一個不快不慢的怪拳：「要當老大！就要親自示範啊！」

段人豪輕鬆閃過林書偉的拳頭，反手一架，用力將他的脖子勾住。

「吼！幹嘛啦！」

「都投票決定了，你就乖一點哈哈哈哈！」

「哈哈哈不要啦葉偉竹眞的比較好吃啦！不然你問怪物嘛！」

「哈哈哈哈問怪物？有創意！」

林書偉還在怪笑，但怎麼掙扎都掙脫不了段人豪的勒脖。

葉偉竹看著滿臉通紅的林書偉，暗暗流露出一閃即逝的，孺子可教的欣慰。

吳思華翻了一個大白眼：「白痴，抽血而已啦！抓好！」

林書偉這才會意過來，停止掙扎。

段人豪將林書偉的手壓在跳箱上，吳思華隨便看了一下便將針扎入皮膚。她竟然還在嚼口香糖，眞的是比隨便更隨便。

「靠好痛！」林書偉吃痛，想將手抽回卻無能為力。

「不要亂動啦，我的寶貝要瞄準。」段人豪笑嘻嘻地看著吳思華將針拔起，拔起又插：「妳專業的眼神好電人喔！」

吳思華沒好氣地說：「不要吵，他的血管太細了，很難抽。」說完用力拍打林書偉的手臂，看看有沒有血管浮出來。

廖國鋒低頭一起觀察：「對耶，眞的很細。」

葉偉竹煞有其事地說：「聽說血管細的人，雞雞也很細。」

林書偉不怒反笑：「聽說胖子都看不到自己的雞雞，你最細！」

想必是戳中了廖國鋒的笑點，他哈哈大笑：「眞的！好幾次我跟他一起尿尿的時候，我故意往旁邊看，每一次都沒看到過葉偉竹的老二，他的老二一定很細！超越視線能力的那種細！」

葉偉竹哼哼不服氣：「不然我們來比嘛！看看誰的雞雞比較細！」

林書偉咬牙：「好啊，比較細的那個人就把雞雞切掉！」

廖國鋒作勢脫褲子，卻笑到連手指都在發抖。

段人豪用力拍打林書偉的背：「靠！沒想到摸奶俠這麼有種！賭雞雞！」

吳思華生氣地亂扎一針：「不要這樣拍他！就跟你說我沒辦法瞄準！」

打打鬧鬧之中，吳思華終於把針插進一條倒楣的血管，拉起活塞柄。

林書偉咬牙，拚命地想從齒縫中擠出一點搞笑的話。

快點快點快點……快點快點快點快點……

有了有了……有了有了有了有了有了！有了！

「古有周星馳看A片取子彈，今有摸奶俠抽血餵怪物！」林書偉拚命笑著：「好詩！好詩！」

綁在柱子上的小怪物，盯著針筒慢慢漲滿了血液，眼神變得很激動。

渴望人類鮮血的本能，激發了牠的獸性，小怪物的臉骨再度扭轉位移，變成了一張非常合適攻擊的恐怖臉型。就是這張跟人類毫無相似的獸臉，讓所有人丟失了最低限度的同情心。

吳思華拿著滿管的血針筒，故意在小怪物的面前晃呀晃。

小怪物張開空無一物的黑色大嘴，發出毫無尊嚴的乞討聲。

吳思華往小怪物的嘴裡觀察。

「才一天，牙齒就長出了一點點，喝血之後一定復元得更快吧。」

大家擠向前觀看，齊聲發出哇哇哇的讚嘆。

眞的跟電影演的一樣耶——大家心裡肯定都是這麼想的吧。

「吼……吼……吼吼吼！」小怪物惶急地伸長脖子，張大嘴。

吳思華笑吟吟地推著活塞柄，針筒裡的血汁化成一條線噴進小怪物的嘴裡。

林書偉心情複雜地看著這畫面。

「我們應該給牠取一個名字，這樣聽起來，比較像是我們的東西。」段人豪提議。

「叫生化人18號！」葉偉竹馬上接口。

「哈哈哈哈你不怕克林找你單挑啊？」廖國鋒哼哼。

「叫蟲子吧。」吳思華看著空空如也的針筒：「我們以後就把牠當蟲子處理。」

段人豪舉起雙臂：「好！就叫蟲子！」

大夥兒齊呼：「蟲子！」

吳思華爬上牆角的鐵櫃，撕開封住通風窗口的雜誌內頁一角。

一小束陽光射在小怪物的臉上，小怪物淒慘至極地嚎叫起來。

難聞的焦臭味瞬間讓大家都捂住了鼻子，那是從小怪物臉上灼傷冒出的煙。

「妳幹嘛！」

林書偉緊急往前一站，在小怪物前擋住了來襲的陽光。

——露出馬腳了吧，你這個裝腔作勢的假貨。

站在大鐵櫃上的吳思華居高臨下：「蟲子……我們不餵牠血，遲早牠會餓死，餓死就沒蟲子玩。我們餵牠血，牠就有體力慢慢復元。有體力復元，蟲子就有機會逃走，那怎麼辦呢？」

沒人回答。

吳思華非常嚴厲地瞪著林書偉：「當然是，好好餵牠血，再亂弄牠，讓牠把所有的力量都花在療傷上面，沒有多餘的力氣掙脫鐵鍊逃走。懂？」

段人豪用力鼓掌，他眞爲自己女友的聰明與冷靜感到光榮。

熱辣辣的陽光射在林書偉的臉上，令他幾乎睜不開眼，只能點頭。

吳思華微笑。

「懂了就死開。」

林書偉的臉上是一片陽光燦爛。

但他只能挪開沉重的腳步，走進一旁的黑暗。

小怪物不是蟲子。

蟲子不會慘叫。

19

每一次進祕密基地，都有一根針戳入林書偉的手臂裡。

每一次針拔出來，就會塡滿250cc的血。

吳思華抽血的技術越來越好，算是成功培養出新的課外興趣，每次抽血她看上去心情都很不錯，針筒也越換越大支。

「靠夭啦，你們偶爾也要做出貢獻啊，都我一個人在抽！」

抽血前林書偉總是臉色蒼白地打哈哈，認份地做起伏地挺身活絡血管。

話說家裡堆積如山的直銷食品終於派上用場，林書偉拿著琳琅滿目的包裝盒一一檢查，只要號稱有補血功能的就打開來呑幾顆，暗暗祈禱那些廣告用語都是寫眞的。

「谷狗大神說，偶爾捐血的人，新陳代謝會比一般人還要好。」葉偉竹玩手機。

「對啊，而且你最有愛心啊。」廖國鋒翻著發霉的色情雜誌。

「你想對蟲子好，就不能只是嘴巴講講。」段人豪拔怪物牙齒的動作已十分熟練。

日復一日地抽血。

小怪物也日復一日地吃血，長牙，被陽光灼傷，被拔牙。

儘管小怪物的遭遇悲慘，還是有令林書偉暗暗欣慰之處。除了左手大拇指外，小怪物每一根爪子都妥妥地留在掌上——那根倒楣的大拇指是被段人豪以「眞想實驗看看」爲名用鋸子鋸斷的，後來果然沒長出來。

但林書偉的營養午餐餐盤起了變化。

每天的値日生在段人豪的命令下，在林書偉的餐盤上放了大量的豬血塊，咖哩飯裡不僅有了眞正的肉，還一口氣多了兩隻雞腿。就連味噌湯裡都沒有湯，而是滿滿的小魚乾。這些都是用來投資餵養蟲子的鮮血原料。

在網路上買的廉價拳擊手套很快就到貨了，只是沒有套換在小怪物的手上。

段人豪從沒戴過拳擊手套，這天一套上去立馬李小龍上身，呀嗚呀嗚地怪叫，興致勃勃地把小怪物當沙包打，一打就是十幾分鐘，越打越兇，也打出了幽默感，最後乾脆模仿起漫畫《第一神拳》裡的招式，依樣畫葫蘆地朝小怪物身上暴打。

「看我的肝臟攻擊！」段人豪狂揍小怪物的下腹。

小怪物痛得連聲怪叫。

吳思華一邊吹泡泡一邊用手拍打林書偉的手，仔細檢查若隱若現的血管。

由於這幾天過度抽取，手臂上的血管缺乏彈性，變得很乾癟。

「閃擊拳！螺旋心臟拳！看我的……魚躍龍門！」

段人豪一拳轟在小怪物的正臉上。

小怪物腦袋撞上了後面的水泥淋浴柱，發出極其可怕的碰撞聲。

「老大，你這樣會不會……」林書偉盡量裝作若無其事。

「會不會太狠？你要說這個嗎？」廖國鋒根本沒有從色情雜誌裡抬頭。

「不是，我是想說，你會不會不小心就把蟲子打死啊？」林書偉快快地問。

葉偉竹跟廖國鋒馬上大叫。

「唉呦！就知道你偷偷在跟蟲子談戀愛！」

「好噁好噁好噁喔！好可怕的人蟲戀喔！」

林書偉比了根毫無血色的中指：「幹！」

「拜託！蟲子很猛好不好，而且蟲子吃人啊！我們要替被蟲子吃掉的那些人——報仇！」段人豪大吼：「羚羊拳！」一記上勾拳幾乎轟裂了小怪物的下巴。

好像也對？林書偉感到迷惘。

蟲子吃人，身為人類陣營的我們，稍微弄一下牠也算是因果循環。

這叫報應。或報復。以牙還牙。

段人豪越打越起勁，深呼吸一鼓作氣：「輪！擺！式！移！位！」

左右開弓連續十幾拳，像鐘擺一樣打在連搖晃都辦不到的小怪物身上。如果是人，肋骨早就斷得乾乾淨淨了，但因為是身體不斷復元的怪物，就能無限制承受段人豪的凌虐。更倒楣。

「今天把蟲子打得那麼慘，就不要開窗了吧。」林書偉嘆了一口氣，誇大心中的不滿：「不然我哪有那麼多血讓牠復元啊？到時候我血管沒彈性了，就換葉偉竹開始暖身。」

葉偉竹馬上機靈地說：「對對對！今天別開窗好了哈哈哈哈！我才不想捐血咧！」

林書偉看著吳思華終於找到可用的血管，慢慢抽出新鮮的血液，覺得萬般倒楣。這種自顧不暇的無奈，令林書偉大幅減少對小怪物的虧欠感——他可是確確實實付出了代價。

他看向淋浴柱，小怪物被揍得不省人事，奄奄一息垂著頭，髒污的血從破裂的鼻腔滴落。

極度黏稠的黑色鼻血在地板老舊磁磚的裂縫中蔓延，蔓延，延伸，延伸，終於碰觸到了通風窗漏光的明亮區塊，黑血慢慢冒起細碎的泡泡，像是被煮沸一樣，泡泡越來越多，速度越來越快，終於轟地一聲燒了起來。

大家不約而同發出驚呼聲。

「哇！我們可以把這個怪物的血拿去做汽油彈耶！」

廖國鋒自認高明的見解，招來大家毫不留情的吐槽。

林書偉看著地上詭異的妖藍色火焰。

這就是他青春的顏色。

20

改變的東西很多。

唯一不變的是林書偉的值日生拍檔，還是高百合。

高百合跟林書偉一起搬營養午餐的餐桶時，注意到他手臂上密密麻麻的ＯＫ繃。

「林書偉，你的手怎麼了？」

「不用妳管。」

「你有在打……毒品嗎？」

「不要亂講好不好。」

「可是你最近變瘦好多，臉色也很蒼白……手上那些，也太多……」

「我常常受傷不行嗎？我喜歡用針刺自己不行嗎？」林書偉總是很嫌惡地拒絕高百合進一步的探問。

但高百合不知道是不是一個人在走廊隔離太久了，思維並非一般。

午間靜息的走廊上。

一邊拍打板擦上的粉筆灰，高百合鍥而不捨地說：「你的午餐終於有肉了。」

林書偉拍打板擦的樣子像是洩憤：「對！有肉！怎樣！」

高百合怯生生：「你是不是跟段人豪他們買毒品，所以他們就願意讓你吃肉了？」

林書偉怔住，難以置信地看著高百合：「我為了午餐可以吃肉，所以就跟段人豪他們買毒品？那我為什麼不直接把買毒品的錢拿去福利社買炸雞塊？妳會不會用腦啊？為什麼妳看到我的手上貼了一堆ＯＫ繃就認定我在打毒品，妳可不可以不要那麼自以為是。」

高百合連皺眉都省了，只是繼續拍打板擦：「我只是注意到你跟他們有說有笑。」

林書偉一聽就惱火：「什麼叫妳注意到？妳注意到就是真的嗎？」

「我就是頭腦不好啊。」高百合的聲音越來越細。

看到她完全沒有反駁，林書偉心裡有股怪異的難受，拍打板擦的力道更瘋狂了。

最近的確都跟段人豪他們混在一起，下課時間偶爾也會跟葉偉竹或廖國鋒一起去廁所。就別說放學後了，每天第八節下課鐘聲一響，大家就會用暗語吆喝，買鹽酥雞跟珍奶之類的去祕密基地亂搞小怪物，也順便亂搞自己的……血。

一定要用任何方法，讓葉偉竹或廖國鋒一起捐血，不然自己遲早會暈過去。

板擦被打得皮開肉綻。

「妳不要管這麼多。」林書偉沒好氣地說。

「……為什麼不要管？」

林書偉不知為何一聽就有氣，卻注意到高百合紅紅的鼻孔撐得很大。

那是拚盡全力不讓眼淚分泌出來的唯一表情。

林書偉瞬間洩光了氣。

「我給妳一個忠告，半年後就畢業了，畢業以後這些人就跟妳沒有任何關係，所以這些人現在在幹嘛妳都不要管，妳也不要管我，我怎樣都跟妳沒關係。」林書偉頓了頓，試著若無其事地下結論：「半年之後，就沒有人知道妳高中時發生了什麼事，妳也不要記得。」

「……」

「不要記得，也不須要記得，妳懂不懂？」

高百合好像回應了什麼，只是聲音太小，聽不清楚。

到底在嘰嘰歪歪咕噥什麼啊，林書偉心裡又一股氣想發作，但想到剛剛高百合竭力忍著眼淚地撐大鼻孔，就只能壓抑住莫名的不爽，轉身倒垃圾去。

林書偉無法克制心中對高百合的惡感。

弱者是很可憐。

完全不知道自己處境的弱者則讓人心生厭煩吧。

21

林書偉的眼睛幾乎要貼在電腦螢幕上。

網路人像檢索系統的比對結果，終於出爐。

跟小怪物還沒獸化前的模樣擁有高達九成相似度的四個女孩裡面，有一個住在菲律賓，每隔幾天就會更新臉書。有一個人正在新加坡念大學。有一個則是三個小孩的媽媽，與小怪物相符的特徵來自她學生時期的舊照片。第四個女孩，則是失蹤人口，林秀珍。

圖片辨識裡的林秀珍只有黑白照片，顆粒粗大，但五官輪廓清楚可辨。非常清秀，笑容靦腆，站在一個比她高兩個頭的女孩旁邊。

林書偉手中的滑鼠停了下來。

「……就是蟲子！」

林秀珍，民國六十四年，在台北瑞芳鎮失蹤時年僅十四歲。

不只失蹤，還附帶了一件滅門慘案。新聞標題怵目驚心。

宮廟慘案，疑似同業競爭擦槍走火

瑞芳宮廟宮主失蹤後，兩女至今下落不明

現場發現兩具屍體，殘酷手法涉及邪教儀式

經證實屍體之一爲宮廟宮主之妻，另一屍爲競爭宮廟之道士

慘案現場疑點重重，遺留證物大甕疑似民間降頭所用

明明就是年代久遠的慘案，卻有不少新聞資料與鄉野傳說可以查詢，第四台深夜的靈異節目也請名嘴針對此案錄了好幾集討論，可見當年案子鬧得有多大。

先說具體的事實吧。

宮廟的主人失蹤後幾天，慘案發生。陳屍現場就是凶案第一現場，宮廟後方院子的老榕樹下，有兩具屍體。一具屍體是宮廟主人的妻子，頸動脈遭嚴重割裂十多處，凶器是碎裂的甕片，甕片上只有她自己的指紋。第二具屍體是另一間宮廟的主持人，中年男子，身穿道服，屍體從頭到胯下遭一分爲二，不是利器所爲，而是瞬間的撕裂傷，內臟灑了一地。榕樹下有一只裝滿藥材的大甕，大甕破裂，藥氣腥臭。兩名就讀國中的女兒下落不明，學校老師說，案發前兩女已有一段時間沒去學校，請假的理由均爲身體不適。

由於慘劇發生在宮廟，當年社會氛圍又充滿迷信，許多穿鑿附會的邪教之說令人毛骨悚然。其中主要有三派說法，更多的說詞與細節都是衍生或改編自以下：

第一派的說法是，宮廟的主人偷偷養蠱，藉著操縱蠱蟲施展降頭術害人，賺了不少黑心錢，某次做得過火，涉及村長選舉與村內建設工程款惹到了黑道，兩個女兒一同被押走處決。至於出現在宮廟的他廟道士，疑似聞風而來，想趁機盜走原宮廟主人飼養的蠱蟲大甕，與宮廟主人的妻子發生爭執，最後蠱蟲上了宮廟主人妻子之身，咒殺了道士，卻也反

噬了妻子自己。

第二派的說法，有人言之鑿鑿，說兩個女兒就是養蠱的祭品，她們根本就沒有失蹤，而是被降頭師父親殺掉，屍體餵食了養在大甕裡的蠱蟲，至親血肉製成的蠱蟲劇毒無比，瑞芳小鎮離奇的命案不斷。敵對宮廟的道士乃正義之士，奉天道前來收服降頭師，豈料降頭師的蠱術煞氣太強，不但撕裂了正義道士，還反噬了自己的妻子，最後降頭師用蠱術幻化成面貌不同的人逃走。

第三派的說法最為離奇，最富民間傳奇性，細節也最多。宮廟主人是地方頗富人望的好道士，降頭師其實是宮廟主人的妻子，某天丈夫開始懷疑妻子偷偷養蠱，妻子索性將丈夫殺死，再將兩個女兒囚禁起來不讓上學，再將五毒餵食給兩名女兒，採集她們的處女經血，終於從經血中提煉出蠱蟲。這個歹毒的女人將蠱蟲施法在丈夫的屍體上，煉成了飛天殭屍，在鎮上密行咒殺。某天兩個女兒好不容易逃出去找救兵，找到了某正義道士，前來收服降頭師。結果正邪鬥法，正義道士與降頭師同歸於盡，飛天殭屍沒了施咒控制自己的主人，只能依照「以陰聚陰」的魔物本能追尋兩個可憐的女孩，想要吃食更多的蠱蟲。兩個女孩不是被飛天殭屍找到吃掉，就是逃到飛天殭屍聞不到的地方躲起來，直到體內蠱蟲咒殺死她們為止。

不管是哪一種說法，這個凶案過後，鎮上依舊不得安寧。許多鎮民消失無蹤，殘破的衣物好久之後才被登山客在深山裡找到，遺體卻遍尋不著。有人說是飛天殭屍所為，有人說是蠱蟲自煉成精、到處作怪，有人說是魔化的降頭師持續找人煉製蠱蟲所下的毒手。

爲了平息民眾的恐慌，跟破除地方迷信，警方大動作整隊搜山，沒找到什麼殭屍，也沒找到失蹤的降頭師，倒是搞丟了一個小警察，只得另案追查。

後來瑞芳鎮鎮長自己花錢請了七個道行高深的法師，一起在出事的村連做七七四十九天的法事，才將煞氣鎮住，恢復了小鎮平靜。

「太可怕了……」

林書偉想起了那天晚上在廢棄國宅裡看到的吃人怪物身影，總共有兩個，另外一個肯定就是小怪物……也就是林秀珍的姊姊，她們果然都還活著……如果這樣還算是活著的話。所以，只剩下最後第三種說法較爲可信。

不管飛天殭屍是不是被小鎮請來的七大法師聯手幹掉了，這兩個姊妹變成人不人鬼不鬼的，大概就是如傳言所說，中了蠱毒吧。

中了蠱毒，身體裡面滿滿的都是蠱蟲，蠱蟲想吃人血，所以誘導兩姊妹吃人好餵食體內的蠱蟲？或是以科學的觀點來看，蠱毒根本就徹底改造了兩姊妹的身體，雖然平常看起來像人類，但會讓牠們在情緒激動時達到百分之百的野獸化，身體變得更適合獵捕人類。

無論如何，蠱蟲一定很怕光，陽光一照，蠱血就燒起來。

林書偉搜索起鄉野傳說中蠱蟲的養成方式，網路上有很多胡說八道，但跟第三種傳言相符的猜測最接近他的想法。

蠱蟲是從各式各樣的毒蟲中誕生，但毒歸毒，卻無法驅使，所以得將蠱蟲養在跟自己血脈相通的人的五臟六腑之內，最好是自己的親生子女，其次才是兄弟姊妹，更次者爲與自己交媾過的戀人，等到蠱蟲成熟，再從其身上取出。由於蠱蟲養在與自己血脈相通者身上，必然聽命於降頭師。其中最霸道的蠱蟲，養於處女之身的親生女兒的體內，蟲卵每個月會從經血中排出，只要女兒平日營養充足，月經正常，蠱蟲便源源不絕，只是此法要犧牲至親骨肉，可說是滅絕人性。

林書偉想起小怪物被拔牙、被陽光灼射的慘樣，那種痛苦也比不上被自己的爸爸或媽媽利用……背叛吧。眞是太可憐了，就連當不成人後，當怪物也是淒慘落魄。

「如果可以逆轉蠱毒的話，小怪物搞不好會變回林秀珍？」

林書偉檢索起逆轉蠱毒的關鍵字，但方法少得可憐且不可信，絕大多數都是要請求下蠱者施法撤回，或是一堆充滿電話號碼的留言，聲稱自己是名門正派的法師，專解蠱毒，需要者請急電，價錢絕對公道合理。幹，毫不可信。

不過，小怪物原先是個人這個推論得到了驗證，令他大爲振奮。

牠不是怪物。

牠是她。

她只是一個很可憐的製蠱容器。

22

「蠱毒發作嘛，我早就知道了。」

吳思華面無表情地說，一邊吹著泡泡糖。

在操場的全校晨會演講結束後，所有班級各自解散，林書偉在回教室的路上便迫不及待跟段人豪等同黨分享昨晚的新發現，沒想到聽到吳思華冷冷的回答。

「妳早就知道了，幹嘛不跟我說啊！」連段人豪也感到吃驚。

「對啊，查到了幹嘛不講！」林書偉衝口而出。

肯定是因爲討厭鬼林書偉也問了，吳思華索性用冷笑帶過，不屑回答。

今天第一節跟第二節課是體育課，大家索性連點名都蹺了，直接去福利社買早餐，在器材室前涼爽的木板階梯上吃東西。

此時吳思華心情顯然好轉，這才用指揮官的語氣開始說明。

「我不知道牠們的爸爸最後到底有沒有變成怪物，但四十幾年前瑞芳鎮那一大串失蹤人口的新聞，不用說，一定是那對姊妹變成怪物後吃掉的。還有幾篇報導也很可疑，二十三年前，有一間靠近山區的安養院，在兩年之間失蹤了二十一個老人，大家都說是被魔神仔牽去山裡等死，警察搜了兩次山後什麼也沒發現，不放棄都不行，後來安養院就慢慢廢棄了。」

大家聽得目瞪口呆。

「十七年前尖石鄉有個部落在搞造橋聯外工程，一口氣不見了十幾個外勞，警察說他們是逃去都市非法打工，但真相呢？真相就是他們的家屬在一年後集體跑來台灣報案，說他們的親人完全沒給家裡寄錢，當時還在內政部前面下跪陳請調查他們的下落。還有在新店山區一個有很多癌末病人聚在一起一邊等死一邊畫畫的山區藝術村，二十幾個人都不見，媒體說他們大概是信奉奇怪的宗教跑去深山裡集體自殺，但有誰看到？登山客常常消失，工寮裡的外籍勞工常常消失，你覺得人有那麼容易消失嗎？我也稍微調查過你們發現怪物的那間爛國宅，那裡除了獨居老人窩在裡面等死，還常常有一些毒蟲跑進去睡覺，不過目前倒是沒什麼可疑的新聞登上網路……爲什麼？因爲沒有人在乎那些人的死活。」

就連段人豪都聽得一愣一愣的。

吳思華顯然很滿意大家的表情，繼續說道：「那兩個怪物姊妹一直吃人，早就學會了該吃什麼樣的倒楣鬼才不會惹麻煩。獨居老人、毒蟲、流浪漢、外籍勞工、被家人放棄的癌末病人，這些都是少一個也沒有人在乎的小角色。只要專挑這些邊緣人吃，就絕對不會引起注意，很聰明，其實我也不討厭，本來這個世界上人類就太多了，讓怪物吃掉，很好啊。」

好像一不小心就抓到了很恐怖的東西，林書偉越聽越不安：「那我們什麼時候放了……蟲子？不然萬一蟲子的姊姊知道牠妹妹在哪，一定會跑來幹掉我們！」

說得連葉偉竹跟廖國鋒都一直猛點頭。

「請問牠姊姊是要怎麼知道牠妹妹在哪？」吳思華嗤之以鼻：「而且放了蟲子，蟲子難道不會找牠姊姊過來吃了我們？我們是人，牠們是怪物，我們怎麼對牠，牠就會對我們更狠一百倍！」

吳思華舉起手，晃了晃手腕上用怪物牙齒串成的民族風手鍊。

「我知道了！」段人豪嘖嘖不已：「既然不能讓牠姊姊過來找我們，我們一定要提早把蟲子殺掉！」

「某一天午間靜息的時候嗎？」廖國鋒看著天空：「中午的時候陽光最強。」

「蟲子被陽光燒死，一定會燒到柱子之外的地方，我們只要假裝廢棄游泳池突然失火就可以了！」葉偉竹的思考立馬跟上：「啊，不對，我們根本不會在那邊，把窗戶打開以後馬上跑回教室睡午覺。」

「拜託，後山那裡失火，除非演變成森林火災，不然根本不會有人知道！」廖國鋒搖頭：「萬一消防隊去了，什麼都燒光了。」

大家開始認眞討論起燒死小怪物的作法。

「保險起見，我們要先擦掉祕密基地裡面所有的指紋。」

「不是……這樣好麻煩，而且學校要是認眞調查後山舊校區的起火原因，我們就麻煩了，我們應該把蟲子打昏，或是用陽光把牠射昏，再用紙箱裝起來扛去外面的游泳池再打開，就不會有在室內引起火災的問題。」

「這樣也不太對吧，既然都要弄死牠，不如直接用刀把牠殺掉，再把屍體拿去外面游泳池燒，不然牠裝昏，我們在把牠裝進紙箱的過程中牠不就很有機會把我們幹掉？」

林書偉越聽越吃驚，這些人完全忘記曾經有過把蟲子賣給政府的計畫。

吳思華搖搖頭，大家靜了下來。

「我們現在就是等看好戲。」

吳思華解釋，小怪物的姊姊現在一定很著急妹妹的下落，既然牠是怪物，就會用怪物的方式尋找妹妹。簡單說，牠除了吃人，恐怕還會傷害比能吃進肚子裡，更多的人。

很快，人類的世界一定會發現牠的。

接下來就是警察系統出動，用人類的武器搜捕、對付、獵殺這隻吃人怪物，現在是手機的年代，什麼祕密都隱瞞不了無處不在的攝影功能，鄉民的手機比政府裝設的監視器還多一萬倍，雙方廝殺的過程一定會曝光在網路上，很可能還是直播，到時候一定很獵奇！很血腥！很有趣！

「如果警察沒辦法對付蟲子的姊姊，那更好，戲看完了，我們就玩我們自己的。」

吳思華從口袋裡拿出一張測驗紙，上面竟然畫好了一張戰略設計圖。

設計圖的主體，是廢棄游泳池周遭環境的平面，小怪物被綁在祕密基地，也就是泳池觀眾席階梯下方的地下室，淋浴間暨更衣室的柱子上。

祕密基地唯一的出入口就是一道雖已生鏽但異常堅固的大鐵門。一打開大鐵門，是十三階往下的階梯，階梯最底的轉角，是一個壁癌斑駁的水泥甬道，距離淋浴柱大約十一步之遠。

鐵門外是荒廢的競賽水道，水道裡沒有水，都是堆積如山的落葉與不堪使用的課桌椅及爛掉的教具，控制注水與排水的機械渦輪房就位於水道旁邊的圍牆外。而儲水的巨型水塔位於觀眾看臺後方的最高處，當然水塔裡面也是空空如也。

「我們把汽油放在水塔裡。」

吳思華的戰鬥設計圖畫得簡單易瞭，林書偉等人邊聽邊點頭。

這些日子以來已經知道怪物的鼻子很靈，避免大怪物警覺，汽油不能事先灑在小怪物身上，得儲存在水塔裡。上次偷剩的班費已經不夠用了，得再偷一次大家新交的班費才能買到足夠多的汽油。

等到怪物姊姊被引誘到祕密基地裡面，再將鐵門從外面封住，怪物姊姊一定不會第一時間就想破壞鐵門逃走，而是衝向怪物妹妹。這時候再從機械渦輪房轉開水閥，讓預先儲存在水塔裡的汽油快速流向祕密基地裡。

「別忘了蟲子被綁在哪。」吳思華有點得意。

「淋浴柱！」段人豪握拳。

「對，汽油就會從蟲子頭上的管線噴出，把牠跟牠的怪物姊姊噴得全身都是。」

吳思華補充這個計畫的要點。

第一，必須將出入口徹底封死，用鐵板，用不鏽鋼片等等之類的，將通風口反覆加蓋鑽死。唯一的出入口大鐵門雖然厚實，還是要焊上新的橫鎖，橫鎖最好一次焊十幾根，只能從外面打開。

第二，絕對要確定綁在小怪物身上的鐵鍊是現在的好幾倍，徹底固定住牠，小怪物的姊姊大怪物才不能兩三下就把鐵鍊扯開，在火還沒燒起來就瞬間破門逃走。

第三，得再三確認點火的方式靠不靠譜。目前就她的想法，在通風口留下一個微小的縫隙，然後放入極易燃的引線，引線一直連接到小怪物的身上，大家在外面一點火，密室裡頭的小怪物與大怪物就會瞬間起火燃燒。當然了，如果有誰可以提供從門外自動按下，就可以遠端點火成功的遙控裝置是最理想。

「但是牠姊姊要怎麼被吸引過來啊？」廖國鋒不解。

吳思華看了林書偉一眼，林書偉一時之間當然沒有想法，同樣困惑地看著她。

這個完全不懂的表情就對了，假資優生。

「只要我們有牠妹妹在手上，一切就很簡單。」吳思華看起來就像是計畫已完全成功一樣：「蟲子的姊姊一定常常回到牠弄丟妹妹的地方，去等，去找，去回憶，找一個安全的白天，我們得冒險回去那間爛國宅，留下蟲子姊姊可以辨認的記號。」

所謂的記號，就是小怪物的血。

小怪物的血不只黑，還很臭，很特殊，牠姊姊一定聞得出來。

把小怪物的血畫成紅色的箭頭指示，大量塗在廢棄國宅裡的同一位置，再將怪物血箭延伸出廢棄國宅，兵分多路，每隔幾公尺就畫一條新的血箭，畫在電線桿上，畫在變電箱上，畫在牆壁上，畫在路燈上，一路畫到東實高中，畫到祕密基地外面的圍牆上。務必讓大怪物一路聞，一路摸索，一路邁向牠的黃泉歸處。

「我們可以先用林書偉的血實驗，看看距離多遠蟲子會對他的血有反應，蟲子一聞到人血就會獸化，很好測量的！」廖國鋒很有參與感。

「感覺要用到好多蟲子自己的血，是不是應該開始蒐集了啊？」葉偉竹歪頭。

「蟲子哪有那麼多血可以用？一直抽牠的血，就要一直補充人血給牠吃啊，光是我一個人的血根本不夠好不好！」林書偉感到非常不妙，一股怒氣湧上。

段人豪用力一拍林書偉的背，爽朗地說：「對！從明天開始，除了我的寶貝，每個人都要捐血給蟲子，我也一樣！這樣你就沒話說了吧！」

廖國鋒聳聳肩，對這樣的安排沒有意見，倒是怕痛的葉偉竹一張苦臉。

連自己也算在捐血的行列，段人豪現在一定非常高興，也代表計畫勢在必行。

林書偉看著吳思華難掩得意的那張臉，雖然不爽，但不得不承認她可怕的心思厲害。

在他自以爲聰明地使用臉孔檢索，找到可疑的線索時，吳思華竟然比對出更多的相關新聞去輔助她對怪物吃人行徑的想像。更驚人的是，她還針對怪物的弱點擬定出作戰計畫……

而且這個作戰計畫，一點也不兒戲，成功機率恐怕非常高！

段人豪忽然被雷打到：「我們一定要把殺死大怪物的過程拍下來，放上網！」

廖國鋒接球接得很快：「對，我們先欣賞那些警察是怎麼被蟲子的怪物姊姊一直幹掉幹掉，然後整個社會就會陷入……怪物來了的恐慌！最後我們再出手！」

段人豪眞的是太興奮了：「我們會變成大英雄！什麼網紅都被我們屌打的超級大英雄！記者每採訪一次我們就收他們一百萬！影片放上網也可以賣廣告，幹超屌的啦，一輩子都說不完我們是怎樣把吃人怪物幹掉的！啊啊啊啊啊啊啊啊啊啊！」

廖國鋒豎起大拇指：「還一次幹掉兩隻！」

段人豪雙手握拳不斷大叫，最後還狂叫到拳打腳踢。

葉偉竹哈哈大笑：「老大！你再繼續爆發下去就會變成超級賽亞人了！」

不行，再這樣跟著這些人的想法走下去就無法回頭了，小怪物一定會死！

林書偉看著吳思華臉上討人厭的大泡泡，深呼吸。

「我有問題。」

「有屁快放。」

「就算計畫很順利好了，我們要怎麼跟大家……跟社會大眾解釋，我們是怎麼抓到第一隻怪物的？又怎麼解釋我們爲什麼不把抓到的第一隻怪物交出去，硬要自己跟第二隻怪物對著幹？我們放火燒怪物在學校後山引起火災，這樣眞的沒問題嗎？」

廖國鋒呵呵：「沒問題啊。」

葉偉竹也呵呵：「哪裡有問題？」

段人豪持續歇斯底里的興奮鬼叫。

「搞出火災，我們搞不好會被退學，不，是一定會被退學，而且還有很多法律上的問題，道德上我們也是……也是非常的錯！一定有很多人覺得我們燒死怪物很殘忍，我覺得全部都是問題啊！」林書偉非常認眞。

吳思華沒有搖頭，也沒有點頭。

她只是以看著白痴的表情對林書偉說：「這裡年紀最大的是廖國鋒吧，最小的是我，我十六歲又五個月。我們只要在十八歲以前把小怪物燒死，不管祕密基地怎麼燒，後山怎麼燒，我們在社會大眾的眼睛裡都是百分之百値得原諒、也不得不原諒的……小、孩、子。而且我再說一遍，怪物吃人，我們把怪物殺掉，就是一件好事，沒有人可以用任何理由教訓我們。怎樣？你不爽嗎？你想跟誰告狀嗎？」

「哪……哪可能跟誰說，我只是考慮得比較多。」

吳思華凌厲的眼神幾乎要穿透林書偉。

「最好，是這樣。」

這些人是來眞的。

不只是殘忍，他們已經瘋了，要命的是還很聰明！

林書偉竭盡所能用所有臉部的肌肉，擠出一個非常想參與殺怪物計畫的笑臉。只有帶著這張笑臉，他才能夠在這個恐怖計畫的邊緣中不被犧牲。

大家興高采烈地討論該去哪裡蒐集鐵鍊、誰家可以借到眞正的焊槍、要不要乾脆利用物理課教的虹吸原理去偷大貨車的汽油、不鏽鋼板好像很貴有沒有替代品、該怎麼躲藏在廢棄游泳池邊不被來襲的大怪物發現……

兩節課一下子就過去了，吳思華手上的獵殺怪物計劃書也多了幾個附註。下課的鐘聲響起。

23

第三節課是班導師的英文課，課程一向吃重。

快要月考了，最近所有科目的老師都趕進度，值日生趁著下課早已將課文的板書寫好。才剛鐘響，一臉嚴肅的班導師就拿著保溫杯快步走進教室。

吳思華一行人在走廊上興奮討論與怪物戰鬥的準備細節，心情大好的段人豪走進教室之前，還開心地拿起高百合座位上的金屬鉛筆盒，用力朝高百合的頭上一敲當做慶祝。

鉛筆盒裡頭所有的筆全都在高百合的腦袋上爆射出來，眾人哈哈大笑。跟在段人豪後面的林書偉努力克制彎腰幫高百合撿筆的本能，快步進教室。

「起立！」擔任班長的吳思華，還沒接近自己的座位就匆匆忙忙喊了。

大家鬧烘烘地從座位站起，林書偉也快速來到自己的位子旁。

「立正！」

「敬禮！」

教室登時安靜不少，班導師環視了每個同學。

「老！師！好！」全班整齊劃一的聲音。

班導師點點頭：「各位同學好。」

「坐下！」吳思華朗聲。

正當所有人迅速坐下，林書偉卻一屁股重重摔在地上，椅子四分五裂。

全班哄堂大笑。

「哈哈哈哈摸奶俠的屁股太大啦！」

「報告老師！林書偉用屁股破壞公物！」

「笑死我了啦！他剛剛完全沒阻力直接屁股炸裂！超好笑！」

「太狂啦！屁股業力引爆！」

導師無可奈何地拿起佛珠，疾呼：「同學安靜！」

林書偉這一下跌得不輕，撞傷到了屁股最凸起的那塊骨頭，他痛到爬不起來。

即使這畫面發生過上百次，坐在走廊上的高百合依舊完全無法理解，她看著教室裡全班同學抱頭狂笑林書偉的痛苦，而班導師只是在講台上疾呼大家安靜，未免也太荒謬，班導師難道不知道倒在地上爬不起來的林書偉，正在被全班同學嘲笑嗎？

這起惡作劇的始作俑者顯然就是坐在林書偉後面的春哥，他笑得最誇張，還大方起身拱手接受全班同學的掌聲：「這就是地心引力啦！懂？」

教室裡的歡樂氣氛瞬間達到了最高潮，段人豪甚至笑嘻嘻地站起來帶頭鼓掌。

段人豪一邊笑，一邊走向春哥。

「段人豪，快點回座位坐好。」班導師的嘴角竟然充滿了古怪的笑意。

春哥很高興看著他的偶像段人豪，伸手想跟他擊掌慶祝。

滿臉笑意的段人豪，舉起手，冷不防一拳朝春哥的臉上轟落！

毫無防備的春哥直接從椅子上跌倒，段人豪趁勢一腳踹在春哥的老二上，一踹！再踹！又踹！

全班傻眼，鴉雀無聲。

段人豪彎身，掄拳狂揍全身捲成一條蝦子狀的春哥。

還坐在地上爬不起來的林書偉，近距離看著段人豪著魔似地將他的拳頭砸在春哥的臉上，一拳！兩拳！三拳！四拳！五拳……

段人豪沒有多嗆一句話，只是不斷朝下揮拳。

全班每一個人都不自覺地站了起來，不是爲了看清楚這一場打，而是完全無法在拳骨重重砸在人臉上所發出的一連串怪聲中安穩坐定。

林書偉無法聽見自己此刻的呼吸聲。

段人豪揮拳的力道如狂風暴雨，彷彿打的是不會痛的人，而是沙發上的抱枕。

那眼神更無半點想致人於死的煞氣，而是發自內心的歡愉。

那力道，那眼神，林書偉非常熟悉……

「段人豪！」

班導師終於回神尖叫，春哥已不省人事。

24

春哥一直到被抬上擔架的時候，眼睛都沒睜開。

午間靜息的時候，春哥的媽媽已怒氣騰騰地衝到學校。

家長興師問罪是必然的。

「什麼人豪！我看根本就是人渣！把我們家阿春打成這什麼樣子！我一定要你退學！不管你轉學去哪間學校我都會寫信給校長！把他家長給我叫來！我要告死他！」

春哥媽媽是在熱炒街開店做生意的大嬸，嗓門本來就很大，現在更是罵得超爆氣，整間導師辦公室裡的老師都面面相覷，兩個陪同處理的教官也完全插不上嘴。

段人豪面對春哥媽媽瘋狂的飆罵，卻只是笑嘻嘻地說：「有那麼嚴重嗎？」

春哥媽媽爆氣：「什麼叫有那麼嚴重嗎！要不要試試看換我把你打到住院！」

段人豪瞪大眼睛：「我還沒十八歲耶，我只是一時犯錯，情有可原啊！」

「你在說什麼屁話！我一定要告死你！他的家長人咧！人咧！我要看看到底是誰會教出這種人渣敗類！」春哥媽媽真的是氣瘋了。

導師辦公室外的走廊上，林書偉、廖國鋒、葉偉竹與吳思華假裝拿著掃把掃地，卻偷偷對著裡頭正在挨罵的段人豪扮鬼臉，更讓段人豪一秒也正經不起來。

站在春哥媽媽旁邊的班導師看著段人豪直嘆氣。

這孩子一直都是班上的風雲人物，只要他帶頭起鬨，班上同學都會被他逗得樂乎乎的，身爲班導師的自己也很喜歡跟他抬槓，你來我往，班上的氣氛就會更熱烈，但這次段人豪實在是鬧過頭了。

班導師拿在手上的佛珠慢慢轉動起來。

看來，這個孩子是自己修行上的魔考，得耐著性子好好度化他才行。

班導師溫言道：「人豪，老師知道你不是一個壞孩子，以前你雖然愛出鋒頭，但大家都很喜歡你，是班上的風雲人物啊，最近你的磁場受到什麼不好的影響，老師不知道，或許這也是你的魔考。人豪，來，你跟老師一起念。」

春哥媽媽跟段人豪一樣，摸不著頭緒。

班導師將手中的佛珠微微抬起，低眉念道：「願，南無不空成就佛。」

春哥媽媽一時間還會意不過來，段人豪趕緊雙手合十：「願！南無不空成就佛！」

班導師滿意地繼續念：「大日如來佛。」

段人豪搖頭晃腦：「大～～日～如～來～佛～」

班導師慈祥道：「藥師琉璃光如來佛。」

段人豪繼續搖頭晃腦：「藥師琉？琉什麼光？」

「藥師琉璃光如來佛。」

「是是是，藥師琉璃光如來佛。」

「阿彌陀佛。」

「阿彌陀佛！這個我認識！」

班導師又好氣又好笑：「正經一點，恭請西方諸佛，護持弟子段人豪。」

段人豪全身挺直，雙掌合十大叫：「恭請西方諸佛！護持弟子段人豪！」

班導師將佛珠放在段人豪的額頭，慢慢畫起了她在精舍學到的虛空咒印。

「心靈平靜，消解戾氣與前世今生業障，千千萬萬劫……」

段人豪噗哧笑了出來：「老師，妳好好笑。」

好？

好？

笑？

「不准謗佛！」

班導師理智線瞬間斷裂，一巴掌摔在段人豪的臉上。

春哥媽媽與兩個教官都嚇了一大跳，在走廊上假裝掃地的林書偉等人也怔住，倒是段人豪自己吐吐舌頭，裝作無所謂地笑：「老師，妳法力太強了！我中了妳的笑咒，情不自禁啊！」

班導師發現自己失態了，深呼吸，竭力擺出師長苦心教誨的姿態：「什麼笑咒？你這是對世尊不敬，對佛不敬，會卜拔舌地獄！」

這次段人豪倒是真的不懂了：「世尊是誰？我沒有對佛不敬啊，我是說老師妳剛剛好好笑！」

班導師暴怒，一巴掌再度轟在段人豪的臉上：「你怎麼這麼不可愛！你知不知道老師每天都在幫你們這些學生念經！消業障！每天幫你們持咒！化解因果災厄！你知不知道……」

段人豪有點惱怒，但還是摸著熱辣辣的臉頰解釋：「我是說我沒有對佛不敬，世尊是誰我又不認識，不認識是要怎麼對祂不敬？我是說妳剛剛在我的頭上畫來畫去很好笑！」

班導師又一巴掌：「你再狡辯！你不改過只會導致舊記憶重播！」

春哥媽媽大讚：「老師這樣打就對了！」

班導師氣到手中的佛珠狂抖：「段人豪！給我好好念……南無不空成就佛！」

段人豪瞪大眼睛，壓抑怒氣：「南無三小，我只是說妳很好笑，幹嘛打我？」

班導師怒極，又是來回好幾巴掌：「大日如來佛！藥師琉璃光如來佛！阿彌陀佛！」

連續的巴掌聲震天價響，不僅辦公室裡的其他老師假裝沒有看到，低頭改學生的作業，連站在一旁的兩個教官都沒有阻止。走廊上的林書偉等人完全傻了，平常威風凜凜的段人豪的臉竟然被當陀螺打。

段人豪不吭氣，不回嘴，但誰都看得出來他眼中巨大的不服氣。

不知道為什麼，看著段人豪不斷挨打的這一幕，林書偉極度震撼，難以形容的感覺在胸口蔓延開來。熱熱的，全身都熱熱的。

超過三十幾巴掌過去，班導師打到上氣不接下氣，這才勉強停手。

看著段人豪臉上都是紅通通的掌印，春哥媽媽滿意地不住點頭：「老師這樣打就對了，像這種人最好抓去關，不要留在學校裡害人……」

段人豪沒有任何表情，完全看不出來他在想什麼——這種無動於衷的樣子，令班導師的怒氣瞬間再度點燃：「明天叫你爸媽到學校，我要問問他們到底是怎麼教出這種不懂尊重師長、不懂得尊重師長的……廢物！」

段人豪無預警大吼：「你說誰是廢物！」

他竟作勢要朝班導師的臉上一拳。

班導師整個人給嚇到後退，屁股撞上後方的辦公桌上供奉的佛像，佛像落地。

教官斥聲：「什麼樣子！站好！」

失態的班導師看著掉落在地的佛像，渾身發冷。

這個學生……不是魔障……不是魔考……他就是魔！

魔！必須消滅斬除！

菩薩低眉，金剛怒目。班導師慢慢撿起佛像，萬般珍惜地將祂端放在辦公桌上，雙手合十念念有詞，足足念了超過度日如年的一分鐘，過程中春哥媽媽與教官都不敢打擾，這氣氛連遠在走廊上的林書偉都感覺到不妙。

慢條斯理點了安定除穢香，飽飽吸了一口來自西方極樂的香氣。班導師這才轉過身來看著眼神狠戾的段人豪。

「人豪，對不起，剛剛是老師的疏忽。」班導師微微躬身示意。

林書偉驚訝不已，葉偉竹跟廖國鋒的嘴巴根本就闔不上。

唯有吳思華的眼神，瞬間漲滿了殺意。

班導師一臉歉然：「我差點忘了，你爸爸明天根本沒辦法來學校對吧？」

有那麼一秒，段人豪的表情完全僵掉。

班導師溫柔地拍拍段人豪的肩膀，感受到他身體的僵硬，令她很滿意。

滿意，但不夠滿意。

班導師充滿遺憾地向春哥媽媽解釋：「是這樣的，我記得家訪資料上寫的，段人豪他爸爸還在坐牢，犯的是什麼罪啊？印象中好像是吸毒，還是搶劫？」轉頭看向段人豪。

段人豪的臉比剛剛被甩巴掌時更紅。

班導師嘆氣：「唉，其實人豪今天會變成一個人渣，也不能完全怪他，因為他爸爸自己就是一個作奸犯科的垃圾，話說回來，說不定也不能怪他，那個社會敗類，可能也不是他的親生爸爸，畢竟他媽媽職業特殊嘛。按摩店工作很辛苦，客人來來去去，當初是哪個嗑藥的毒蟲搞大他媽肚子的，恐怕連他媽都搞不清楚……」

教官恍然大悟：「原來如此，知道前因後果之後，學校就能對症下藥。」

春哥媽媽冷笑：「下什麼藥？什麼人生什麼種，沒救了啦！」

段人豪全身都在發抖。

現在是什麼狀況，你們知道我是誰嗎？你們知道我做了什麼事嗎？你們知道我快要做出什麼事嗎？我不是你們想像的那種人，我不是你們惹得起的那種人，我不是你們想要認識想要理解想要解救想要愛的那種人，我不是我不是我不是你們想要濫用同情心的那種人！

林書偉無法迴避段人豪此時此刻的眼神，不僅無法迴避，還深深陷入。

班導師拿起佛珠，在段人豪瞬間被屈辱的淚水漲滿的眼睛前，結了一個咒。

「你不是家教不好，是沒有家教，但沒關係，老師會負責用適當的處罰，爲你念經，爲你持咒，淨化你的磁場，導正你的價值觀，絕對不會讓你向你名義上的廢物爸爸看齊，成爲社會的負擔，也不會讓你跟當按摩女郎的媽媽有樣學樣，變成社會的……」

恥辱。

25

段人豪連續七天都沒來學校上課。

這七天大家都在一個很低很低的超低氣壓裡，持續將說好了的計畫進行下去。

除了林書偉，葉偉竹跟廖國鋒也都挽起了袖子，讓吳思華抽血給小怪物吃，再將小怪物的血抽出來，儲存在緊包了報紙在外面防陽光的寶特瓶裡。根據吳思華看著地圖用比例尺估算，至少須要抽滿八千毫升的怪物之血，才能夠從廢棄國宅那裡一路做記號到祕密基地。這是一項很吃痛的大工程。

林書偉猜想小怪物恐怕也滿喜歡新的吃血規則——不須要挨打，也不須要挨陽光，只要一直被抽血即可。

小怪物的血很黑，很濁，很濃，超級臭，雖然是液體但質地不均勻，或許是事先知道血液成分裡有蟲蟲所產生的幻視，大家都感覺抽出來的怪物血很有活性，好像隨時都有小蟲在緩慢蠕動。

大概是出於對蟲蟲特性的好奇，那幾天吳思華一個人搞了一堆小實驗，把怪物的黑血滴在培養皿上，再加茶，加咖啡，加啤酒，加蜂蜜，加黑糖，加白糖，加紅糖，加麵粉，加汽水。林書偉猜想吳思華是想實驗如何從怪物的血裡，單獨培養蟲蟲出來，不過他覺得很白痴，至少須要去生物教室用高倍率顯微鏡才看得到一些比較像樣的東西吧。

林書偉開了一大瓶家庭號的直銷食品罐分送給大家。

「這是補氣又補血的人參精華膠囊，我家很多，要吃自己拿。」

「我要吃！」

「我也要吃！不然我被抽那麼多血一定會死掉！」

段人豪不在，祕密基地裡少了很多慘叫聲，林書偉很訝異自己感到有些落寞。

當然他非常討厭段人豪胡亂痛扁小怪物，更討厭他一個人被抽血的時候其他人都事不關己地在玩，但是少了段人豪，祕密基地裡的組成就不完整。

不完整……不完整是嗎？林書偉忍不住反省自己的心態，難道不知不覺，自己覺得跟段人豪他們是同一夥的嗎？明明就下定決心，高中畢業之後就要忘記這一切，在一個全校只有他考得上的好大學裡重新開始。現在，自己開始有歸屬感了是嗎？還偏偏是跟這一群把自己踐踏到差點自殺的王八蛋？

林書偉看著正在被抽血的葉偉竹，他擠眉弄眼地裝作非常痛苦。

葉偉竹曾經掏心掏肺過，提點他被霸凌時轉換心境的竅門，儘管卑賤，自己也的確受用了。他人其實不壞。只是不裝作那麼壞的話，他的麻煩就大了。

正在看漫畫的廖國鋒感覺沒什麼心眼，他總是段人豪說什麼，他就附和兩句三句，段人豪痛扁小怪物五分鐘，他就接過拳擊手套繼續打三分鐘。廖國鋒大概眞的很崇拜段人豪吧，就像山雞總是挺陳浩南。

眞正令林書偉不舒服的是吳思華。

吳思華看他的眼神總是充滿了不信任，語帶譏嘲，偶爾還會莫名其妙暴怒。到底吳思華看自己哪裡不爽？難道是同樣成績也很好的吳思華嫉妒他月考的全校名次總是在她之前嗎？不，感覺吳思華那麼酷的女生，不會爲了成績這麼庸俗的事情恨上他。那未免也太不酷了。

至於段人豪，他當然很可怕，很恐怖，幹起壞事完全不顧後果，像一枚隨時自動引爆的地雷。但是……只要段人豪不針對他，不弄他，段人豪有多壞就……就沒關係吧？

那天在走廊上看到班導師一巴掌一巴掌往段人豪的臉上呼，掌痕零時差烙印在段人豪的臉上，他桀驁不馴的眼神眞的很讓人佩服。要知道，段人豪可是爲了幫自己出氣，才失控把春哥打到住院，才搞到他自己被班導師打巴掌打到臉腫得像豬頭。

毫無疑問，段人豪爲了挺自己，付出了高昂的代價。

人生第一次，有人這麼力挺、支持、同仇敵愾。

而班導師用言語極盡刻薄地酸了段人豪一頓時，林書偉感受到的，是完全能夠同理的痛苦。是的，他竟然會爲了段人豪的痛苦而痛苦，他想說服自己應該爲此感到吃驚，卻非常清楚自己在段人豪漲滿淚水的眼睛裡，看到了段人豪身爲一個「人」的血肉。

他是人，是一個心靈會受傷的人。

段人豪爲他出氣被呼巴掌，他感受到被力挺的熱血。

段人豪爲他被酸，自尊心被摧毀殆盡，他感受到的卻是……

非常想擁抱段人豪，什麼話也不說地緊緊抱著他。

林書偉吞下今天第十顆人參補氣膠囊，看著一旁綁在淋浴柱持續昏睡的小怪物。

也許，人就是人。

怪物，就是怪物。

26

段人豪終於來上學了。

一大早就出現在教室裡吃蚵仔麵線的段人豪，看起來跟以前非常不一樣。不是變胖變瘦或變得憔悴，而是，不大一樣。段人豪臉上的表情不知道是多了什麼，還是少了什麼，總之讓他看起來跟過去段人豪不是同一個人，沒有那股意氣風發，卻絕對不能說他少了一絲一毫自信。相反地，跟大家一起在走廊上集合，準備去操場參加朝會演講的段人豪，眼神裡有一股非常冷質的強硬。

那份強硬，讓林書偉肅然起敬。

學校樂隊在司令台邊演奏著朝會的入場進行曲，各個班級陸續進場。

擁擠地踏步中，林書偉深呼吸，湊過去低聲說：「老大，那天謝謝。」

這是林書偉第一次喊段人豪老大，在開口前其實也沒刻意準備便自然脫口而出了。這對他恐怕意義重大，希望段人豪感受到這一份真誠。

「謝什麼？」段人豪沒有回頭，眼睛看著前方班導師的後腦勺。

「那天謝謝你，幫我出氣。」林書偉有些靦腆。

「沒什麼，從現在開始，只有我可以打你，其他人打你，我就打回去。」

啊？是不是哪裡怪怪的？

林書偉好像應該心領神受，退下就好。

「為什麼要打我？」林書偉卻忍不住多問一句。

「……啊？」根本沒在聽。

「打我幹嘛？」

「打你好玩啊。」段人豪還是沒有回頭。

林書偉終於往後退了幾步，試著咀嚼著段人豪粗率回應裡的眞意。

「老大，你……你還好吧？」換葉偉竹刻意往前，壓低聲音。

「很好啊。」段人豪的眼睛還是鎖定班導師的後腦勺：「等一下還會更好。」

「更好是什麼意思？」廖國鋒氣音。

段人豪沒有回答，只是跟排在隊伍最後方的吳思華交換了視線。

吳思華點點頭。

太陽高懸，晴朗無雲。

今天被邀請來學校朝會演講的，是一個曾經在職棒打假球被抓包的球員，他在司令台上侃侃而談，分享自己一路走來後悔反省最後大徹大悟的心路歷程，說到激動的時候還哭了起來，不斷用拳頭大力捶自己的胸口。

沒人想聽失敗者的懺悔，不管怎麼聽就是假，加上太陽高照，很多同學都被曬得昏昏欲睡，還有人直接站著睡著，更多人交頭接耳詛咒……幹你再講下去你去打社區棒球我照樣帶人去場邊噓你。

人高馬大的段人豪拿著班牌，站在班級隊伍的最前方，沒有睡著，也沒有跟旁邊不省人事的廖國鋒偷聊天。他站得筆直，在一片東倒西歪的班級陣列裡顯得很此突兀。

班導師經過段人豪的時候，段人豪沒有迴避她打量的眼神。

「人豪，你終於來上學了，老師很替你高興願意接觸正能量。」

「嗨老師。」

班導師笑容可掬，手中的佛珠在指尖慢慢滾動：「爲了幫助你重新開始，老師就不計較你沒有請假的事，但是你要答應老師喔，每天都要抄寫一百遍心經交給老師，老師幫你拿去精舍燒化掉，把抄經的功德迴向給你的累世冤親債主，知道嗎？」

班導師笑得很慈祥，段人豪也報以好學生獨有的乖巧表情。

「老師，今天早自習之前，我在妳專用的保溫杯裡放了奇怪的東西喔。」

瀉藥？

班導師的表情瞬間凝結，像是聽到這個關鍵字。

「比瀉藥還可怕。我也不知道人比狗還能多撐多久。」

「段人豪你再胡說八道，我就……」

「妳就怎樣？叫我爸來？叫我媽來？」段人豪不慍不火地說：「我爸在蹲，我媽在被幹，他們沒空理我。我就沒家教啊。」

班導師悠悠嘆了一口氣，語重心長地說：「人豪，你再這樣調皮搗蛋下去，老師只好跟學務處提案舉辦一場演講比賽，題目是我的父親母親，比賽的時間地點就是全校朝會的司令台，你知道只要是我提案，學務處一定會照辦，到時候我再推舉你代表我們班去參賽，你會有多丟臉？心經不是抄給我的，是抄給你的累世冤親債主，唯有誠心誠意跟他們道歉，才有可能平息你今生的因果業報，你知道……」

段人豪打斷班導師溫柔的恐嚇：「老師，我剛剛有一個新發現，我發現聽妳說這些機掰話的時候，我完全都不會生氣了耶。完全，不會，生氣。」

「……」

「我覺得關鍵應該是，我很確定妳等一下就會死了，所以妳現在反而越機掰越好，因為妳機掰出來的每一個字，都是妳的遺言。」段人豪注意到班導師的手從剛剛就一直按著下腹：「妳的肚子開始痛了吧？這幾天我找了五隻狗做實驗，越大隻的狗死得越快，我也不知道為什麼，不過我很確定妳比我找到最大的狗還要大，呵呵，而且妳是母的，妳等一下就知道母狗為什麼死的比公狗還難看一百倍。」

「段人豪，你等一下朝會結束……」班導師難以置信會聽到這種怪話。

「我打從心裡高興遇到老師。」段人豪再度笑笑打斷：「不然我不會知道，這個世界上原來不只有好人，壞人，跟白痴這三種。還有第四種人，那就是賤人。」

班導師與段人豪之間的對話發生在隊伍最前排，林書偉在後面完全聽不到。只看見班導師越說越生氣，真想舉手大叫……老大加油啊！幹掉老師吧！我們把老師抓去餵蟲子吧！

此時，班導師臉色一變。

只一眨眼，她的眼睛裡就佈滿了大量的血絲……不，不是血絲，是黑色的蟲絲。

班導師的下腹劇痛，雙腳幾乎完全站不住。

「你！」班導師感覺到陰道正在激烈膨脹。

這是怎麼回事……好像有一百萬條蛇在陰道裡漩渦起來。

站在段人豪身邊的廖國鋒與葉偉竹早已看得目瞪口呆，吳思華默默拿起手機，將焦距對準快要站不穩的班導師。段人豪轉過頭，對著站在後方四排的林書偉微笑。

「你知道那一天，老師在我的頭上結了一個什麼咒嗎？」

「什麼咒？」林書偉呆呆問。

段人豪笑得很燦爛。

班導師雙腿之間，爆射出超大量的濃稠黑血！

「叫——阿彌陀佛業力引爆之咒。」

27

客廳那台按摩椅的功能又好了。

電視遙控器放在老爸的大腿上，一起震動著。

「驚異之旅」節目上的名嘴，熱烈討論著今天早上發生的神祕新聞。

主持人像是人在現場直擊一樣興奮：「各位觀眾一定聽過所謂的人體自燃！過去像這樣的，無法用現代科學解釋的神祕事件，其實在世界各地都曾發生過，也都有過正式的官方記錄，今天終於！在台灣！也發生了一起離奇的，疑似，人體自燃的超自然新聞事件！」

來賓朱大常一臉正色地接話：「是的主持人，雖然警方還無法確認眞正的起火原因，畢竟呢，這是一起沒有屍體，瞬間只剩下骨灰的……我該說是靈異事件嗎？」

主持人大聲複述：「沒有屍體！只有骨灰！」

來賓朱大常看著手上的資料：「沒錯主持人，這一起人體自燃的事件並沒有留下可供化驗的屍體，一切都變成了灰燼，當場隨風而逝。但跟其他曾經發生在歷史上、有被記錄過的人體自燃事件最爲不同的是，這一次發生在台灣的事件，有非常多的目擊者！全校！整間學校多達一千八百多個師生，通通都是目擊者！」

另一個來賓馬西風讚嘆不已：「說不定可以去申請金氏世界紀錄的，最多人目擊靈異事件的記錄！這也是另類的台灣之光吧！」

到底在說什麼啊，主持人趕緊大手一揮：「我們來看看現場同學用手機拍下來的影片！」

稍早的新聞畫面裡，配上記者的旁白：「今天早上，在台北市東實高中的朝會中，一個班級導師突然在操場上全身起火燃燒，當時司令台上正舉辦演講分享，全校同學一起目擊了整個意外事件，接下來的畫面可能太過驚悚，請電視機前面的觀眾自行斟酌……」

聽到關鍵字，老爸轉看向與客廳連通的廚房。

林書偉正從打開的冰箱後，拿出一只牛奶盒。

「那不是你們學校嗎？」

「嗯。」林書偉灌了一大口的牛奶。

新聞畫面翻拍自東實高中朝會現場同學手機裡的影片。

影片一開始，就看見班導師的下體不斷噴射出大量的黑血，周圍同學早就在尖叫，但一邊尖叫還一邊拿出手機來拍照，有人在哭，可也有同學在笑，有別班的老師趕緊跑過來攙扶班導師，司令台上正在演講的前職棒球星好像一直罵髒話。班導師的眼珠忽然炸掉，兩槓黑血從空空的眼窩裡噴來噴去，很快地，班導師燒了起來，沒有過程，直接就是全身起火，大火，火光還是極其詭異的淡藍色，變成火人的班導師就這樣在操場上橫衝直撞，一路鬼吼鬼叫到只剩下灰燼。

記者站在東實高中的操場上一片焦黑的毀損草地上，後方都是各家電視台的ＳＮＧ車，該台記者拿著麥克風正色道：「有宗教專家指出，光是從影片就能感受到極大的妖氣，直言這可能不只是罕見的人體自燃事件，而是涉及到了因果業報，希望在頭七過後能透過觀落陰的方式跟死者溝通。至於科學上的起火原因，警方表示，還得等法醫專家針對現場遺留的灰燼進行鑑定之後，才能進一步發表推測……」

「這個死掉的老師好年輕啊。」老爸隨口問。

「嗯。」

「結婚了沒啊？」

「不知道，大概也沒人想娶吧。」

「小孩子怎麼這樣說話呢？」

記者隨後採訪了幾個當時在現場的同學。

有些同學以非常興奮的語氣對著鏡頭說，死者平常教學眞的超認眞、對學生很好常常請大家吃福利社、很遺憾老師先走一步了之類的話。

有同學哭著說要發起摺紙鶴幫死者的在天之靈祈福。

有受訪的同辦公室老師很難過地表示，受害的死者課堂認眞，課餘則潛心修行，辦公桌上都是佛像跟佛經，也會幫學生念經迴向，這次大概是幫學生揹的業障太重所以直接把自己化掉了，非常偉大，那些灰燼裡一定有舍利子的存在。

該校校長表示死者教學一向全力以赴，全身起火的原因不能說跟過勞死一定沒有關係，將與教師會一同協助死者家屬爭取更多的補貼。

老爸依舊看著電視。

林書偉已換了一套便服準備出門。

「這麼晚了還要出門？」

「……同學約唱歌。」

「唱歌？你們學校發生這麼大的事，還是慘劇……」老爸今天話特別多。

「就是這樣才要唱歌散散心啊。」林書偉綁著鞋帶。

「嗯，錢夠嗎？」

「沒問題。」林書偉開門。

有點睡意了，老爸持續在按摩椅上震動著。

「好，未來人體自燃事件有後續的發展，我們將持續為您追蹤。」

主持人話鋒一轉，攝影棚棚內的背景圖也換了：「離奇的神祕事件不只一樁，還記得上個禮拜發生的台中逢甲商圈針孔偷拍虐殺案嗎？今天晚上稍早，一名受害的學生在醫院加護病房醒來，一醒來就向當時的護士指控眞正的房東另有其人，目前懷疑是一名高階警方人員！哇這個指控不得了！如果是警方自己涉案，那麼湮滅證據不就是理所當然一定發生的嗎！台中市警局局長出面澄清，表示……」

深夜的停車場管理員室。

只剩三分之一顆腦袋的年邁管理員，坐在濕答答的旋轉椅子上，腳邊是十分鐘以前從褲管流出來的新鮮尿液與糞便，雙腳有一搭沒一搭地抽搐，不知是還未死絕，或是肌肉裡殘留的生物電流反應。

一隻獸爪從管理員破碎的頭顱裡，抓起一把零碎的腦漿往嘴裡塞。

赤黃色的獸眼，看著螢幕破碎的電視機上播放著獵奇的新聞畫面。

畫面中瘋狂的人體火焰，那詭異的淡藍色……

28

到錢櫃明明只要騎二十分鐘的路程，林書偉慢吞吞亂晃了快一小時。

班導師燒掉後全校一片鬧烘烘，消防車、救護車、警車、新聞採訪車全都來了。林書偉踩著腳踏板，耳邊浮現出在恐懼與興奮混雜的全校聲浪中，段人豪洋洋得意摟著吳思華對大家所說的話。

段人豪說，他不去學校的那幾天，吳思華負責想辦法讓怪物的臭血變得沒有味道，而他負責找一些野狗吞掉怪物的血，看看會怎樣。這就是過去一個禮拜他們祕密進行的事。

吳思華實驗結果是，只要加了糖，不管是白糖砂糖紅糖或蜂蜜，怪物的血都會有大概半小時不會有任何異味，她猜想是臭血裡面的小小蟲蟲正在吸收糖分進行能量轉換，所以感染力暫時被抑制住，臭味也暫時消失吧。加在班導師每天必喝的蜂蜜枇杷膏茶裡，絕對是神不知鬼不覺。

段人豪在河堤旁的公園弄死了五隻狗，兩公三母，每隻狗在死之前都痛到亂跑，有兩隻還把自己的腳掌咬斷。每隻被陽光曬到起火燃燒前，眼球都會爆掉噴血，而母狗更會從下體噴出超大量的臭血，場面非常壯觀。每隻狗在陽光下都燒到連骨頭都不剩，東北風一吹，連灰都沒了。

殺掉班導師本身就很恐怖，而這對情侶喜孜孜炫耀的表情，更加令人不寒而慄。

這一切到底是怎麼回事……林書偉的心裡非常混亂。

原本以爲自己終於克服了被害者的自我想像，找到了歸屬，也開始說服自己應該努力相信人就是人、怪物就是怪物的陣營分際，可以同情弱者，但絕不應該對食人者濫情等等等等……

但。

當班導師七孔流血全身大火慘叫，段人豪在全校手機的閃光燈下一直狂笑，一直跺腳，一直拍手。甚至還跑去全身著火的班導師旁邊，拿起手機吐舌自拍。

當記者到學校採訪的時候，段人豪還主動跑去對著鏡頭說，班導師常常在課堂上公開說她缺男人搞，性慾長期沒人幫忙解決，全身著火百分之百是因爲慾火焚身的關係，希望藉由這次班導師被慾火活活燒死的悲劇向全台灣沒人幹的老處女宣導，沒人插不是病，不去找人插才是病，不管有沒有人插，都至少要養成定期自慰的健康觀念——這種爛採訪當然沒被收錄。

心浮氣躁的林書偉刻意闖了一個紅燈。

段人豪的腦子有病嗎？

什麼叫只有他可以打我？

打我好玩？好玩在哪？

自己真的屬於這群爛人？

低著頭，腳踏車在這間錢櫃樓下經過了第十五次。

29

林書偉推開包廂房門的時候，迎面衝來的是高凌風的「燃燒吧！火鳥！」。

段人豪光著上半身從沙發上跳起來大叫：「摸奶俠！這麼晚才來！」

林書偉想亂嚷嚷一些家裡管太嚴之類的話，馬上被段人豪、葉偉竹與廖國鋒一起包圍住，三人聯手朝他身上一陣詠春拳木人樁亂打。

「太晚來了！是不是在家裡打手槍紀念老師！」廖國鋒也莫名其妙光著上半身。

「輩份最低最晚到！摸奶俠你真的很敢！」葉偉竹臉上都是被麥克筆亂畫的符咒，全身還只穿了一條內褲：「摸奶俠，摸奶不遲到，唱歌大遲到！」

「大遲到！罰你一邊唱歌一邊打手槍啦！」段人豪用力捏著林書偉的兩個奶頭。

雖然不是真打，但大家身上濃濃的酒味下手不知輕重，加上一直打一直打一直打個沒完簡直跟溺水沒兩樣，林書偉被打到連站都無法站穩。

「都是你遲到害的！害我一直被大家猜拳圍攻脫到剩內褲！」葉偉竹打得起勁，居然脫起林書偉身上的衣服：「你要脫！脫！」

段人豪竟然笑到無法站好，廖國鋒真的跟著用力扯開林書偉的衣服。

「如果你是一隻火鳥！我寧願是那火苗！把你燃燒！把你燃燒！」吳思華對林書偉的

姍姍來遲視而不見，自顧自對著大螢幕唱著不斷循環播放的歌，她左手拿麥克風，右手拿著半瓶啤酒，跳得比唱得還帶勁。

「幹嘛啦！」林書偉怪叫怪笑，整個人被摔在沙發上，奮力拉住最後的內褲。

「林書偉你竟然穿小鹿斑比的內褲！你眞的很變態！」葉偉竹還在拉。

「哪裡變態啊！」林書偉滿臉通紅，雙腳亂踢，死都不讓葉偉竹得逞。

「老師都被燒死了！你竟然穿小鹿斑比的內褲慶祝！」

「哪有關係！我昨天就穿了！」

「昨天！老師是今天死的！你昨天就知道要穿小鹿斑比！」

「到底有什麼關係啊！」

「脫下來我跟你換！我這條是米老鼠！我要換小鹿斑比！」

喝醉的怪話一串接一串，簡直沒完沒了。

段人豪看起來精力旺盛到了極點，大吼打斷荒唐的脫褲爛戲：「都到齊啦！」

「火鳥！慶祝老師變成一隻火鳥！」段人豪將一罐啤酒塞給林書偉：「來！乾掉！」

「乾掉啦！」廖國鋒高高舉杯。

「一口氣不能停！」葉偉竹怪叫：「不！能！停！」

正要喝的時候，林書偉發現手中的啤酒……已經打開了？

事先打開的啤酒？

是剛剛自己被胡亂剝衣剝褲的時候才被打開？還是更早之前就被打開？

桌上還有其他罐沒有打開的啤酒，爲什麼偏偏給自己一罐開過的？

林書偉提高音量大笑：「吼！我要一罐全新沒開過的啦！」

段人豪還在興頭上：「剛剛開的啦！喝！」

廖國鋒大吼：「喝！」

林書偉稍微感受一下手中啤酒的重量，的確充滿份量感……還很冰。

一股莫名的、小小的不安在指尖打轉。

「來！一起！」段人豪跳上桌子，高高舉起手中啤酒。

「一起！」葉偉竹搖頭晃腦舉杯。

「一起啦！」廖國鋒吆喝。

林書偉藉著高高舉起啤酒與大家撞杯的那一瞬間，他看清楚了啤酒罐上的名稱……蜂蜜啤酒。

蜂蜜啤酒？

他以最快的速度掃視了一下大家手中的啤酒，都是台啤十八生或金牌，只有他手中的啤酒是加味過的品項。

大家大口喝著啤酒，馬上就注意到林書偉一臉尷尬地拿著酒罐，沒有動作。

「吼！我是男生耶，我要喝沒調味的啦！」林書偉試著若無其事地笑。

「隨便喝啦！」廖國鋒有些不耐。

「誰教你太晚來！沒開過的就剩老大馬子要喝的啊！」葉偉竹大吼：「喝啦！」

的確，桌上剩下沒開過的都是……蜂蜜啤酒、水蜜桃啤酒、荔枝啤酒……都是女生屬性？

「把你燃燒！把你燃燒！把你燃燒！把你燃燒！」吳思華爆發狂唱。

心念抽搐，林書偉的手指忍不住將啤酒罐微微捏凹。

不。

全都是，含有糖份香味的……

「摸奶俠你很無聊！喝完再去買！」段人豪用力搖晃林書偉的肩膀。

林書偉臉上的笑容肯定很不自然。

段人豪放在林書偉肩膀上的那隻手，也瞬間變得很僵硬。

「對啊！喝完再去買——你請客！」葉偉竹笑嘻嘻地用力一拍。

「其實我喝酒回去會被發現啦，被發現我就死定了！所以我決定今天就……大家唱歌！我來伴舞！」林書偉一腳用力踩上滿是空酒罐的桌子，雙手模仿翅膀拍打的動作：

「獻給，慾火焚身的雞歪老師！」

段人豪一語不發，看著林書偉忽然像鬼附身一樣，古怪地穿著一條內褲搞笑。

「想混過去啊？刷牙就好了啊！」廖國鋒不解。

「這裡哪有牙刷啊？」林書偉前所未有地表演不知所云的火鳥怪舞。

「等一下你去樓下小七補買啤酒，順便買上來啊！」廖國鋒鍥而不捨。

「不用！廁所就有！」葉偉竹突然插嘴。

「廁所怎麼可能會有牙刷？」林書偉像是被雷打到，硬生生中斷了火鳥模仿。

「高級吧！慶祝老師變成火鳥，當然要選高級一點的ＫＴＶ啊！」葉偉竹得意。

「快喝啦！」廖國鋒翻白眼。

「吼！你不知道我爸眞的很可怕！我喝醉回去眞的會被打死！」

「喝一罐而已是醉個屁！」廖國鋒語氣非常不耐煩。

林書偉忽然跳到桌子上大叫：「來！看我表演！」

全身只穿一條內褲的林書偉煞有介事地在桌子上走來走去，口中念念有詞：「老師平常都有在幫你們念心經消業障，你們做學生的竟然不懂得感恩圖報，知不知道只要不懂得好好反省，一切都只是舊記憶重播，來！跟著老師念，南無阿彌陀佛……」

看著平常總是一張死魚臉的林書偉怪聲怪氣地模仿班導師，廖國鋒跟葉偉竹先是一怔，隨後便笑翻了：「幹！南無阿彌陀佛！」

「大日如來佛！」林書偉的聲音好像人妖。

「幹你老師大日如來佛來啦！」兩人持續大笑。

林書偉避開段人豪的眼神，用手奮力搓揉老二：「藥師……藥師……」

「幹藥師三小啦！摸懶覺哪招啊哈哈哈哈哈！」

「一邊摸老二一邊念三小啦！摸奶俠不要謗佛哈哈哈哈哈！」

林書偉一甩頭，照樣避開了段人豪充滿殺氣的眼神。

「啊啊啊啊啊啊啊老師眞的好想要喔！老師沒人幹……沒人插……」

「幹幹幹幹幹！舞告北七！」廖國鋒捧著發抖的肚子。

「摸奶俠你快停止！快停止！我要死啦！」葉偉竹笑瘋了。

「我的陰道……」林書偉雙眼瞪大，雙腿打開，假裝有大量黑血從兩腿間噴出：「我的陰道爆炸啦！這是什麼東西啊！天啊這是什麼東西啊啊啊啊啊啊！」

廖國鋒與葉偉竹笑到翻來翻去，幾乎無法好好呼吸。

「到底喝不喝啦！」

段人豪冷不防一腳踹向桌子。

林書偉重心不穩，跟著一堆空酒罐跌下。

廖國鋒跟葉偉竹一時不明究理，尷尬地看著還試圖擠出搞笑嘴臉的林書偉。

「沒有不喝啦，我只是……」林書偉快快地摸著屁股。

「喝不喝！」段人豪又是重重一腳，桌子幾乎給踢翻。

林書偉低下頭。

唱歌唱到一半的吳思華倏然轉身，隨手拿起林書偉放在沙發角几的那罐蜂蜜啤酒，仰起脖子，慢慢喝了起來。

這個時候大家才意識到，沒有吳思華唱歌的背景聲音，這間KTV房其實空洞得可怕。而遲鈍如廖國鋒與葉偉竹，終於在漫長的尷尬中察覺到了林書偉的恐懼。

花了點時間，吳思華還是豪邁地一飲而盡。

將空掉的啤酒瓶捏爛扔到一旁，她冷冷地看著頭低低的林書偉。

林書偉後悔死了，早知道隨手把酒拿起就稀里呼嚕喝掉不就沒事了，到底是哪個念頭上發了神經，覺得段人豪會……

「你覺得我要下毒殺你是不是？」

段人豪從口袋裡拿出金屬打火機，叮一聲彈開蓋子，火焰陡起。

火焰在林書偉的下巴前晃來晃去。

他浮躁鬱悶的表情，在搖曳的火焰照射下忽明忽暗。

「沒有。」

「我要殺你，方法有一百萬種，爲什麼要下毒？」段人豪的眼睛非常冰冷。

「……」

葉偉竹跟廖國鋒低頭自己喝起酒，不是要狂歡的嗎，幹現在到底是什麼狀況。

吳思華語氣極度不屑：「你們一直拉他進來，我就是看不懂耶？到底要他幹嘛？」段人豪看著林書偉。

他的回答，將決定接下來發生的一切。

「因爲……」林書偉咬著牙：「我有血吧。」

吳思華一秒暴怒，將麥克風重重丟向林書偉。

「什麼叫你有血！」

摔出的麥克風發出可怕的尖銳高頻，連段人豪也嚇了一跳。

「什麼叫你有血？什麼叫你有血！抽血是強迫你了嗎！」吳思華整個火都來了。

「……」林書偉心中不斷大吼對啊難道不是強迫我了嗎，臉上卻毫無表情。

「把蟲子餓死我爽啊！他爽！他爽！他也很爽啊！但就你一個人不爽嘛！你不餵牠誰餵？」

「……」林書偉咬牙。

「想偷偷把蟲子放掉你就放啊！放掉蟲子的時候你看看牠會不會趁機吃掉你啊！」吳思華非常不齒：「只想當好人，又沒種當好人！你最虛僞！」

虛僞……

林書偉好像想起了什麼。

好像，想起了一個很重要的畫面。

位於記憶邊緣的一個特殊印象。

「你應該好好感謝蟲子。」吳思華的冷笑尤其可怕。

感謝個屁

林書偉竭力保持專注，專注在某個早已被自己遺忘的畫面。

「要不是我們意外抓到蟲子當新玩具，不然今天被綁在淋浴柱上的，就是你。」

理智線還是斷了——

「蟲子是怪物，我是人！」林書偉衝口而出。

吳思華噗哧一聲。

她彎下腰，長髮髮稍輕碰到一片狼藉的桌子，近距離笑看林書偉。

「是什麼都無所謂，我們一定會，玩、死、你。」

林書偉看著吳思華笑吟吟的眼睛。

想起來了。

全都想起來了。

「報告主席！我要提臨時動議！」

吳思華舉手，起立發言：「高百合太臭了，只要坐在她旁邊的九宮格位子裡，都會一直聞到她身上那一股死魚味道，這對想專心上課的人是不是太不公平了？萬一聞到生病，是不是更慘？」

全班大笑，不斷拍桌喧囂。

「哈哈哈哈眞的是太臭啦！眞的會聞到生病！」

「鼻子會爛掉！一直爛到肺！」

「死魚味！精準！有見地！」

「不是死魚味啦！是屍體的臭味！屍臭！」

「靠她家就在菜市場賣魚的啊！她媽身上更臭！」

吳思華繼續發言：「我提議用班費買一罐殺蟲劑放在講台上，只要誰聞到高百合身上發出臭味，就可以直接拿殺蟲劑噴她。噴完再買。」

全班瘋狂鼓掌的同時，所有人——所、有、人都把頭轉向高百合。

掌聲越來越巨大。

高百合不知所措地看著主席在黑板寫下「消滅高百合臭味提案：買殺蟲劑噴」。

高百合不只沒哭，連發抖都嚇到忘了。

全班瞬間將視線集中在那一隻高高舉起的手上。

「主席！我有異議！」

「請說。」

「殺蟲劑不管買多便宜都是錢啊，高百合很臭，竟然要花大家的錢解決，對大家都很不公平，我提議高百合的臭要她自己負責！」舉手的人說。

全班同學不禁狂點頭，對啊，殺蟲劑也要錢耶！

「我建議高百合要自主隔離，把座位搬到走廊上，直到臭味改善爲止！」

全班譁然。

一秒後，報以驚天霹靂的熱烈掌聲。

根本不必在黑板上寫新選項，也完全不必投票了，掌聲的大小說明了一切。

高百合開始哭。

一邊哭，一邊收拾桌子。

舉手的同學被大家英雄式地投以掌聲，說他眞是太有創意太狠太狂太懂了。

他笑笑地轉過頭，看著後方的吳思華。

吳思華的臉非常臭。

全都想起來了。

林書偉全都想起來了。

那個舉手的惡魔，就是自己。

30

警方在地下道兩端拉起黃底紅字的封鎖線。

這條位於市中心的地下道平常一點都不骯髒，燈光明亮，人來人往，循著牆壁上的指標一直走約五分鐘就可以接到熱鬧的地下街。

地下道深處有一間公共廁所，其實也不特別隱蔽，九點過後就很少人經過了，於是男生廁所裡有個掃地工具間，就變成一些情竇初開的小情侶摸來摸去的私房景點。

兩具零散的屍體就是在那裡被發現的。

所謂零散，指的是四分五裂，而且不是形容詞上抽象的四分五裂，實際上屍體真的就是被撕裂成斷手斷腳、脊椎折來折去、肚破腸流、頭顱破碎，眼珠因爲承受瞬間過大的力量迸出了眼窩。

屍體穿著東實高中的制服，一男一女。

警官川哥看了一台架在天花板上，對準廁所出入口的監視器一眼。

監視器遭到嚴重破壞，只剩下碎片跟幾條勉強連接在一起的電線。但系統透過網路連線，凶手行凶的過程還是被伺服器完整記錄下來。

「跟這幾天連續三起案子一樣，都是……都是……」

剛剛看完行凶畫面的小警官丞閔很受震撼。

警官川哥看著鑑識科的組員蹲在地上，用鑷子小心翼翼地夾起屍體碎肉放在眞空袋裡，眞不曉得他們的父母要怎麼在解剖室裡面對法醫的解說。今天早上才好好出門的小孩，在幾個小時後變成一大坨人肉拼圖。

「都是怪物。」川哥皺眉，好像踩到了什麼東西。

抬起腳，發現鞋底下黏了一團爛肉，但不清楚是哪個部分。

川哥無奈地將腳伸向鑑識科組員。

組員耐著性子慢慢從鞋底刮下，這才看清楚原來剛剛踩到的是半截龜頭。

現場沒有人笑得出來，只覺得非常恐怖。

「跟之前的作法一樣，上面交代，監視器畫面絕對不能外流，避免造成社會大眾的恐慌，有關部門都要好好配合。」川哥點了一根菸，試圖沖淡鼻腔裡的血腥味：「至於怪物爲什麼專挑東實高中的學生下手，任何人，有任何猜測隨時都提出來，不管多離譜都無所謂……因爲我們要對付的，才是眞正離譜的，怪物。」

川哥沒有提到的是，二十幾年前，當社區監視器還沒像今天一樣在這個城市裡分佈得密密麻麻，他還是一個剛進刑事組的小警員，他曾在一棟靠近山區的療養院裡調查過的集體失蹤案件。

很多被送來等死的老人在兩年內陸陸續續走失，沒有線索，沒有目擊者，更重要的是根本也沒人關心，於是當局把療養院剩下的老人遷去別的院所安置後，政府高層便用一些穿鑿附會的魔神仔傳言把媒體混了過去。

老人遷移後，原本就很安靜的療養院變得更死寂，而刑事組的調查單位最後要離開該療養院的那一天，搭電梯時聽見電梯天花板上面有奇怪的細微碰撞聲，刑事組的探員們面面相覷，決定撬開電梯上蓋，這才在電梯天井裡發現大量的白骨，原來大家聽見的異音就是電梯上下移動時白骨微微碰動的細聲。

經過ＤＮＡ鑑定，那些白骨都含有人類的基因。乾乾淨淨，可說十分完整。

到底是什麼「動物」殺死那些老人後，能夠身手矯健地將屍體「叼」到、或「扛」或「拎」到電梯天井裡慢慢食用？而不被療養院裡其他人發現？

凶殘狡詐的食人猿？弄巧成眞的魔神仔？還是連環殺人魔？

刑事組的探員們在療養院裡埋伏，守株待兔了一個月，卻沒有等到任何「東西」。

離開廢棄的療養院後，許多參與埋伏的探員都大病一場，資深的老探員認爲此案特別穢氣，就算同事私下偶爾談及，也會被迅速阻止。久而久之，刑事組對此案三緘其口。

年紀尚輕的川哥，當時找了很多微不足道的小藉口，進入刑事組的陳舊檔案室裡，將一些過往集體神祕失蹤案件裡拼拼湊湊，終於拼湊出他想像中的解答版本——這個都市裡，有一頭具有高度智慧的食人怪物，專挑社會邊緣人爲食，只要不打擾牠獵捕這些對社會可有可無的弱勢者，牠就不會去驚擾這個社會渴望的「穩定」。

川哥將鞋底用力踩在路邊的水溝蓋上，來回摩擦，試圖將龜頭渣渣踩踏乾淨。
現在，又到了該忍耐的時候嗎？
爲什麼原本專挑存在感薄弱的邊緣人爲食的怪物，會突然針對東實高中出手？
爲什麼這次怪物不吃人，而是充滿報復性殺戮？
川哥當然想到了一個禮拜前發生在東實高中的人體自燃事件。
但那個超不自然的人體自燃，又跟食人怪物的轉性有什麼關聯呢？

只要保存祕密的是人，這個世界便沒有永遠的祕密。
監視器的祕密錄影畫面終於還是外流了。
一個小時內，以這幾個字爲標題的影片推播，就在網路上傳得沸沸揚揚。

「都市食人鬼來襲！」

31

一頭擁有獸臉的人形怪物在地下道天花板上慢慢爬行，忽然轉彎衝向廁所。

接下來淨是毫無策略，沒有章法，一切都只是單純破壞人體的行爲。

支離破碎的肉塊與殘肢噴出了廁所，手，腳，腸子，頭顱。

不到一分鐘，人形怪物便駝著背，搖搖擺擺地走出廁所，當時人形怪物吃著死者身上不明的部位，抬起頭，眼睛看向監視器。

監視器畫面消失。

這已是這個禮拜以來，第四起東實高中學生在放學後，慘遭怪物殺害的案件。

第一起案件，是一個剛剛補習完回家的東實高中三年級男生，一百九十一公分的籃球隊隊長，在暗巷裡一台自動販賣機前，遭到怪物從後方突襲。籃球隊長的後腦被怪物牢牢抓住，臉部反覆撞擊在自動販賣機上，直到整顆頭都完全塞進機器裡面爲止。

第二起案件，是四名半夜才從撞球間離開的東實高中二年級生，三男一女，他們在騎樓下預備取走停放的機車時，被埋伏在騎樓旁暗巷的怪物突襲，怪物只花了短短五秒，就猝不及防地將四人殺死，接下來的一分鐘就只是洩恨似地破壞屍體。

第三起案件，是一名獨自騎腳踏車回家的東實高中二年級生，途經河濱公園時一路被幾台社區監視器拍下最後的身影，最後死者在騎行下坡路段的暗處後，就沒有在下一台社區監視器的畫面裡出現。被撕爛的屍體，被草地上的野狗啃食到天亮。

那頭下手極度凶殘的人形怪物是什麼東西？

為何受害者截至目前都是東實高中學生？

即時新聞推播炸翻了每一台手機，關於食人鬼的都市傳說夯爛了所有社群。

當晚，網路上出現了一個剛剛申請成功的臉書新社團「夜訪食人鬼」，託人速速去東實高中福利社買好幾件該校的制服，揪團在夜裡一起將東實高中的制服穿在身上，拿著拍攝功能特別強大的手機在暗暗的小巷子裡逛來逛去，期待能夠與傳說中的都市食人鬼相遇！

拍下食人鬼的身影！

32

「很明顯啊，黑血燒起來的顏色那麼怪，蟲子的姊姊一定是看到了電視上老師燒起來的新聞畫面，聯想到牠妹妹的失蹤一定跟我們學校的學生有關，所以牠專認我們的制服，見一個殺一個，殺到我們乖乖交出牠妹妹爲止……哈哈哈，還食人鬼咧！」

放學後的祕密基地裡，段人豪得意洋洋地把前一天吳思華跟他分析的論點，當成自己的想法再說一遍，聽得葉偉竹跟廖國鋒不住地點頭。

段人豪看著綁在淋浴柱上奄奄一息的小怪物，手裡拿著第三瓶裝滿小怪物牙齒的玻璃瓶，心中澎湃不已。

當整個社會都在恐懼不知名的食人鬼，所有的談話性節目跟網路論壇都繞著這個食人鬼而轉動，而這個所謂的食人鬼，偏偏被自己抓了一頭，虐了又虐，一虐再虐，揚名立萬兼大賺一筆，就看這一次了！

「怎麼樣！那我們也要去衝一波嗎？」葉偉竹看著手機裡的揪團訊息。

「衝一波什麼？」正在幫廖國鋒抽血的吳思華不解。

「夜訪食人鬼啊！我們去湊熱鬧一下嘛哈哈！」葉偉竹也很興奮。

「參加什麼夜訪食人鬼？我們有正事要幹！」廖國鋒臉上的表情可是非常興奮，血液在針筒裡噴射的速度飛快：「蟲子的血蒐集的差不多了，可以去買汽油了吧！」

的確，櫃子裡擺滿了十幾瓶從小怪物身上抽出的黑血，都用報紙跟橡皮筋妥妥地覆蓋綁著，這麼大量，應該可以從廢棄國宅一路標記到這裡。

看現在的社會氛圍，收拾大怪物的時機已經完全成熟！

這兩天，吳思華非常冷靜地不斷重複看大怪物攻擊同校情侶的影片，儘管畫質粗糙，依舊隱藏不了大怪物卓越的暴力。這種不顧一切的憤怒，充滿了復仇的狠勁，卻也同樣顯示出復仇的盲目。

這種盲目，就是殺死牠的關鍵。

但盲目不只存在於大怪物，也存在於這個空間裡的所有人——除了她自己。

吳思華很滿意這群人趾高氣昂的樣子，卻也忍不住覺得這群人相當不可靠。

這個年紀的臭男生太容易得意忘形了。

之前又動不動就對蟲子拳打腳踢，隔三天就拔一次牙，故意打開通風窗縫用陽光燙牠，現在又以血換血了好幾天，蟲子一直極度虛弱，跟這樣的「怪物」相處久了，難免會忘記牠的真正本質，忘記牠在食物鏈上的位置是一個貨眞價實的獵食者，忘記牠的恐怖，忘記牠姊姊只會更恐怖百倍。

得想個辦法，讓他們重新想起怪物的可怕。

有了，就用這兩天都不敢到祕密基地聚會的林書偉，喚起他們的危機感吧。

趁著社會大眾都認爲「食人鬼針對東實高中的學生展開屠殺」的事實，讓林書偉剛剛好從這個世界上消失，理由一切具備，屍體不需要存在。

具體上該怎麼做呢？

先讓蟲子餓上整整三天，再找條最粗的鐵鍊把蟲子的脖子鎖死，再解開牠身上的其他鏈條，最後，用模稜兩可的理由把林書偉叫來，架住他，割斷他的腳筋，再丟到蟲子前面——好好欣賞蟲子狂性大發飽食一頓的模樣，應該就可以讓大家抖擻抖擻一下精神，對付蟲子姊姊的時候不會有分毫粗心大意。

「妳在笑什麼？」段人豪打斷她的壞想法。

「那個大怪物不惜亂殺我們學校的學生，就爲了逼我們把牠妹妹交出去。」吳思華隨便說了另一個理由：「牠很瘋，超狠，我欣賞。」

「幹我也這樣覺得！所以廖國鋒的提議怎麼樣？」段人豪躍躍欲試。

「什麼怎麼樣？」

「這兩天，我們就開始把通風扇封起來，買門鎖，買汽油怎麼樣！」

吳思華慢慢吸了一口氣。

這三人在興頭上，又都很屁，不能隨便澆他們冷水。

「好，錄影畫面裡蟲子姊姊的力量很強，我們必須假設牠在很短的時間內就可以把所有纏在蟲子身上的鐵鍊扯開，扯開後就可以馬上破門，或是破開我們說好要封死的通風扇逃走。所以怎辦？」

三人面面相覷，只能目不轉睛地看著吳思華。

「所以，汽油一定要在最短時間內從管線噴進這裡，而且保險起見，不能只噴在淋浴杜附近，要一口氣噴滿整間祕密基地，不然萬一汽油一噴，大怪物嚇到不管蟲子自己逃走的話，就只能燒死蟲子，燒不死大怪物了。」

三人猛點頭，段人豪說：「好，我們先用水代替汽油，測試噴出來的速度！」

吳思華繼續說：「那又有一個我們沒想過的新問題了。」

「什麼問題？」

「我們知道陽光可以燒死怪物，但我們怎麼知道汽油有同樣的效果？」

「簡單啊，就測試啊。」段人豪很直覺反應，看向葉偉竹：「你等下去買一小瓶汽油。」

葉偉竹還沒應聲，吳思華就從書包裡拿出一個寶特瓶，晃了晃：「早就買了好嗎。」

奄奄一息的小怪物忽然抬起頭。

眾人這才聽見鐵門推開的厚重聲，回頭一看，從陰影走出的不意外是林書偉。

這兩天白天上課的時候大家都故意不理會林書偉，林書偉也不敢看大家，原本放學後每天大家固定都會到祕密基地集合，他也缺席了兩次，與其說怕尷尬，不如說那天晚上段人豪眞的嚇到他了。

站在淋浴柱前的林書偉看上去氣色極差。肩上的書包重得快壓垮他似地，一看就知道他再不好好跟大家道歉就會精神崩潰。

「哇，摸奶俠，你還有臉來啊？」廖國鋒也只能這麼開頭。

「眞敢耶。」葉偉竹也只能如此附和。

他們兩個大概覺得林書偉超慘，一直被弄，明明很瘦，抽血的量卻總是大家的好幾倍，偶爾疑神疑鬼也是很合理的。但立場上，如果沒有強烈地站在老大這邊對林書偉嗆聲，下一個疑神疑鬼的恐怕就是自己。

「我是想說……對不起，我不應該懷疑大家。」

林書偉這句話肯定是練習了很多遍，雖然聲音很細，但字字清晰。

「來了正好，拿去。」段人豪倒是不廢話。

打火機。

「幹嘛？」林書偉呆了一下，隨即飛快伸手接過。

吳思華將寶特瓶蓋子轉開，化學刺鼻味襲來，在小怪物的腳掌上慢慢倒下汽油。

小怪物好像知道會發生什麼事，驚恐地搖來搖去：「咿……咿咿咿……咿咿……」

「我們要實驗蟲子會不會怕汽油啊，還有汽油在蟲子皮膚上燃燒的速度啊，不然怎麼對付牠姊？」葉偉竹好心解釋：「萬一蟲子怕陽光卻不怕汽油，我們就要另外想辦法弄死牠啊。」

「肯定會怕的啊。」不管幾次，這些人的想法都讓林書偉很震驚。

「你很矛盾耶，遲早都要燒死牠的，你現在不試……」葉偉竹還想繼續講。

吳思華冷冷打斷：「拿來。」

這兩個字就像一道恐懼的符咒，貼在靈魂已殭屍化的林書偉頭上，林書偉趕緊蹲在地上，對著漆黑髒污的小怪物腳掌點火。

汽油迅速燃燒，小怪物前所未有地厲聲慘叫。

兩隻原本就傷痕累累的腳掌陷入火焰之中，皮膚瞬間綻裂，許多黏稠黑色的血水從火焰中不斷滲出，極度活躍地泡泡化，好像有上萬隻肉眼看不見得小小蟲正在瘋狂掙扎逃出火焰的範圍，黏稠的黑血越是掙扎，泡泡鼓脹得越大。

火焰很快就變成妖異的淡藍色，就跟班導師變成火鳥時一模一樣。

「好臭！幹怎麼有辦法那麼臭啊！」

「我常常便秘的阿公死掉的時候燒屍體都沒這種味道！」

「我快吐了！嘔嘔嘔……嘔嘔嘔……快把電風扇打開！」

林書偉無法直視小怪物的雙眼，只能蹲在地上，呆呆地看著烤到捲曲的獸爪，打顫的齒縫間不斷默念著……怪物是怪物人是人怪物是怪物人是人怪物是怪物人是人怪物是怪物人是人怪物是怪物人是人怪物是怪物人是人怪物是怪物人是人怪物是怪物人是人……

吳思華看著臉色蒼白的林書偉。

嚇到連嘴唇都在顫抖？眞會演。

要不是今天少了一條特別粗的鐵鍊鎖死蟲子的脖子，要不是沒先幫你想好避開所有校園監視器再走到祕密基地的路線與理由，要不是要不是要不是有那麼多要不是還沒想好……你啊，你這個超愛催眠自己是好人的虛僞小人，今天，就是你變成蟲子食物的美好紀念日。

「感覺汽油有用。」廖國鋒像科學家一樣點頭。

「附議。」葉偉竹就非得接一句話。

小怪物兩隻腳掌上的藍色火焰足足燒了一分鐘卻還沒停止，腳掌已燒成一片難以辨識原來形狀的漆黑物。爲了避免火焰往上延燒，段人豪捏著鼻子，拿起原本要用來剪手指的大剪刀，撐開，架住，輕輕鬆鬆就剪斷了爛成一片的腳掌停損。

「包好，我們拿去丟在廢棄國宅那邊，當第一個指標！」段人豪笑笑。

「是。」葉偉竹拿了一個塑膠袋把烤焦的腳掌裝好：「不知道會不會再長出來？」

「之前手指被老大剪了也沒再生啊，但誰知道……就怪物嘛。」廖國鋒捏著鼻子，近距離看著小怪物被活生生剪開的斷口。

「幹有夠噁的，超臭！」葉偉竹趕緊拿了一只空寶特瓶接著從剪刀斷口流出的黑血。

在葉偉竹與廖國鋒你一言我一語地抬槓中，失去雙腳腳掌的小怪物漸漸昏死過去，綁在淋浴柱上的牠沒有了接地的支撐，鐵鍊裡禁錮的，就像一團沉甸甸的浮空肉塊。慘到非常不寫實。

林書偉艱辛地站了起來，用盡所有的力氣，把視線轉向段人豪，將打火機遞出。

段人豪沒有接過打火機。

他只是專注地吻著吳思華，旁若無人地，用力揉捏她正在發育的胸部。

「殺死怪物以後……」段人豪戀戀不捨地，聞著女友鼻息中散發出的雌性荷爾蒙：「光靠殺死怪物的影片，賣廣告，賣改編，到處演講，上節目亂蓋，我們一輩子都不缺錢。別上大學了，我們結婚吧。」

「……白痴。」

只有這兩個人，能夠在這麼殘忍的畫面裡，一個硬，一個濕。

也只有這兩個人，能反過來屠戮傳說中的都市食人鬼。

比怪物，更怪物。

33

荷爾蒙畢竟是荷爾蒙，是這個宇宙最鮮烈的物質。

自從在祕密基地裡囚禁了小怪物，吳思華跟段人豪就只能改去休息兩個小時只要兩百塊錢的爛賓館打砲。今晚也不例外。

「玩夠了嗎？」吳思華伸手摸索床頭邊的衛生紙。

這種爛賓館提供的衛生紙特別薄，吳思華連抽了五、六張，往臉上的精液拭去。

「哇！我已經搞了妳三次了耶！腰都快斷掉了妳還想壓榨我！」段人豪像一塊死肉，一邊笑一邊微微顫抖：「太淫蕩了太淫蕩了我受不了啦！」

就算還行也只剩下十五分鐘時間就到了，小倆口可沒預算打電話去櫃檯加時。

「我是說林書偉。」吳思華將沉甸甸的衛生紙扔向垃圾桶。

沒扔中。

「幹林書偉就是個小孬孬啊，本來我以爲他已經被我收編了，是兄弟，沒想到他這麼白目，幹。」段人豪用手指戳著軟掉的龜頭玩：「妳上次在ＫＴＶ說的很好啊，要不是抓到蟲子，今天就是一直把摸奶俠玩到各種崩潰啦！」

「所以呢？所以你打算怎麼處理他？」吳思華將胸罩扣好。

「啊？上次電過他他就乖啦，他這種人就是不能對他太好。」段人豪還在玩龜頭。

「你不覺得殺死怪物以後，他會是一個嘴巴特別大的人嗎？」吳思華迅速將制服上衣每個鈕子都扣好。

這時段人豪才回過神來，有點訝異地問：「……怎樣，妳想幹掉他嗎？」

「有這樣想。」吳思華開始穿鞋：「現在林書偉消失了，警察也只會以爲他是被大怪物殺掉。」

「算了啦，妳沒看到他今天嚇成那樣？」完全還沒開始穿衣服的段人豪呵呵笑了起來：「他就是白目，欠電，寶貝，妳現在把他幹掉，以後不就沒辦法常常嚇他弄他？我們那麼聰明，以後他又要白目再把他幹掉就好啦！現在……」還想繼續說下去。

「操你媽！」吳思華惱火，起身揹起書包。

「操我媽很簡單啊，付錢就能操她了啊哈哈哈！」意外被戳到笑點，段人豪瘋狂大笑起來：「哈哈哈哈哈哈哈哈哈……」

吳思華撿起地上內含飽滿精液的衛生紙，忿忿朝還賴在床上的段人豪一丟。

「幹不要啦！啊！」段人豪慌亂閃過差點擊中鼻心的精液包。

吳思華頭也不回地離開。

段人豪看著被重重被甩上的門，還無法停止誇張的笑聲。

34

這棟複合式商業大樓位於火車站舊城區的熱炒街一帶，早幾年一場大火讓原本很熱鬧的商場一夜停擺，廉價賓館位於的七樓跟八樓，生意不錯，七樓接一般客人，八樓則提供包月住宿，以跟聲色行業相關的生意人爲主。

六樓跟五樓是火災發生的起火點，原本是撞球間兼電子遊藝場，據說是仇家偷偷在廁所裡縱火，一口氣死了好幾個人，現在都已人去樓空。

四樓是逐漸式微的連鎖ＭＴＶ，早已淪爲青少年打砲的更廉價地點，段人豪跟吳思華也去過好幾次。三樓是久久才換一次片的色情電影院，常常有幾個拿著臨時假單的阿兵哥會進去吹冷氣睡覺，順便叫一些流鶯進去幫他們打手槍。

二樓空蕩蕩的，只有幾間沒人氣的塔羅牌算命攤、刻印章打鑰匙的老店、跟一間小小的狐仙宮廟，每次經過總會有打扮火辣的女子跪在裡頭虔誠膜拜。一樓則是十幾間熱炒店擠在一塊，有一間炒鱔魚麵曾上過很多美食節目，極爲熱鬧。

此間平常出入份子複雜，充斥各種你想像得到的性交易，也是外籍勞工發洩慾望的好地方，櫃檯邊的價目表依次寫了越南文、泰文、印尼文，還擺了一尊小小的四面佛坐鎮在焚香之中。

櫃檯是一個正在看電視台歌唱節目的大嬸。

一個聞起來用古龍水洗澡的中年大叔正坐在旁邊的牛皮沙發上看報紙。這幾次吳思華來都會看到這個大叔，不曉得是皮條客，還是長住包月的老房客。

吳思華獨自經過櫃檯時刻意加快了腳步，一看到電梯就按。

「鑰匙？」櫃檯大嬸提醒。

「我男人還在裡面。」吳思華盡量保持禮貌。

大嬸看了看牆上的時鐘，又打量了吳思華一眼。

兩個人一起進去，只有一個人先出來，又是買短時間的休息，不是買住宿。這種情況大多是性交易，或是另一個人在房間裡出事了。

「妳男朋友沒事吧？」大嬸試探性地問。

「沒。」

吳思華又按了按電梯，電梯兀自停在三樓不動。

煩死了。

「跟男朋友吵架了啊？」

大嬸非常害怕自殺這種事，半年前來過一次上吊，光是做法事就差點嚇跑所有客人，幸好有不知情的外勞撐住基本盤，才讓賓館神不知鬼不覺地存活下去。

「沒。」明明知道沒用，吳思華還是又戳了按鍵兩下。

穿著高中生制服的年輕女孩，又特別漂亮，在這種地方尤其顯眼。

吳思華平常再怎麼跩，一個人站在廉價賓館的櫃檯旁，接受著古龍水大叔毫不迴避的視姦，同樣忍不住耳根發熱。

「你們學校最近很紅喔。」古龍水大叔的眼神盯著她短裙下的雪白大腿。

「……」吳思華非常克制手指繼續往電梯按鍵戳下去的衝動。

電梯還是停在一動也不動的三樓。

吳思華的眼角餘光瞥見櫃檯大嬸正拿起房務電話，猜想她大概是想撥通電話，到休息房裡詢問落單的男友吧。

「這麼晚了一個人回家很危險，要不要叔叔陪妳……」古龍水大叔笑吟吟虧妹。

實在聽不下去了。

惱羞成怒的吳思華轉身，快步往一旁的樓梯間走下。

35

六樓實在黑得可怕，樓梯間堆滿了雜物，還依稀聞得到火燒的焦味。

來過好幾次都沒這樣走過，早知道就多等一下電梯了。

偏偏泡泡糖剛好吃完了。吳思華咬著牙，將剛剛的不爽跟此刻的害怕，都怪罪在男友身上。下次打砲，一定要趁那頭禽獸快射出來的前一秒把他用力踢開，讓他發狂，不管他怎麼裝可憐怎麼苦苦要求，都絕不再把兩腿打開。

突然聽到很多聲音……腳步聲？

不，好像還有人在說話？

吳思華瞬間頭皮發麻。

那些窸窸簌簌聲音是從五樓傳上來的，越來越近。

已經快走到五樓的吳思華直覺趕緊往上走，將自己重新藏在黑暗裡。

那些聲音很快就聽清楚了。

「靠，這裡眞的可以遇到食人鬼嗎？」

「我怎麼知道，不過你眞的希望遇到食人鬼嗎？這裡好冷喔。」

「不想的話幹嘛出來？」

「我也想看到，拍下來，拿去週刊爆料！」

「看到的話不就會被殺掉？」

「食人鬼除非一次有很多隻，不然的話……我只要別跑最後一名就好啦哈哈！」

「太大聲了啦，會破壞氣氛！」

吳思華忍不住笑了出來。

原來這些刻意壓低的氣音，來自超級白痴的臉書社團「夜訪食人鬼」，現在碰上的就是他們揪團夜遊訪鬼的爛活動吧。明明這麼多人走在一起，還刻意只靠走在最前面的一個人拿著手機上的ＬＥＤ光帶路，製造懸疑的氣氛。白痴死了。

人多就不怕了，吳思華鬆了一口氣，索性便跟著他們逛一逛再一起出去，也順便聽聽這些假東實高中的低能兒在聊什麼。

同樣穿著東實高中制服的吳思華，毫無違和地融入在「夜訪食人鬼」裡。

「聽說食人鬼專殺東實高中的學生，是因爲牠曾經是那間學校的學生。」

「嗯，我也聽過，牠好像是自殺死的。」

「我聽到的版本是爲情自殺，然後被奇怪的邪教儀式復活，現在牠爲了向那個可惡的男生報仇……」

「不是邪教儀式啦，據說是玩碟仙玩出事，把自殺的靈魂叫回來卻請不走。」

「爲情自殺的話幹嘛亂殺同一間學校的學生？就專心去殺那個害牠自殺的男生就好

啦，完全沒道理。我聽到的版本比較有邏輯，說牠本來是東實高中的學生，每天都被霸凌得很慘，所以自殺以後變成鬼……啊晚上不要說鬼這個字，要說阿飄……」

「等一下，其實牠不是鬼吧，牠有形體啊不然怎麼會被拍到，牠比較像是屍變。」

「對，自殺以後屍變，屍體的大腦裡還存在對東實高中同學的怨氣，所以就……」

大家七嘴八舌地用氣音討論，各種腦補，各種合理推測，連吳思華都聽得很投入，暗暗慶幸自己巧遇這群腦袋有病的好事者，平衡了一下原本很不爽的今晚。

「我聽到的是考不上東實高中的一個女生，氣到自殺，所以才對東實……」

「屁啦！東實高中又不會很難考，這樣就自殺會不會太草莓！」

「就是因爲不難考還考不上才要自殺啊！就是笨到自殺嘛哈哈！」

「我覺得屍變是一定的，但爲什麼一定是自殺啊？說不定是被殺！」

「嗯，被殺的怨氣比較重，也比較像復仇。」

「我哥哥的朋友就是念東實高中的，他說他朋友說，那個食人鬼就是上個禮拜那個燒死的老師屍變的，爲的就是要殺掉……」

「不是吧，那個老師不是完全燒掉了嗎？」

「對啊完全燒到連灰都不剩了是要怎麼屍變，你哥哥的朋友要掰也要掰好一點。」

「前面的！手機拿高一點啦，後面的快看不到路了！」

「大家要不要換個地方，這裡的燒焦味很重？」

「這裡很恐怖啊，如果遇不到食人鬼說不定也會遇到別的……」

吳思華開始考慮要不要偷偷打開手機按下錄音，把這些好笑的對話錄給段人豪聽時，忽然撞上了走在她前面的人。下一秒，走在吳思華後面的人也撞上了她的背。

「幹嘛停下來？」幾乎所有人都同時說出這句話。

走在最前面的領隊，高高地，斜斜地舉起手機。

往上。

所有夜遊者仰賴的唯一光源，就照在天花板。

照在一雙赤黃色的眼睛上。

「好像就是了……那個自殺死掉的……」領隊呆呆地說。

吳思華倒抽一口涼氣。

唯一的光源瞬間就遺失在第一聲尖叫中。

接下來發生的事，就只存在於耳朵能捕捉到的黑暗世界了。

慘叫聲。

哭鬧聲。

咒罵聲。

所有人都同時被飛濺的血水噴到的大叫聲。

人體被砸在地板上的轟隆聲。

整個人被用力擲往遠處的呼嘯聲。

被血水滑倒的咚隆唉呦音。

踩到同伴殘肢的尖叫聲。

臉骨直接被抓碎的唧唧唧嗚嗚聲。

意識到某隻手或腳永遠離開身體的崩潰啊啊啊啊聲。

想大哭卻來不及哭出來的古怪嘔嗚嘔嗚打嗝聲。

肋骨被整個往兩旁用力扳開的啪搭聲。

喉嚨被扯裂無法呼吸的嗚嗚嗚窒息聲。

吳思華在第一時間就稟住了氣息，蹲下，任憑所有夜遊者在她身邊倉皇奔來跑去，即使撞到她踩到她也完全不吭聲。她只專注地做一件事——用最快的速度脫下身上東實高中的制服襯衫與裙子，同時將書包遠遠踢開。

她確定自己做得很好。

接下來，吳思華慢慢蜷縮在地上。

提醒自己務必慢慢呼吸。緩緩地吸，若有似無地吐。

閉上眼睛，仔細聆聽周圍恐怖聲音的大小遠近。

轟隆呼呼呼咚轟隆啪搭啪搭啪搭咚隆唉呦啊啊啊啊咚隆咚隆咚隆啊啊啊啊嗚嗚啪搭嗚嗚嗚轟隆轟隆唧唧唧嗚嗚啊啊啊啊啊啊啊啊啊唧唧嗚嗚咚隆咚隆嘔嗚嘔嗚啊啊啊

啊啊啪搭啪搭轟隆啊啊啊啊啪搭啊啊……啊啊……啊……啪……搭…………………

啊……啊……嗚……

等到黑暗中的聲音越來越少，幾乎沒有新的聲音出現時，身上只穿著內衣褲的吳思華，其呼吸只剩下鼻子前半公分極細微的氣體交換。

接下來的微裝死，考驗著她逼近冷酷的覺悟。

不。

不是覺悟。

這個世界上，如果只有一個人能夠在這種絕境下活下來。

那麼，此人必然是自己。

與其說是視死如歸覺悟，不如說，吳思華擁有絕對會活下去的自信。

緊閉著眼。

絕對的黑暗中，終於只剩下那魔物踩踏在狼藉屍塊中的腳步聲。

滋搭……滋搭……滋搭……

魔物每一次踏腳，腳底板都黏著滑膩的血水，發出毛骨悚然的滋搭……滋搭……

吳思華聽得非常清楚。

那種恍惚又掉拍的節奏，與其說是確認地上殘餘肉塊的死活，不如說是失魂落魄的遊盪。非常好，生存機率不斷往上升。

滋搭聲停了。

停在自己的耳邊。

吳思華慢慢地，默默地，完全閉住了氣息。

一股冰冷的寒氣，在她的睫毛前微微擾動，吹啊吹……

吳思華沒有睜開眼睛。

那股寒氣，慢慢地從她的眼睛移動到頸子，沿著鎖骨，順著手臂，來到了手腕。

停住。

那一瞬間，黑暗有了形狀。

寒氣在顫抖。

寒氣在她手腕上顫抖。

「蒐集完整的牙齒幹嘛啊！」

「我要拿去串珠珠啊！」

吳思華終於聽見了。

自己全身寒毛都豎起來的沙沙沙沙聲。

36

林書偉一把腳踏車牽到學生車棚停好的時候，就感受到車棚裡周圍鼓譟的氣氛。

許多人還沒停好車就拿起不斷震動的手機看，發出怪異的驚呼聲後，將腳踏車往柱子胡亂一靠，便用最快的速度衝向操場。

林書偉還不明究理，口袋裡的手機居然也震動了。

是葉偉竹的簡訊。林書偉只看了一眼，便以最快的速度衝向司令台。

「怎麼可能……怎麼可能……」林書偉狂奔到連書包都往後騰空起來。

半個操場的同學都在跑。

前方傳來嗶嗶嗶的笛子聲，越是提示危險，大家往危險的來源接近的速度越快。

跟幾百名看熱鬧的同學一樣，林書偉終於也擠到了司令台前。

他一眼就認出了段人豪的背。

吹笛聲中，警方在升旗旗杆前方拉起橫七豎八的封鎖線，將所有人都擋在外面。

每個人都拿起了手機，閃耀著拍攝的點點白光。

唯獨段人豪無法拿出口袋裡的手機。

拿不出來。

手掌無法打開。

只能將每一根手指緊緊朝內握著，眼淚跟尿液一起流了出來。

高高的旗杆上，插了一顆頭顱。

牙齒全部被拔光的嘴巴，含住旗杆最頂端的金屬圓珠。

37

教室外走廊上唯一的課桌椅，高百合看向窗裡。

「各位同學，爲了紀念班長的不幸過世，每個人，明天早上，都要交兩千元班費當做奠儀。」段人豪站在講台上，雙眼紅腫：「公祭要用的，有沒有意見？」

全班同學面面相覷。

除了段人豪，沒有人紅著眼眶，但都竭盡所能地深鎖眉頭表示哀傷，以免挨打。

「阿春，有沒有意見？」段人豪的瞳孔微微縮小。

「沒有。」臉上還包著紗布的春哥趕緊表態：「懂！」

「你家好像很有錢，五千有沒有問題！」段人豪提高音量。

「完全懂！」春哥秒速回答。

沒問題，全都沒問題。

但隔天全班沒有一個人眞的繳新班費。

全校停課了，校園裡空蕩蕩。

校務會議宣布停課七天，期末考與畢業典禮全都依序延後。

警政署長頒佈新的行政命令，在「殺人凶手」落網之前，全國禁止穿東實高中的制服。社區監視器都要一台台接受廠商重新檢查，確保錄像正常。社區巡守隊必須確實運作。大學社團各種送舊活動應避免在晚上進行。所有補習班禁止在晚上九點後繼續上課，違者停水停電。警車的巡邏定點增加了三倍，員警每個人都配帶眞槍實彈。

新班費沒有著落，連買汽油塡滿廢棄游泳池的水塔都做不到。段人豪去了一趟春哥家，回到祕密基地的時候皮包裡已塞滿了鈔票。怎麼得手的沒人敢問。

著魔的段人豪，拿著吳思華當初寫滿陷阱的測驗紙，開始進行女友眞正的公祭。

不鏽鋼板一片又一片反覆釘死在祕密基地的四片通風扇上，控制唯一出入口的大鐵門，也焊上了十道新鎖。廖國鋒花了一整天搞定了年久未用的渦輪機組，先用自來水試驗了從大水塔流向淋浴間管線的狀態，速度非常理想，從天花板上噴出的水柱也非常強勁。

廖國鋒偷開來他爸爸的大貨車，用馬達將油箱裡的汽油吸到位於觀眾看臺上的大水塔裡，足足來回加油站三趟才完全搞定。

林書偉跟葉偉竹在廢棄游泳池周邊、以及淋浴間裡都架設了便宜又好用的監視器，每一台監視器都調整到最好的角度，預備拍下捕殺大怪物的過程。

四個人花了一個下午，不斷演練囚殺怪物姊妹的默契。

葉偉竹躲在儲存汽油的大水塔後面，位於觀眾席看臺上方，也是周圍環境的最高處，負責用望遠鏡監視大怪物來襲的時機。大怪物一到，便用聊天室簡訊通知大家警戒。

林書偉躲在泳道旁的階梯觀眾席上，藏匿在一大塊帆布裡。大怪物一衝進祕密基地的鐵門裡，他便用最快的速度衝向鐵門，從外側連推十把新鎖，將大怪物鎖死在內。

段人豪與廖國鋒躲在調整水壓的渦輪房，等到鐵門一閉，廖國鋒負責轉動控制閥，令汽油高速噴進祕密基地，而段人豪就從通風扇留下的一公分小縫中，點燃事先沾滿油氣的抹布，燒死怪物姊妹。

林書偉反覆練習打開大帆布、快步從觀眾席跑向鐵門、用最簡潔的手勢推動門鎖，力求在十五秒內完成所有的動作。

林書偉自認從小到大他就跑不快，班上的大隊接力賽從沒入選過，頂多參加兩人三腳趣味競賽，撇開絕對不會擔綱此任務的段人豪，廖國鋒人高馬大是運動健將，葉偉竹雖然胖胖的卻是一個身手靈活的胖子，爲什麼不是由別人來負責關門的任務？

「這裡面我跑最慢，手也笨，我覺得，應該換人關門比較安全。」林書偉氣喘吁吁，看著手機裡的碼錶程式抱怨：「不然我才跑到一半或門關到一半，那隻大怪物一聽到我的跑步聲就往回衝，那怎辦？」

「那是你的問題。」段人豪瞪著林書偉。

……操！該不該殺死這個小孬孬竟然是女友與自己最後的對話，如果你他媽的辦事不力被大怪物殺死了，就算是用你被撕爛的肉弔祭我女友在天之靈吧。

「葉偉竹，我跟你換啦！」林書偉亮了亮手中的碼錶程式的計時記錄：「跑步加關門，我用了十九秒，十九秒眞的太久了！」

由。

「不行啦，望遠鏡是從我家帶來的，當然是我要負責監視啊。」葉偉竹似是而非的理

「我也可以從家裡帶啊，不然我跟你買。」林書偉看葉偉竹沒反應，轉向廖國鋒：

「我跟你換。」

「我不想。」廖國鋒聳聳肩。

「你跑得比我快很多，我記得去年運動會你是全年級兩百公尺還是四百公尺的第三名吧，你來關門比較公平。」

「如果我跑第一名我就跟你換，問題是我是第三名，跑步真的不是我的專長。而且我已經把轉動汽油轉閥的動作練得很純熟了，不轉這個，我的練習不就通通白費了？跟你說，你不要一直想著換，你把時間都拿去練跑就對了。」

幹話一堆，林書偉只好硬著頭皮持續練習從台階往下衝跑，與飛快鎖門的手勢。

東實高中全校大停課的這三天裡，除了談話性節目的主持人與特別來賓以外，沒有人敢穿上東實高中的制服在路上走晃。都市食人鬼暫時銷聲匿跡。

距離復學還有四天，校務會議正在緊急研擬廠商招標案，預備全面更換東實高中的制服款式，而連夜召開的家長會甚至提議更改東實高中的校徽與校名。

距離復學還有三天。

鎖死小怪物的鐵鍊加到了二十一條，光是重量就足以壓垮失去腳掌的牠。

但這還不夠。

對失去女友的段人豪來說，大怪物將在第一眼看到妹妹的畫面，衝擊力還不夠。

「把棒球手套拿掉。」段人豪拿起大剪刀。

「……可是，牠已經不可能逃掉了？」林書偉很傻眼。

葉偉竹突然對著林書偉大吼：「沒聽到老大叫你把牠的手套拿掉！」

林書偉沒意識到這是葉偉竹對他的溫柔提醒，還呆呆僵在原地。

段人豪有一股衝動想用大剪刀把林書偉的白目給戳瞎時，葉偉竹趕緊衝上去把黏在小怪物手上的膠帶撕掉，脫去棒球手套：「爽啦！蟲子今天要倒大楣了！」

小怪物沒有低頭看著自己的手指，也沒有看著逼近的剪刀。

牠呆呆地看著林書偉：「咿……咿……」

看著這一個曾經說過，總有一天會想辦法偷偷放走牠的好心人。

廖國鋒撐開黑色塑膠袋。

段人豪拿起大剪刀，慢慢剪下、剪下、剪下。

38

距離復學還有兩天。

林書偉不是意外經過魚市場的。

倒是穿著膠鞋，坐在紅色塑膠小圓椅上跟媽媽一起刮魚鱗的高百合，聽到齒輪急煞的聲音，一抬頭，便看到林書偉的腳踏車停在攤位前面，感到萬分驚訝。

林書偉向高百合的媽媽禮貌性地點了點頭。

「伯母好，我找高百合。」

「你是？」高媽媽跟高百合一樣，是個身材高大的婦人，正忙著刮魚鱗。

「我叫林書偉，是高百合的同班同學。」

「啊？那不就是妳天天都跟媽媽說的，妳在學校最好的朋友？」高媽媽笑笑。

「對啊。」高百合爽朗地說：「我們都一起當值日生，他很會打板擦。」

「百合說她常常趁你負責分配營養午餐的時候，逼你舀很多咖哩給她，害你被同學罵偏心，眞對不起啊！」高媽媽笑的很燦爛，認眞挑了一條大魚裝進塑膠袋：「這條魚很新鮮，早上才從漁港送來的，內臟跟魚鱗阿姨都處理好了，拿回去，麻煩你媽媽煮給你吃！來！」

「……沒關係，我習慣了。」林書偉只遲疑了一下，便微笑接過。

高媽媽與林書偉又談笑了一陣，聊的都是非常離譜的高百合上學平行時空系列，而高百合竟然一點也不尷尬地在一旁聽得很入神。等到林書偉稱讚完高百合常常在英文單字快問快答比賽中得到冠軍時，高百合才放下手邊的鮮魚，脫下橡膠手套：「吼呦，你到底是要來找我還是來找我媽啊？」

「哈哈，那我們去旁邊說。高媽媽謝謝妳的魚！」

穿著充滿魚腥味的工作服，高百合跟著林書偉一起牽腳踏車，慢慢走到魚市場外的小吃攤前，一路上高百合都不敢說一句話。

林書偉買了兩條剛出爐的烤地瓜，分了一條給她。

「對不起，剛剛那樣說你。」拿著大冒煙的烤地瓜，高百合的臉非常紅。

「？」林書偉若無其事地咬著還很燙的地瓜。

「說你是我最好的朋友……之類的。」

「沒關係。」

「還有很多很多都是我爲了……」

「沒關係。」林書偉看了看掛在把手上沉甸甸的塑膠袋：「妳媽送我魚。」

兩個人慢慢吃著烤地瓜。

「學校還在停課……你找我有什麼事？」高百合看起來很不安。

「好幾次我去補習班的路上，會騎到這裡買烤地瓜當晚餐，經過這附近，遠遠就可以看見妳跟妳媽。」

「嗯，我長得很明顯。」

「我來找妳，是因爲……」

高百合忽然一臉恍然大悟：「對喔！我忘了你現在跟他們很好，你是來收那個要包給吳思華白包的兩千塊嗎？可是我身上沒有，等一下我去跟我媽媽……」

「那個不用交了。」

「不用交了？爲什麼？」高百合很吃驚。

「我今天來找妳，是因爲我突然想到……嗯，妳記得嗎？高一生物實驗課上，那隻四隻腳都被葉偉竹切掉的青蛙。」

「嗯。」高百合當然無法忘記。

「我問妳，生物實驗課要解剖青蛙，大家也真的都在殺青蛙，妳沒有哭，也沒有叫大家住手，可是，妳卻搶走被葉偉竹切掉四隻腳的青蛙，還威脅要跟牠一起跳樓，爲什麼？」林書偉開始說就問個不停：「事實上妳每天都要幫妳媽殺魚吧？這樣不是很矛盾嗎？」

高百合很狐疑地看著林書偉，好像聽不懂這個問題的矛盾點在哪。

「妳要殺魚，刮魚鱗，還要把內臟拿出來，這些妳都很熟悉啊，爲什麼對那隻青蛙特別不一樣？」

「我家就是賣魚的啊，大家買魚回去就是要吃啊。」

「……」

「解剖青蛙就是要觀察心臟跳動，跟血液循環，課本都有寫啊。」

「……」

「把青蛙的四隻腳切掉，就只是欺負牠。」高百合認眞覺得林書偉的問題非常奇怪：「難道你不覺得那隻青蛙很可憐嗎？連很多平常忙著欺負我的女生也都在那邊叫，還有人哭了。那隻青蛙又沒有做錯事。就算做錯事，也不可以把牠的腳都切掉啊。」

「後來呢？妳把牠怎麼了？」

「那天下午第七節跟第八節課我就沒去上了。我去解剖台旁邊的垃圾桶把牠的腳找出來，裝在夾鏈袋裡，跟青蛙一起帶去水族館，拜託老闆想辦法把牠的腳黏回去，或是用縫的，但老闆說就算我去找獸醫也不會有用，要我不要發神經。」

「是喔，我沒想過還可以這樣。」

「後來我就跑去找獸醫啊，這附近就有一家我常經過，那個獸醫是個老阿伯，也會來跟我媽媽買魚。老阿伯跟我說這種青蛙是可以吃的，與其花時間做一些根本沒有用的手術……」

「爲什麼沒用？」

「他說那些腳丟在垃圾桶裡都被污染了，細菌很多，之類的。反正就是縫不回去，那個獸醫花了很多時間拜託我不要胡思亂想，叫我把青蛙拿去給我媽媽處理，看是要賣掉還是自己吃都好……」

「所以是你媽媽把牠處理掉了嗎？」

高百合搖搖頭。

「如果牠一開始就出現在我家攤位上，那就沒關係，但現在又不一樣。我就想，不然我養牠養到牠自然死掉好了，我就想辦法打死好幾隻蚊子跟蒼蠅要餵牠，可是牠都不吃，我就想，應該是青蛙不吃被我用手打得粉碎的蚊子屍體，所以我就去買電擊拍，電死的蚊子屍體比較完整，說不定牠就會吃了。」

看高百合的表情，不用問也知道青蛙還是不吃。

「不覺得用磚頭用力給牠一個痛快，對牠比較好嗎？」

高百合說，其實也不是沒想過，只是試了好幾個鐘頭，手上的石頭就是砸不下去。也想過把牠放在冷凍庫裡慢慢凍死，過程比較不會有痛苦。

「我不是牠，我不知道。」

高百合問林書偉，知不知道學校後山的舊校區，有一座傳說有鬼的廢棄游泳池？

她在廢棄游泳池後面的斜坡再下去，發現了一個池塘，那個池塘很大，有很多還沒有開的荷花，有很多蜻蜓跟蝴蝶。她找了很久，最後把沒有腳的青蛙放在她能夠找到最大的一片荷葉上，在牠的背上澆了一手掌的水。

「牠之後還是想死的話就自己想辦法去死吧。我只希望牠知道，雖然有人對牠很壞，但也會有人對牠很好，所以牠也許可以抱著……眞希望接下來會遇到好事吧？這樣的想法活下去。」

林書偉努力不去想像高百合捧著無腳青蛙，慢慢走進荷葉池的畫面。他的腦子用最有理性的思維全力運轉——本來在生物課上就應該死掉。因爲四肢被惡意剪斷，反而活了下來。活下去，不知道會不會比較好，尤其是那樣殘破地活下去，肯定是一種凌遲，但對動物來說，想辦法活下去就對了，多活一秒也好，抱著青蛙沒有腳了還不如去死的念頭搬磚頭砸死牠，其實只是人類自己看了難過罷了，不是青蛙自己的想法。

林書偉手中的烤地瓜快吃完了。

但他今天來的另一個目的，還無法啓齒。

明天晚上如果不幸跑得太慢，被大怪物發現，有一句話他得先對她說。

對不起，我不該舉手，叫大家逼妳把座位搬出去。

「你要走了嗎？」

快說啊。

對不起，我不該舉手，叫大家逼妳把座位搬出去。

「嗯，這個魚，幫我跟妳媽說謝謝。」

快說啊。

對不起，我不該舉手，叫大家逼妳把座位搬出去。

「對了林書偉，我好像……不是好像……我……」

「好像什麼？」

快說吧。就脫口而出吧。死了就沒機會了。

說。

對不起，我不該舉手，叫大家逼妳把座位搬出去。

高百合呑呑吐吐：「我還欠你一個道歉。」

林書偉怔住：「什麼道歉？」

怎麼反過來說了呢？

「就高一有一次班會，你舉手叫我把位子搬去走廊。」

「我……」

「我眞的很怕大家一直拿殺蟲劑噴我，噴一整天，我媽一定會聞到，我很笨，不可能編出像樣的理由解釋爲什麼大家要噴我，噴一天兩天還可以說是大家在跟我開玩笑，噴一個月噴一個學期我就完蛋了，我也不可能找到地方洗掉殺蟲劑的味道，再去幫我媽媽顧攤。我媽媽，一定會很難過我被大家欺負。」

停止。

拜託停止。

該道歉的人是我啊！

「我一邊收桌子的時候，其實很生你的氣。」高百合羞恥到眼眶都紅了：「雖然一個人把座位搬去走廊很難過，很傷心，但當時我真的是鬆了一口氣。而且，搬出去才第二天我就覺得幸好有搬，不然在……」

不然怎麼？不然怎樣？

「不然在那麼恐怖的教室裡待到畢業，我一定會……」

會怎樣？一定會怎樣？

別講出來。

拜託妳千萬別講出來。

「你假裝害我，其實是救我，我過了好幾天才忽然發現。」高百合終於嚎啕大哭了起來：「對不起，你明明對我好，我卻偷偷生你的氣，還害你被吳思華一直針對，換你被大家弄得那麼慘……」

不。

不是那樣。

「我錯過第一時間跟你說謝謝的機會，後來我覺得比起說謝謝，更應該跟你說對不起，但我又不敢，怕被你罵，我身上很臭這件事是我自己不好，跟你沒有關係，卻害到你……」

不要再說了。

眞的不要再說了。

林書偉面無表情地看著高百合：「沒事，吳思華死了，我覺得很高興，妳也應該覺得很高興。」

無法再多留一秒。

林書偉踩著腳踏車，頭也不回地走了。

39

沒有回家。

晚上十點半，林書偉將腳踏車停在學校後山。

快步走過堆滿廢棄課桌椅的游泳池賽道，打開祕密基地鐵門的暗鎖，走進佈滿陷阱的囚禁間時，空氣裡還是聞得到古怪的臭味。

昏暗的日光燈管下，粗大的鐵鍊將淋浴柱一圈圈纏了又纏，只剩下小怪物的頭剛好露了出來。雙手手指一一被剪，雙腳腳掌全遭燒爛切斷，小怪物連驚恐的力氣都沒有，甚至無法抬起頭看看是誰來了，只能勉強在腐臭的空氣中飄移視線。

林書偉迴避小怪物的眼神，卻無法不注意到，前幾天牠被汽油燒掉的腳掌，至今連一根腳趾都沒能長出來。

「這幾天我們準備對妳跟妳姊姊做的事，妳都知道吧？」

「……」

好了，不能思考太多。

不能再把歉意交給語言，誣賴給現實的殘酷。

從現在開始，必須交付給真正的行動。

林書偉選定四道已用不鏽鋼鋼板封死的通風扇中，最不起眼的角落那一個。從背包裡拿出電動鑽頭，踏上用來擺放獎杯的靠牆大鐵櫃，按下鑽頭開關，將釘死的不鏽鋼板上的螺絲釘，一一旋鬆，整個過程不到三分鐘就順利旋開了十六顆。

他稍微嘗試一下用手拉了拉不鏽鋼鋼板，跟預期一樣，稍微用力一點就會整片剝落。很好，表面上仍是一個怪物無法快速拽開的封閉鋼板，實際上就是一個緊急逃生口。

「看清楚了吧，就是這裡。」林書偉轉頭大聲說，指著被動了手腳的鋼板。

小怪物呆呆地看著林書偉這個莫名其妙的動作，眼睛竟然睜得很大。

「我看過妳姊姊殺人的錄影畫面，知道她的力氣很大，只要妳姊姊來得及用她的怪力扯開妳身上的鐵鍊，馬上就可以帶著妳從這裡逃走，不會被汽油燒死，妳……看得懂吧？」

「咿……」小怪物好像在笑。

還沒結束。

林書偉從大鐵櫃上跳了下來，奮力搬了跳箱到小怪物面前，再踏上去，從背包裡拿出矽利膠罐，小心翼翼擠出一點膠黏在淋浴柱上的噴水口，盡量將每一個細細的噴水口都給黏了。這次花了超過半小時，挪了十幾次跳箱的位置才搞定。

「這樣汽油噴下來的時候，就只會噴到其他位置，妳這裡基本上還算安全……當然其他地方起火了，妳跟妳姊一定會多多少少燒到一點，但這也沒辦法。是吧？」

林書偉深呼吸，既然幹了就說清楚吧。

也由於剛剛幹的那件事，讓林書偉終於與小怪物的眼睛交會。

「如果我光明正大放了妳，我一定會死得很難看，所以只能假裝是你們自己太厲害，鐵鍊扯斷後，一下子就把通風扇給爆了，這樣老大找人出氣的時候，我只要咬緊牙關一路被揍到畢業就沒事了。」林書偉自己說到都笑了出來：「妳記得的話，離開這裡的時候叫妳姊姊順手把天花板上面的消防管線都扯斷，盡量啦，就都破壞一下，這樣我老大事後追究起來，就比較不會注意到我用矽利膠黏死那些小孔。」

小怪物不知道聽懂多少，但肯定大大感受到自己逃出這裡的希望，竟然看著林書偉笑了出來。

林書偉有點不放心，重新講解通風扇做手腳的位置，再三強調要往後扯、不要往前撞才能把通風扇破開。小怪物微微點頭，似乎完全領會。

溝通完畢，林書偉滿身大汗坐在跳箱上。

「我跟妳說，你姊姊一直在外面亂殺人，現在大家都注意到你們了，街上監視器那麼多，如果你們不停止殺人，遲早會被抓到，到時候一定被警察亂槍打死。」

「咿……」

「說真的，妳逃出去以後，看要不要別吃人了，也跟妳姊姊建議，以後改吃別的東西看看，說不定不吃人也不會有問題。這樣比較不容易被抓到。」

「咿……」

「還有啊……雖然妳在這裡受到不少苦，這些人也對你很壞……我也有不對的地方，但是，既然妳吃人，被人……被人抓到本來就不會有好下場，說公平，其實也可以。」林書偉說得有些心虛，但還是不得不說：「妳出去以後，就忘了這裡發生的事，誰對妳做過什麼事都不重要，好不好？」

「咿咿咿！」

「那就是好的意思囉。」

「咿咿咿咿咿！」

林書偉凝視著小怪物的凝視。

他不再抗拒那個想像的畫面從腦中浮起。

高百合踩在爛泥巴裡，小心翼翼捧著水，慢慢澆在沒有腳的青蛙身上。

一個被全班排擠的高大胖臭女孩，寂寞地，做著一件世界上最溫柔的事。

林書偉從跳箱慢慢起身。

退到祕密基地最陰暗處，臨走前向小怪物深深一鞠躬。

「對不起，現在我只想要做對，最後一件事。」

40

距離學校復學，只剩下一天。

黃昏，下午五點整。段人豪、廖國鋒、葉偉竹與林書偉回到故事的起點，站在廢棄老國宅前，拿出口袋裡的手機用天氣APP對時——程式精準顯示，再過二十三分鐘，太陽便下山了。

四個人互看了一眼，快速進入這棟目睹怪物姊妹吃人的半廢墟。

曾經在這裡玩弄許多獨居老人，偷竊失智退伍老兵的寶藏，現在重新回到這裡卻完全沒有發現到任何具有生活感的聲音，倒是蒼蠅討人厭的嗡嗡聲到處都是。隨意推開門，可見零散的白骨與破碎的衣褲，床上跟地上都是乾涸的血漬。

刻意屠殺殆盡的死城，是大怪物留給擄走妹妹的綁架者，不祥的歡迎光臨。

四個人的視線，不約而同落在牆壁上一張泛黃破損的尋人啟事照片上。

照片裡兩眼無神的黑白人臉，黏著一個血手印，血手印一路離奇地刮上了天花板，好像死前拚命的掙扎。

「吳思華說的對，那隻大怪物一定會回到，當初弄丟牠妹妹的地方。」廖國鋒人高馬大的，竟也摸著發冷的雙肩喃喃：「這裡太危險了，我們趕快弄一弄快點走！」

林書偉忍不住狂點頭。

「婷婷 婷婷 婷婷 不累 不累 不累！」

葉偉竹的手機忽然響起，嚇了大家一大跳，連他自己也原地彈飛。

「幹！」段人豪作勢要打。

「對不起對不起，靜音還是修不好！我媽打來的，我很快講完！」葉偉竹趕緊接起手機，遮著嘴跑到一旁：「媽！不是跟妳說我們在吳思華她家摺紙蓮花嗎？對啦，她家現在氣氛很不好，就很……很嚴肅很慘啊，妳突然打來大家會嚇一跳，對啦對啦，今天晚上不回家了，我們要陪老大守夜，講義氣啊……好啦不講了，妳不要擔心，我們整個晚上都在客廳摺紙蓮花不會出去啦……好啦好啦，再見再見！」

聽到吳思華的名字，段人豪的臉色變得極度陰沉，林書偉連半秒的視線都不敢接觸，連廖國鋒都假裝沒看見，腳步刻意落後。

「講完了講完了，今天不會有電話了。」葉偉竹快步跟上。

終於選定空無一人的走廊。

走廊中間是有一扇窗戶，但窗戶外被巨大的榕樹完全佔據，窗內經年累月不見天光，如果有風水師在這裡，一定會說些煞氣很重不宜住人之類的狠話。

段人豪從黑色塑膠袋裡拿出九根血淋淋的手指，以及兩隻燒爛模糊的腳掌丟在地上，再拿出一大罐寶特瓶的黑血擠啊擠，洩恨似在手指與腳掌旁倒了一個大圓。

臭氣沖天，就連嗡嗡作響的一大堆蒼蠅也不想靠近。

「寶貝，妳好好看著。」段人豪在黑血大圓的邊緣，延伸畫出一道巨大的深黑血箭：「這是妳原本的計畫，妳的想法。從現在開始，也是妳的復仇。」

天氣APP程式發出預先設定的嗶嗶嗶聲——太陽落下。

四個人快步跑出廢棄國宅，騎著腳踏車與機車分頭行動。

不管路人質疑的眼光，每隔十五公尺，就用蒐集已久的怪物黑血在燈柱、電線桿、變電箱、牆壁、路口標示、公車站牌、競選海報上畫上一條又一條的黑色血箭，箭頭指向下一個黑色血箭的位置。

一條血箭接著一條血箭，循著前進便可抵達祕密基地。

起初還有一點天光，黑血一畫上，就冒出淡淡的焦煙，氣味之臭久久不散，野貓遠遠便對著血箭豎起尾巴，齜牙咧嘴一番。

林書偉一路畫到學校後山的時候天空已全黑，山風一吹，便覺鬼影幢幢，趕緊丟下腳踏車衝到最後的集合地點，地下祕密基地外的廢棄游泳池。

廖國鋒已先一步到了，正拿著一桶白色油漆往游泳池賽道中的成堆爛桌子潑灑——這是出自林書偉設身處地後想出來的點子。

他認爲怪物的嗅覺驚人，縱使爲了救妹妹而心急如焚，怎麼可能一股腦熱到了這裡，廢棄游泳池附近埋伏了四個人卻渾然不覺？必須將自己隱身在特殊又強烈的氣味之中。油漆的化學味是一個好選擇。

林書偉拿了一大桶白漆，往通往祕密基地的厚重鐵門潑灑，務必讓整個廢棄游泳池周遭都是白漆的氣味。

「喂，摸奶的。」廖國鋒隨口抬槓：「監視器的錄影功能都沒問題吧？」

「出發前才又確認過一遍，應該還好。」

「有沒有把握啊？」廖國鋒手上的油漆桶空了，用力一甩，桶子落在觀眾席上。

「不然跟你換啊。」林書偉冷冷地說。

「葉偉竹負責看怪物什麼時候來，你負責衝去關門，我負責轉油閥，老大負責點火，你都練跑那麼久了，我怎麼好意思不讓你好好表現哈哈哈。」廖國鋒幹話一堆。

新鮮的白色油漆灑滿了整個祕密基地外圍，段人豪與葉偉竹也回來了。

大怪物隨時會來，大家用最快的速度把衣服脫掉，全身只剩下一條內褲。

白色油漆還有一桶。

依照計畫，大家快速用手抓了白漆，塗在耳後、腋下、肚臍、膝蓋內側以及屁眼周遭等容易散發出體味的地方，最後由段人豪儀式性地用刷子沾了白漆，塗在每一個人的臉上，有種原住民戰鬥圖騰的標示感。

如此一來，只要躲好，大怪物一到這裡只會聞到強烈的油漆味，發現不了其他。

大家拿出手機對時。

晚上八點半，天氣APP顯示日出將在凌晨四點半。

「從現在開始餓了只能吃白吐司，要尿尿的話一定要射在瓶子裡，蓋子鎖好。」段人豪打開背包，開始分配一人一大條從便利商店買來的白吐司，一瓶滿滿的礦泉水，一瓶空的大寶特瓶。

這是當然，冷冷的白吐司氣味最少，軟軟的咬下去也不會有聲音。尿液會有很重的騷味，萬一在油漆味中顯得太突出就不妙了。

「老大，我忽然很想大便！」葉偉竹肯定是太緊張了：「烙賽的那種。」

「想大便就給我大在塑膠袋裡仔細綁好！綁兩次！」段人豪沒好氣地說。

段人豪從背包裡拿白吐司給林書偉的時候，林書偉瞥見他的背包裡還有一瓶沒用完的怪物黑血，林書偉沒經思考就脫口：「怪物的血還剩很多耶。」

段人豪瞪了他一眼。

「怎樣？有意見嗎？」

「沒有，只是想說大家都用完了。」

林書偉滿錯愕的，不懂段人豪幹嘛那麼大脾氣。

「你到底有什麼意見？想喝是不是？」

「沒有啊只是……」

「只是什麼？現在就想喝是不是？」

林書偉不敢再多說一句，乾脆轉身往他該躲藏的泳池賽道旁觀眾席走去。

沒有料到的是，潑在觀眾席上的大量白色油漆，原本是用來蓋住隱藏在大片帆布底下的自己的體味，沒想到一口氣潑了太多，階梯上黏黏的，要乾不乾的，踩下去不只黏鞋底，發出啪搭啪搭的怪聲，還滑滑的，稍微跑快就很容易在階梯上滑倒。

怎辦？

只有在大怪物扯斷所有的鐵鍊後，才能從他動過手腳的通風扇逃出。

鐵門如果沒關好，大怪物一進去，若感覺到陷阱的危險馬上往回衝，小怪物一定來不及告訴牠姊姊他是好人不是壞人，大怪物一出來，還傻在門附近的他就死定了。

「沒關係啦，把鞋子脫掉就可以啦。」葉偉竹馬上發覺到林書偉的猶豫：「光著腳摩擦力比較強啊。」哪來的科學基礎。

「放心啦，蟲子的大姊一看到妹妹被我們斷手斷腳的烏樣，氣都氣炸了，一定忙著拆鐵鍊，怎麼可能往回衝？」廖國鋒事不關己的口氣：「你跑慢一點點都沒關係，不要跌倒就好了。」

「不然……我跟你們換。」林書偉非常恐慌。

「就分配好了啊。」葉偉竹皺眉：「而且望遠鏡是我帶的耶。」

「跟你說你的毛病就是想太多，事情很簡單都被你想得很複雜，很負面。」廖國鋒語氣不悅：「而且這是大家給你立功的機會，以後要當兄弟，懂不懂？」

「懂……但是，我……我在練習折返跑的時候，腳好像扭傷了，真的……我跟你們換……」林書偉連說話都說不好了：「望遠鏡我跟你買……我買……」

葉偉竹跟廖國鋒還來不及回話，早就忍耐不住的段人豪一個箭步暴衝，一把勾住林書偉的脖子，全身的重量壓上，林書偉幾乎要雙腳離地。

段人豪齜牙咧嘴：「幹摸奶俠，你再說要換一次試試看！告訴你！要不是我看你還有一點好玩，我早就讓我馬子殺了你！操你媽！你多活了好幾天，大家練了這麼多次，你在這裡給我換什麼換！換什麼換！」

林書偉無法呼吸當然也無法說話，雙腿發軟，只能胡亂搖手表示懂了。

段人豪忿忿鬆開手。

林書偉嗆到雙膝跪地，眼淚跟鼻涕都流出來了。

段人豪走到臺階觀眾席上，把林書偉預備用來遮蔽自己的大塊帆布抓起來，直接走到加了十道鎖的大鐵門旁邊，隨手一摔：「腳受傷，你就給我躲在門旁邊，那隻爛蟲一衝進去你就有大把時間可以過來鎖門！用爬的都來得及！」

「可是……」林書偉依舊頭暈目眩。

「可是什麼！」

「離門那麼近，牠還沒進去就會發現我了……」

這個人廢話太多！這個人廢話太多！這個人廢話太多！這個人廢話太多！這個人廢

話太多！這個人廢話太多！這個人廢話太多！這個人廢話太多！這個人廢話太多！這個人廢話太多！這個人廢話太多！這個人廢話太多！這個人廢話太多！這個人廢話太多！這個人廢話太多！這個人廢話太多！這個人廢話太多！

段人豪一拳重重砸在林書偉的臉上。

「那就算你倒楣！」

林書偉倒在地上，段人豪頭也不回地走向泳池邊的機械渦輪房。

葉偉竹跟廖國鋒確定老大沒有在看，這才伸手想把倒楣的林書偉拉起來。

林書偉沒有伸手。

像是沒有看到快碰到他額頭的兩隻援手，流著鼻血，淌著眼淚，自顧自撐起發抖的單薄身體，像隻剛剛被閹掉的敗犬，踉蹌走向大鐵門旁邊的大帆布，掀開，爬了進去。

葉偉竹與廖國鋒不知道要說什麼，只能尷尬地把手縮回去。

大家默默回到演練再三的藏匿位置。

今天晚上，會很長。

41

手機的監控APP，隨時都在更新佈置在廢棄泳池周遭的監視器即時畫面，運作一切正常，多達十三個角度的鏡頭，可以剪輯出非常豐富的獵殺食人怪物影片。

躲在水塔後方，居高臨下的葉偉竹拿著望遠鏡看著遠方，沒有異狀。

蹲在渦輪機房裡面，段人豪看著手機裡吳思華的照片，口中念念有詞。

廖國鋒站在段人豪旁邊，揮舞著曾用來砍斷老兵鐵箱鎖鏈的斧頭，抒發焦躁。

林書偉縮在大帆布裡面的小小空間，吃著沒有味道的白吐司，喝著冰冷的礦泉水，原本空的寶特瓶裡已裝了半瓶尿。他沒有停止過發抖。白漆的化學氣味沒有隨著時間麻痺嗅覺，一直都很嗆鼻，還引起了皮膚過敏，特別是胯下與腋下都越來越癢。以極緩慢的速度咀嚼白吐司，是他唯一可以勉強分散注意力的事。

手機不時震動，傳來葉偉竹在聊天室裡的回報。

「十一點多了，還沒看到怪物。」

「會不會是我們畫在路上的那些血箭，被擦掉了啊？」

「我們兵分四路，沒那麼好擦。」

「是，離天亮還很久，不急。繼續等。」

「摸奶俠你睡著了是不是？說話！」

「沒睡著。」

不知不覺，白吐司終於吃完了。

天氣APP整點報時，凌晨三點，距離日出只剩一個小時半。

大怪物還是沒來。

段人豪將菸咬扁在嘴裡，不敢抽的恐懼感滋長了想連抽十包菸的慾望。

廖國鋒一言不發坐在水管上，手指慢慢在斧頭刃口上的細小缺痕爬來爬去。

葉偉竹的眼睛跟精神都非常疲倦，手上的高倍率望遠鏡裡的景色越來越晃。

聊天室裡的對話越來越稀疏，緊張感卻越來越濃縮，越來越矛盾。

到底是期待大怪物真的來？還是不來？

林書偉呆呆看著指尖上的白漆。

自從啃完最後一口白吐司的那一刻，他已沒有任何多餘的動作可以分散心念。

怪物。

跟怪物戰鬥的大家。

以及，假裝跟大家一起同怪物戰鬥的，自己。

唯一看得到未來的，就是自己這雙眼睛。

自己動了手腳，今晚獵殺大怪物的計畫肯定失敗。絕對失敗。

關門，汽油，點火——然後呢？

然後大怪物會帶著斷手斷腳的小怪物衝破通風扇，逃出生天。

接下來自己會被揍，會被揍得很慘，搞不好連葉偉竹跟廖國鋒也會挨揍。但段人豪用來揍他們的拳頭，緊握著的將不只是洩恨的怒氣，也會帶著巨大的恐懼。過了今晚，段人豪永遠都將活在恐懼裡——某個晚上大怪物終將找到他，將他的四肢撕下，交給斷手斷腳的妹妹吃掉作爲復仇。吳思華那顆含著旗杆鋼球的頭顱就是最好的證明。怪物有屬於怪物的正義。

僅此而已嗎？

無止盡的胡思亂想在林書偉的腦袋裡迅速漲潮，形成越來越深的漩渦。

爲什麼段人豪要保留幾乎一整罐的怪物黑血？

今天晚上過後，要是如他所願，殲滅了怪物姊妹成了家喻戶曉的大英雄，爲什麼他覺得還有用到怪物黑血的必要？有那種必要嗎？還有人敢欺負段人豪嗎？

段人豪第一次說，你是想喝是不是？

他是認眞的嗎？

他應該只是隨便說說的吧？

但。

第二次段人豪說的是……現在就想喝是不是？

現在就想喝是不是？現在就想喝是不是？現在就想喝是不是？現在就想喝是不是？現在就想喝是不是？現在就想喝是不是？現在就想喝是不是？現在就想喝是不是？現在就想喝是不是？現在就想喝是不是？現在就想喝是不是？現在就想喝是不是？現在就想喝是不是？是不是就意味著，段人豪遲早一定會要自己喝下那些黑血？只是不是現在？是不是自己總有一天一定會在某個地方某個時機某個狀況喝下那些黑血？

被逼著喝？還是被騙著喝？

不，段人豪只是威脅人習慣了，每句話都喜歡帶著把誰殺死要誰命的字眼。

不用想太多。

求求你，別想太多。

段人豪想要幫女朋友報仇，被憤怒蒙蔽了太多，看不見夥伴的支持，滿腦子的不爽。而已。如此而已。不用想太多。

等等，說到女朋友，段人豪說吳思華本來想殺了自己。爲什麼吳思華會想殺了自己？大家不是夥伴嗎？不是朋友嗎？爲什麼吳思華要殺了自己？段人豪威脅別人可能……可能只是嘴巴說說，但吳思華就不一樣了，吳思華非常恐怖，如果吳思華動念頭想殺了自己那就一定會殺掉自己。但爲什麼？

等等等等，段人豪說要殺了別人也不是嘴巴說說而已。

他殺了班導師啊！他完全知道喝了黑血會發生什麼事，他事先還用好幾條野狗實驗，他完全知道班導師會死掉……班導師活活燒死的時候他還一直笑，還拿手機跟火人自拍……這才是段人豪，段人豪絕對不是嘴巴說說那種屁孩……

有了！就是這個！

段人豪一定是怕自己洩露他曾經謀殺班導師！所以要殺他滅口！

不！那是吳思華的主意！

不不不！就算那是吳思華的主意，就算段人豪一開始不覺得自己會洩露，他女友現在死了，他滿腦子就是想為吳思華完成她死前的計畫……她的計畫不只包含了殺怪物！也包含了殺自己！

幹吳思華真的想殺了自己這一點絕對沒錯！

段人豪想殺人就絕對不會假裝啊沒有啦我只是想想而已這一點也不會有錯！

段人豪想幹掉班導師就幹！想殺怪物就殺！憑什麼對這麼弱小的自己客氣！

不管自己再怎麼跟段人豪發誓下跪求饒都不會有用的。

段人豪一定會笑笑地坐在自己身上，摀住自己的嘴，一邊說著幹話，一邊拿起試管，滴一滴黑血在自己的鼻孔裡。

什麼叫打我好玩？

什麼叫從今以後只有你可以打我？

什麼叫怪物提前發現我就算我倒楣？

我爲什麼要倒楣？

我什麼都沒有做錯。

就算有錯，也是跟著你們一起做。

就算有錯，我現在也在努力導正自己了啊！

我不想倒楣。

我不可以倒楣！

手機震動，聊天室更新訊息。

葉偉竹在聊天室裡說：「四點十三分了耶，天氣APP說再十七分鐘就天亮了。怪物會不會眞的迷路了哈哈。」附上一個搞笑貼圖。

廖國鋒回應：「萬一怪物今天沒來？」

段人豪堅定：「牠一定會來。」

林書偉的手指距離手機螢幕只有零點一公分，但他的指尖一片空白。

腦中驚濤駭浪，有一萬枚核子彈在他的思緒裡不斷投下投下投下。

「爲什麼當初要栽贓我偷班費？」

等到林書偉看到這行字的時候，他才意識到剛剛手指自行誕生出的問句。

那是所有一切的起點嗎？

還是當他在班會臨時動議時舉手推翻吳思華的殺蟲劑時，那才是更早的起點？

如果當時他願意跟大家一起拿殺蟲劑，嘻嘻哈哈地噴在高百合的頭上，一切就不會發生了對吧？根本也不會有栽贓他偷班費這種事吧？

廖國鋒慢吞吞在群組裡回應：「現在問這個幹嘛？」

隔了片刻，葉偉竹打下：「就好玩嘛！」

對啊，自己太白痴了還問！

就好玩嘛，當然只能得到這個答案。

把青蛙的四肢腳切斷，就好玩嘛。

拿殺蟲劑噴在高百合頭上，就好玩嘛。

鼓掌通過叫高百合桌子收一收搬去走廊上課，就好玩嘛。

把痴呆的老人當陀螺打，就好玩嘛。

把小怪物的牙齒拔光，就好玩嘛。

把小怪物的腳掌燒爛，手指剪光，就好玩嘛。

就好玩嘛。

林書偉大概是笑了，大概，就好玩嘛。

他看著聊天室群組裡，段人豪的狀態顯示正在打字中，他打算說什麼呢？

有比就好玩嘛，更經典更出色更不意外的話嗎？

「來了！」

葉偉竹的紅色警示，隨後顯示離線。

聊天室迅速寂靜下來。

躲在潑滿白色油漆的大帆布裡面，林書偉看著段人豪沒有打出來的空白對話，緊握著手機，直到大怪物用盡全身憤怒的那一聲巨吼，也沒能將林書偉整個人吼回現實世界。

來了。

就在即將破曉的最後關鍵，大怪物還是來了。

彷彿嗅到了陷阱的氣息，大怪物的聲音沒有在廢棄游泳池衝來衝去，而是原地咆哮。

很快，小怪物淒厲的嘶吼聲從觀眾席底下的祕密基地——地下淋浴間裡，隱隱約約傳了出來，跟大怪物的吼叫聲相互呼應。牠們彼此一定是聞到了對方身上濃烈的臭味。

大怪物的吼叫聲越來越暴躁，林書偉感覺到蓋在身上的大帆布都在震動。

他的眼睛依舊瞪著聊天室裡的段人豪狀態：一片空白。

就好玩嘛。

快點說啊，就好玩嘛。

快說啊我知道你要說啊，就好玩嘛加一。

林書偉笑了。

不說也無所謂，反正什麼都很好玩，就是那麼簡單。

簡簡單單就糟蹋掉很美好的東西，根本不需要正經的理由。

太正經，會被笑。

太嚴肅了，反而格格不入，很假。

你們對這個世界，對高百合，對怪物，對我，想玩就玩啊。

一直被玩，我也不能太計較是吧？太計較就不好笑，就很僵，很僵就都怪我，因爲我玩不起，開不起玩笑，鬧不起，難相處，沒幽默感，不懂得自黑的高級酸。

我就倒楣啊。

倒楣遇到你們。

不過沒關係啦。

眞的，沒關係啦。

「就好玩嘛。」

林書偉按下撥號鍵。

42

掀開大帆布的時候，林書偉看見大怪物站在廢棄游泳池的正中央。

大怪物早已全身獸化，前肢暴長，後腰拱起，臉骨突出，尖銳的牙齒佔據臉的一半，開口直到耳際，隱隱約約從齒際吐出淡淡的黑色血霧。

雙眼對視的瞬間，大怪物楞住。

林書偉轉身，用他這輩子最快的速度衝進大鐵門裡，迅速從裡頭反鎖。

大怪物的大腿青筋浮現，正要彈向大鐵門追擊時——

「婷婷 婷婷 婷婷 不累 不累 不累！」

「迪迪 迪迪 迪迪 play play play！」

「不累 不累 不累 play play play！」

林書偉在從內反鎖的大鐵門後面笑了。

就靜音都修不好嘛，就不跟我換嘛，就……

大水塔發出猛烈的撞擊聲。

葉偉竹的慘叫從大鐵門外傳進來，仔細聽，那些慘叫聲好像還滿缺乏劇情的，不過林書偉很樂意用想像力補足其他細節。他想像，當初葉偉竹怎麼把青蛙的腳一條一條切下來，現在大怪物就怎麼把他的手跟腳都撕掉。

葉偉竹跟他媽媽說，他在同學家摺紙蓮花。

他媽媽一定想像不到，被摺來摺去的不是蓮花，而是葉偉竹自己。

林書偉盡量忽略突然從眼睛滾落的淚水，努力讓自己覺得這個梗很好笑。

然後是廖國鋒大吼大叫的聲音。

充滿了挑釁，充滿了虛張聲勢的怒氣。

他好像自己衝向大怪物了。笨蛋。

說到廖國鋒，自己完全不了解他，眞沒想到他是這種會爲了葉偉竹跟怪物拚命的個性啊？話說廖國鋒也沒興趣了解自己，他一定料不到自己會這樣婊大家。嗯。說到底，誰都沒興趣了解對方。反正你就去死吧，只會講幹話，只會拍段人豪馬屁。

咚咚咚咚咚咚咚！

「開門啊！快開門啊！計畫不是這樣！」段人豪倉皇失措地拍擊大鐵門。

終於輪到你了啊，老大？

「計畫當然不是這樣！我們根本就不是朋友！」

咚咚咚咚咚咚咚！

「我們是朋友！是兄弟！」

「放屁！」

咚咚咚咚咚咚咚！

「幹快開門讓我進去！牠拿著廖國鋒的頭過來了！牠故意用走的！」

「快天亮了！你隨便屁一下就過去啦！跟牠說你怎麼拔牠妹妹牙齒的，把牠嚇瘋啊！」林書偉幹話連噴：「就好玩嘛！」

咚咚咚咚咚咚咚！

「快點！牠把廖國鋒的頭壓碎了……快！」

「老大！你不是不想變老嗎？不是想死得很炫嗎！我這輩子沒有看過鬼，七天後你變成一隻給我看看！就好玩嘛！」

咚咚咚咚咚咚咚！

「幹幹幹你幹嘛幫那個怪物！幹怪物會吃人！啊啊啊啊幹你娘快開門！」

林書偉用全身的力量頂著大鐵門，享受段人豪的衝撞。

「怪物吃人又怎樣！一直欺負怪物！我們又不會變成好人！我們只會越來越壞！」林書偉完全無視臉上的淚水滾滾而落：「你要殺我，有一百萬種方法……」

轟隆！

段人豪好像整個人被強力擠壓在大鐵門的另一端。

「我要殺你！就只有現在！」

林書偉大吼大叫，拚了命地大吼大叫。

如此，才能讓自己的耳朵裡擠不進段人豪掏心裂肺的慘叫聲。

全身全力靠在大鐵門上的林書偉，無法不去感覺，隔了幾公分之外的段人豪，身體是如何迅速確實地被逐一拆解，那些滋魯咕隆喀喀啦啦的聲音連同血的腥味滲透過來。

「嘔……幹……痛死了……滾……滾開……」

不只是血腥味，鐵門外還有股濃厚的……臭味？

是屎。段人豪痛到脫糞。

天啊眞是大號外！段人豪痛到挫賽！那個天下無敵把老師燒掉的那個段人豪！

「有種就直接……你妹……我弄的……哈哈……啊……啊啊啊啊啊！咕嗚！」

可以肯定的是，段人豪那張臭嘴直到最後才被抓碎，因爲他嗚咽到最後一秒。

大量的血水從大鐵門門縫下流了進來，淹過了林書偉發抖的腳底。

他呆呆地往前走了一步。

連嗚咽聲也沒了，大鐵門外只剩一片死寂。

「我……我是妳妹的……」林書偉看著些微變形的鐵門支支吾吾。

鐵門底下的縫隙滾出更大量的血水。

轟隆！

大鐵門幾乎要被撞爛，林書偉嚇得滾下階梯。

轟隆！

大鐵門再怎麼厚實，都無法抵擋得了大怪物瘋狂的撞擊。

不行！牠沒頭沒腦地衝進來一定會把我殺掉！得跟牠好好解釋！

「蟲子！」林書偉拔腿衝向水泥廊道盡頭的淋浴間。

小怪物沒有停止過嘶吼，整張臉因為情緒激動而獸化，一看到林書偉只有叫得更加淒厲，身體震動到綁在牠身上的鐵鍊都發出鏗鏘鏗鏘。

轟隆！

「我馬上幫妳解開！馬上！」

林書偉手忙腳亂地處理小怪物身上的鐵鍊，卻完全不知道該怎麼辦。鐵鍊當初都是以不可能被解開為前提而纏綁上去的，還加了二十一個掛鎖，鑰匙當然早扔了。

轟隆！

「妳會跟姊姊說我是好人吧！妳知道我們是同一邊同一國的吧！妳知道我早就想辦法幫妳逃走的吧！」林書偉的手指抓著鐵鍊，拚命地找尋某種不存在的方式解開：「妳姊快進來了！妳一定要……」

轟——哐！

大鐵門終於被撞開。

林書偉大叫，迅速躲到淋浴柱後方。

綁在淋浴柱上的小怪物看著前方嚎啕大哭。

「快點跟妳姊姊說！用妳的方式說！說我是好人！說我是好人！」林書偉如果不從後面抓緊鐵鍊的話，兩條腿一定軟到站不起來。

沙……沙……滴答……沙……滴答……

廊道轉角的陰影裡，一個被黑暗吞沒的高大身形，巍巍峨峨走了出來。

一邊走，一邊從身上滴落肉屑與血水。

小怪物哭到一個不行。

黑暗中的身影漸漸清晰。

全身沾滿綁架者碎肉骨血的大怪物，站在淋浴柱前，對著久別的小怪物哭泣。

姊妹倆相視對哭。

太久了。

眞的太久了，這中間到底發生了多少事，讓彼此受到多大的委屈……

不管如何苦盡甘來，眞的都太久了。

「嗚……嗚……嗚嗚嗚……」大怪物心都碎了。

「咿……咿咿咿咿咿……咿咿咿咿咿咿咿咿咿咿……」小怪物的委屈終於得到釋放。

林書偉全身發抖，牙齒打顫的聲音大到連心臟撲通撲通的巨震都蓋過去了。

血……掛在那頭恐怖怪物身上的……都是大家的肉……大家的血……

一股熱液在胯下蔓延開來。

沿著大腿，貼著小腿，滲進了腳趾縫。

「跟妳姊姊說……現在說……求求妳……」林書偉的聲音細到無法穿出嘴巴。

大怪物的視線緩慢穿透了小怪物，瞪著躲在淋浴柱後方的林書偉。

儘管一開始就在廢棄國宅裡看見了挑釁的血肉戰書，大怪物實際見到自己的妹妹綁在鐵鍊做成的巨大鐵蛹裡，雙手十指被剁，雙腳腳掌被燒割，被抽血抽到乾乾癟癟的慘樣……

「我是好人！我用自己的血餵妳妹妹！我是——」

林書偉的背脊撞上了天花板。

他甚至不知道自己是怎麼被丟上去的，還以爲是靈魂瞬間噴離了身體。

當他往下墜落的時候，大怪物便一把抓住還在半空的他，往牆壁上一擲！

林書偉像砲彈一樣砸在堆滿色情漫畫的鐵櫃上，大量的漫畫書從後方淹沒了他。

不管分泌再多的腎上腺都不夠用，他痛到全身都快裂開來了，連指尖都快燒起來了。

接下來，就要輪到自己全身被撕爛了吧。

這不公平……

「蟲子……快點……我們講好的……」林書偉看著大怪物慢慢朝自己走來。

眞不公平眞的。

自己是最後一個人，想必被當做是最可惡的那個幕後主使者吧。這頭怪物一定把最多的時間留給自己，好好玩弄食物，一根手指接一根手指地吃掉他。

「咿咿咿咿咿咿咿咿咿咿！」小怪物不知道在表達什麼，聲音很急切。

林書偉燃起一線生機，妳終於想起我們的約定了嗎。

「吼！」

大怪物一把抓起林書偉的鎖骨，將他從成堆的色情漫畫書中高高舉起。

林書偉的左肩幾乎要被獸爪掐進，不知道是不是幻覺，他好像聽到鎖骨爆裂的怪聲，他甚至不敢踢腳，怕太過劇烈的晃動會讓左肩成塊從身體分開。

尿水持續流出。

「救我……求求妳……」林書偉迴避大怪物凶惡的眼神，瞥眼看向小怪物。

小怪物咿咿啞啞地叫著，語氣充滿了許多的曲折。

雙腳懸空，林書偉慢慢被獸爪拉近。

大怪物在最近的距離打量著，這最後一個綁架牠妹妹的共犯。

林書偉已經來不及討厭從牠鼻孔噴出的臭氣，他豁盡此生最大的渴求，滾落出他眼中最誠摯的淚水：「我是好人，眞的，我是幫妳妹妹的。」

大怪物對著林書偉恐懼的臉孔怒吼，獸爪一緊，林書偉再度被怒甩出去，重重撞在大鐵櫃上，許多運動競技的紀念獎座橫七豎八倒在林書偉身上。

林書偉痛到在地上打滾，像被扔進油鍋裡的活魚又撞又跳，天旋地轉。

左肩整個碎裂，血肉模糊。

完蛋了完蛋了我的肩膀不見了！我的肩膀不見了！

眞的死定了！不只死定！還會死得非常慢死得非常痛苦！

肉一塊一塊被扯下！手指一根一根被拔掉！

小怪物依舊咿咿唉唉，完全聽不出來是在告狀還是在說情。

大怪物慢慢走過來，走得很慢，非常慢。

每一步都滴著綁架者的血。

每一步都踩著復仇的憤怒。

林書偉用力將腦袋砸在地上！用力！用力！

我必須快點把頭撞爛！我要自己把頭撞爛！用最快的速度死掉！

用力！用力！用力！

嗶嗶嗶嗶!嗶嗶嗶嗶!嗶嗶嗶嗶!

大怪物怔了一下。

滿臉是血的林書偉也呆了一下。

嗶嗶嗶嗶!嗶嗶嗶嗶!嗶嗶嗶嗶!

是口袋裡的手機。

是手機裡天氣APP的日出提示。

頭痛欲裂的林書偉還沒回復意識,他的身體已開始了行動。

他轉身爬上搖搖欲墜的大鐵櫃,無視肩痛,雙手奮力抓住通風扇的不鏽鋼板。

大怪物不明究理地看著林書偉。

小怪物呆住。

林書偉有那麼一瞬間,似乎明白了接下來將發生的所有一切。

他轉頭看著小怪物。

「對不起……」

厚重的鋼板輕易被扯落,一道初晨的曙光射了進來。

不偏不倚,曙光射在小怪物身上,淒厲慘叫。

大怪物沒有任何思考，以絕快的速度躍向動彈不得的小怪物。

逆光中，大怪物張開細長的雙臂，竭盡所能地伸張身體的幅度，用牠的背，用牠瞬間燃燒起來的肉體，爲小怪物擋下致命的陽光。

「咿！咿！咿！」

妹妹看著姊姊以肉身扛住一億噸的陽光，發瘋似號叫，好像叫牠快逃。

姊姊沒有時間可以浪費了，明明就已著火的獸爪抓住強韌的鐵鍊！猛烈扯斷！

扯斷！扯斷！扯斷！一條接一條！在全身火焰中奮力扯斷！

妹妹拚命呼喚著姊姊快逃……那咿咿咿的哭聲一定是這樣的吧。

姊姊奮力伸張身體扛住整個太陽，全身血肉裂開，黑色蟲絲不斷從皮膚底下爆漿出來，在陽光中蜷曲燒滅，鼻息耳孔都流竄出藍色的火焰。

鐵鍊扯斷！鐵鍊飛散！鐵鍊——

終於扯斷了姊姊的十根手指！

還有一半的鐵鍊還沒扯斷。

沒關係！

姊姊會救妳的！姊姊一定會救妳的！

姊姊張開血盆大口，甩頭將鐵鍊咬住，一迸！鐵鍊斷裂！

再咬！再咬！

終於整嘴的牙齒連同鐵鍊一起崩落！

這樣也沒辦法了嗎？

妹妹看著姊姊。

姊姊幾乎燒成了焦炭，只剩下最後的眼神。

姊姊努力地，用野獸的恐怖臉孔，嗚咽出唯一還熟悉的語言。

「妹……妹……」

妹妹壓抑嚎啕大哭，忍住烈火焚身，在陽光撕裂皮膚下，向姊姊擠出了微笑。

謝謝姊姊來救我。

辛苦妳了，這所有的一切。

感謝上天，讓我們姊妹倆結束吃人的罪惡，與不能為人的痛苦。

感謝命運，讓我們姊妹能夠重逢在，久違的陽光之下。

我不痛。

我感覺溫暖。

化為焦炭的姊姊輕輕靠在妹妹身上。

妹妹終於也被妖異藍色的大火吞噬。

43

學校復學了。

高百合很擔心林書偉，復學那天他沒有去學校，第二天也沒去，第三天也不見人影。大家都說，林書偉是被都市食人鬼襲擊了，因爲總是拉他一起混的段人豪三人也消失了，應該是一塊被都市食人鬼幹掉。

第四天，新來的班導師才跟大家宣布，林書偉的媽媽終於主動聯繫學校了，說林書偉肩膀受傷住院，請大家有空到醫院關心他的時候，順便把學校講義跟筆記帶給他，幫助林書偉跟上進度。

班導師最後很遺憾地補充，由於傷勢非常嚴重，林書偉至少會待在醫院一個月以上，進行傷口清創與復健，如果復健不順利，可能會導致左手終生殘廢。

當時，全班還熱烈鼓掌了。

至於段人豪、廖國鋒以及葉偉竹三人，還是沒有任何消息。警方到醫院詢問林書偉是否知道同伴去了哪，他什麼也不說。一句話都不說。精神科醫生評估，他是受到嚴重驚嚇導致的創傷後遺症，如果太逼他，恐怕瞬間精神崩潰，負責此案的川哥與丞閔只好暫停詢問。

「聽說他是自己走去醫院的，當時只穿一條內褲，身上還被潑了很多白漆。」丞閔看著院方提供的入院記錄。

「應該是被其他學生趁停學時圍毆的可憐蟲吧，眞慘。」川哥聳聳肩：「雖然沒有根據，但你聽過吧？那個食人鬼好像是被霸凌到死的東實高中學生屍變的，搞不好牠是看到林書偉正在被其他同學霸凌，才饒過他一命的。當然其他同學就都被吃掉了嘛！」

「有見地！眞不愧是長官！」

都市食人鬼再度襲擊學生的新聞又轟轟烈烈了好一陣子。

這個世界變得很快，兩個禮拜後沒有新的學生受害失蹤，都市食人鬼的檔案再度走進了警局刑事組的塵封鐵櫃，新聞媒體被政壇鬥爭醜聞給覆蓋，只剩下網路的靈異論壇討論區上，零星的、言之鑿鑿、危言聳聽的食人鬼目擊傳言。

高百合想去探望林書偉，卻沒有人願意告訴她林書偉去了哪間醫院，實際上，或許也沒有人知道吧。她打電話去林書偉他家都沒有人接，不知道他的家人是不是在醫院陪他。

十幾箱的直銷營養品加一個外籍看護，不離不棄地守在林書偉的病床邊。

肩膀的外科手術挖除了很多爛肉跟碎骨，傷口一直發炎，高燒了好幾天，抗生素幾乎是二十四小時打個不停。林書偉半夢半醒地在加護病房度過了煎熬的兩個禮拜，才勉強轉進普通單人房。

有時前一夜外籍看護在睡前忘了把窗簾全部拉緊，天一亮，日光照在林書偉的臉上時，他都會感覺到一股難以忍受的灼熱，彷彿還坐在祕密基地的大鐵櫃上，呆呆凝視著怪物姊妹的燃燒。

小怪物一直叫得很哀淒，到底有沒有幫自己求情呢？

大怪物把自己丟來丟去，是眞的要殺死自己？

還是打算饒了自己，但看到妹妹被搞得那麼淒慘，非得痛扁自己一頓而已？

不知道。

這個永遠也不會得到的答案，隨著他把通風扇上的鋼板打開，燒滅殆盡。

陽光燒死了無法動彈的小怪物。

但大怪物呢？

大怪物明明可以即時躲進陽光不及的陰影下，等到日落，再踩著自己的肉片大搖大擺出去。卻沒有。

大怪物姊姊爲了守護小怪物妹妹到最後一刻，化成了火焰。

殺死大怪物的不是陽光。

是這個世界上最純眞的力量，愛。

牠寧可犧牲性命，也想陪著妹妹直到生命最後一刻——當人，當怪物，都是。

總是拚命催眠自己是個好人的林書偉，漸漸意識到自己做了什麼。

埋在祕密基地裡的陷阱，從來不是一場人類與怪物的生死對決。

而是林書偉與自己內心的戰鬥。

他辜負了對小怪物的承諾。他辜負了他對自己的看法。

林書偉徹底明白儘管自己活下來了，卻從此成為了一個卑鄙的人。

每天下午，護士阿姨拆掉林書偉左肩上厚厚的紗布，仔細為傷口清創的時候，他坐在床邊，看著鏡子裡的自己，看著肩膀上這輩子都無法回復成原狀的扭曲肌肉，反而有種心安的感覺。

或許左手因此殘廢了更好。

他自覺不配完整。

44

離開醫院已經是兩個月後。

期間警察又來了很多次，段人豪、葉偉竹跟廖國鋒的媽媽也來找過他，哭著吼著問他他們的兒子到底在哪裡。他什麼也沒有說，只是面無表情地搖頭。

這種不帶任何情感的冷漠態度，精神科醫生用一種叫解離的專有名詞進行解釋，大概是一種特別接近精神崩潰的表情吧，足以讓所有的問題都用更嚴重的問題來取代。

面無表情的林書偉站在講台上，讓新任班導師宣布他的復學。

「各位同學，今天我們很歡迎林書偉同學再度回到學校，大家要多多幫助他跟上進度，讓我們給他祝福的掌聲。」

全班熱烈鼓掌。

林書偉肩膀一高一低，微駝著背，看著自己的桌子。

桌上依舊是立可白與奇異筆的塗鴉，以及好幾十根白蠟燭燒融在上的痕跡。

「還有別忘了，畢業紀念冊要用的照片最遲下個禮拜三一定要交。學藝股長注意一下，只有吳思華要用黑白照。」新任班導師看著春哥：「班長負責寫一段悼念吳思華的話。注意不要開玩笑。」

「是的老師！」新任班長春哥舉起雙手歡呼，幹當然要開玩笑。

「還有段人豪、廖國鋒跟葉偉竹只是失蹤，大家看看手機裡有沒有他們平常的照片，各挑一張五官清楚的，彩色的，不要黑白，知道嗎？」

「知道！」

「林書偉，回座位去。」

在全班同學熱烈的掌聲中，林書偉回到座位上。

雖然知道很可能會發生什麼事，他還是一屁股坐下。如預期的，椅子四分五裂，他整個人往後摔倒在地——同學的爆笑歡呼聲達到了剛剛掌聲的一百倍。

根據葉偉竹的理論，應該快點趁跌在地上時候搞笑，做點地板街舞的怪動作再起來，逗大家笑到噴淚。這樣所有人就會以爲原來一切都在開玩笑，沒有人被欺負，順利的話連自己也會這麼以爲。好！就這麼決定！

高百合從教室外看著他。

林書偉只是面無表情地扶著桌子站起來，接受新班導師的嘆氣。

廁所裡。

四個人圍著正在尿尿的林書偉。

大家的視力都不是很好，把林書偉當成了小便斗，一起尿在他的褲子上。

「單奶俠，懂？」春哥一邊尿一邊哆嗦：「就是單手摸奶俠，呵呵！」

「還是殘奶俠？」

「殘廢摸奶俠的簡寫嗎？不對，他看起來超怪的，應該叫殘奶怪！」

「對對對！殘奶怪！」

「單奶怪更好笑啦哈哈哈哈！」

根據葉偉竹的理論，應該趁還有尿的時候趕快朝大家的褲子上射一圈，記得要笑嘻嘻地尿，接下來大家互相尿來尿去，久了就會以爲彼此在打鬧，沒有人被欺負，順利的話以後還可以跟大家揪團一起去尿別人的褲子。好！就這麼決定！

「……」林書偉面無表情地拉起拉鍊。

想出去洗手，卻硬生生又給圍了起來。

春哥也慢慢收起了他的老二，穿好褲子。

「大家都知道段人豪他們爲什麼不見，都被食人鬼吃掉了嘛哈哈哈，想到就爽。我不知道之前你給他們多少錢巴結他們才跟段人豪混在一塊，但現在你沒有靠山了，給他們的錢就換成給我們，懂？」

林書偉看著春哥的眼睛，視線卻直接穿透，落在深邃的遠方。

搞笑吧。

搞笑就混過去了，就這麼辦！

「……」林書偉面無表情地往前走，直接撞開春哥的肩膀。

「幹你什麼態度？不要以爲殘廢就免死金牌，懂！」

林書偉面無表情地挨了一頓打。

只有被圍毆過的人才懂的，時間，跟圍觀的人感受到的刻度並不一樣。

當你的肉體不斷被打被踩被踢得時候，時間不是變得冗長，而是完全消失。

在沒有時間軸線的意識裡，可以盡情挑選很多回憶無限播放。

他回放了一下葉偉竹跟他一起喝珍珠奶茶，打發不想太早回家的那一天晚上，他說的每一句話。其實不只是被揍的現在，林書偉常常回味著葉偉竹跟他的那一晚。那是上高中近這兩年以來，他擁有過的，最長的日常對話吧。

葉偉竹眞是一個很有智慧的被霸凌者，永遠都曉得怎麼生存下去，如果自己可以打從心裡向他學習就好了，就沒事了，什麼事情都很好玩，好玩就好，自己被玩，也很好玩，至少那個時候大家總是一直在一起玩，一起玩，一起玩。

回想起來，曾經狠狠亂弄他的那些人，其實與他形成過一個牢不可分的小圈圈。他們打他，愚弄他，笑他，把他當玩具，卻好像……好像也漸漸將他當做朋友，邀他一起當共犯，欺負老人，虐待怪物，預備與怪物戰鬥，爲他出氣，爲他承受極大侮辱……

或許，或許那天在ＫＴＶ他毫無戒心地喝下蜂蜜啤酒，大家再按照原訂計畫殺死怪物的話，他們便有機會透過一起長大，一起經歷更多的事，一起瘋狂，一起做更多錯事，一起受罰，一起反省，一起成熟，在某天夜晚大家忽然發現自己擁有中年大叔的肥肚子時，藉著幾瓶啤酒在夜空下痛哭，互相擁抱，彼此道歉，變成眞正的朋友。

但沒有機會了。

林書偉知道自己親手覆滅了那一段可疑的友情。

現在眞是諷刺。

雖然不抱期待地回到學校，但……果然什麼都沒有變嘛這個世界。

害三個霸凌他的人被怪物殺掉，完全無法改變他在班上的處境，只有更糟。

從此以後他成爲了眞正的一個人，完完全全的，一個人。

他比孤單更孤單。

林書偉的臉被踩在充滿尿漬的地板上，感覺不到痛，也聞不到臭味。

45

繳交個人畢業照的那一天，天氣特別好。

快到中午吃飯時間了。

儘管不需要醫生證明，光從外表就看得很清楚他肩膀的殘疾，可班會一致表決，林書偉還是得跟同樣擔任值日生的高百合一起去行政大樓下中走廊邊廠商的貨車旁，搬營養午餐的餐桶，理由是適度的運動也是復健的一部分。

每個餐桶都很沉重，特別是整桶冰鎮仙草湯，林書偉提得搖搖晃晃，身形很歪斜。

「你稍微扶著就好了，我常常幫我媽媽搬魚貨，我可以。」高百合倒是所言不虛。

林書偉很喘，揮手示意要休息一下。

兩個人將整桶仙草湯暫時移到走廊邊樹蔭下，讓林書偉坐在鐵桶上暫時喘口氣。

「天氣很熱，這樣至少屁股比較涼。」林書偉滿身大汗。

高百合不懂剛剛聽到的是不是一個說笑的話，但點點頭，笑了一下。

林書偉也試著笑了一下。眞希望從高百合的角度看自己，會是一個眞正的微笑。

林書偉打開鐵餐桶，直接用湯瓢舀了一大湯匙的冰仙草給高百合。

「這樣不好吧。」高百合受寵若驚。

「妳從來沒喝過吧，我們來偷喝。」林書偉的表情不容高百合挑戰。

這倒是眞的，午餐時間負責盛湯舀菜的人總是很王八蛋，就算是平淡無奇的味噌湯，高百合也很少吃到豆腐，頂多是柴魚片，連海帶都不會舀給她。綠豆湯裡一定沒綠豆。薏仁湯裡沒薏仁。這麼熱的天氣，像冰鎭仙草湯這麼歡迎的甜品，負責盛湯的同學一定只會舀空氣給她。

兩個人大口偷喝著冰鎭仙草湯。

天氣好熱，好好喝。

高百合放下湯瓢，看著林書偉癱塌萎縮的左肩。

「那我可以問嗎？」

「問啊。」

「到底發生了……什麼事？」

坐在冰餐桶上，林書偉淡淡地說：「前幾個月我跟段人豪他們抓到了一隻怪物，就是大家說的都市食人鬼，把牠關起來。爲了研究牠的弱點，我們花了很長時間，對牠做了很多非常壞的事。我們想等另一隻怪物來找牠的時候，設陷阱，一口氣把兩隻怪物都殺掉。」

「然後呢？」

「第二隻怪物爲了找到第一隻怪物，不只殺了我們學校的很多學生，還殺了吳思華跟段人豪他們。兩隻怪物最後都死了，我也受了重傷。」

雖然大幅簡化了過程，林書偉一點也不意外自己會對高百合直言不諱。

「那還有第三隻怪物嗎？」高百合看起來好像也不驚訝。

聽到這麼離譜的敘述後，竟然只想問這麼簡單的問題嗎。

「妳總是很容易相信別人嗎？」林書偉低下頭。

「很少人跟我說話，所以沒什麼不好相信的吧。」高百合也是實話實說。

眞好。

很少人跟我說話，我卻老是疑神疑鬼。

「段人豪他們的屍體還在學校後山，沒人敢去的舊校區廢棄游泳池那裡。怪物也死在那邊，不過牠們都燒光了，連灰都不剩。我把唯一的，拍下事發過程的證據都刪除了，因爲我做了很丟臉很糟糕的事，希望沒有人知道。」

高百合想問什麼是很丟臉很糟糕的事，但忍住了。

「說到這裡，妳也相信嗎？」

「嗯。」

「大家死光光之後，我忙著把一些影片證據刪除，沒有幫他們收屍就走了，不是因爲肩膀很痛，是因爲當時我還在生他們的氣。」

「生什麼氣？」

「後來我慢慢發覺到自己也有不對的地方，很後悔，卻害怕看到他們的屍體，就沒有再回去了。」林書偉沒有直接回答她的問題，反問：「……妳很討厭段人豪他們吧？」

「他們是不好的人。」

「對，他們眞的是很不好的人，除了我，沒有比他們更差勁的。」林書偉沒有注意到臉頰早已濕淋淋的一片：「我們都是爛人，才能成爲朋友。」

「你又不爛。」

「我做了很壞的事，我很高興妳不知道我在說什麼，但我眞的非常非常的糟糕。段人豪，廖國鋒，葉偉竹，他們都是我的朋友。雖然他們一直對我很壞，但我也想辦法扯平了，早就互不相欠了。我希望總有一天他們的屍體可以被找到。」

林書偉開始哭。

這是離開那座被怪物火焰吞沒的祕密基地後，林書偉第一次有了眞正的表情。

難過不是他擁有的資格，寂寞才是。但爲什麼眼淚一直掉個不停。

他想繼續哭，不被打斷地一直哭下去。

林書偉獨自坐在裝滿冰鎮仙草湯的鐵桶上，終於哭到無法抬頭。

高百合點點頭，一個人先回到中走廊搬其他的飯菜。

46

天氣很好。

學生會決議要在大禮堂，輪流讓不同的畢業班級進場拍畢業生班級合照，但午間靜息過後，班上的大家舉手一致通過，在大禮堂拍照完，大家抓緊時間搬椅子到操場司令台前的草地集合拍照，拍一些新任導師不須要繼續參與的非正式班級大合照，更有青春洋溢的氣息。

當然了，這只是一個說法。

拍完大禮堂裡的班級大合照後，大家拿著椅子往操場跑去，高百合獨自一人默默往教室裡走。林書偉從後面大聲喊住她。

「妳要去哪？」

「那個……我不須要去吧。」高百合的表情有些窘迫，反正拍了只會被惡搞而已。

「陪我。」林書偉紅腫著眼：「……我想去。」

操場上，司令台前。

擔任新班長的春哥負責分配大家的座位。

「你坐這裡，你去那裡，你那麼高不要站那麼前面。注意注意！那邊三個位子不要坐，那是要合成段人豪三具屍體的，懂？哈哈哈哈！」

大家都在哈哈大笑。

「這裡也留一個空位出來，我們來合成老師業力引爆的畫面，大家等一下要做出嚇一大跳的表情！攝影師等一下的角度也要注意一下，仰角一點，一定要拍到旗杆的最上面啊！不然吳思華含著旗杆頭的照片就很難合進去！懂！」

大家笑得前俯後仰，恨不得馬上看到最後的合成結果。

這才是爲什麼特地來司令台前拍大合照的原因，就好玩嘛！

林書偉的座位當然被安排在高百合的旁邊。

「單奶怪，等一下拍照的時候，你伸出手，抓住那條大鹹魚的奶子。」春哥命令。

「……」林書偉面無表情。

「大鹹魚，妳等一下就露出好爽喔爽翻天的表情，懂？」春哥捏著鼻子嫌惡不已。

高百合看起來根本就快哭了。

「不管你們做不做，最後合出來的都會是我說的那樣啦哈哈哈！懂？懂！」

全班同學又是一陣驚天動地的大笑。

根據葉偉竹的理論，現在又迎來一個適合搞笑的好時機，自己應該馬上伸手亂抓高百合又臭又鹹的巨乳，順便發出天啊我的手等一下一定會爛掉的慘叫，大家一定更開心吧！

好！就這麼辦！

「……」林書偉面無表情地仰起頭，看著太陽。

太陽很大。

很刺眼。

位子終於排好了，獵奇的拍照角度也設定好了，大家忽然躁動起來。

「快拍啦！很熱耶！」

「快拍一拍啦我要去福利社買飲料！」

「幹有夠熱！熱到快吐了好嗎！快拍啦！」

「再不拍我要進教室了！」

林書偉忽然抓住身旁高百合的手，緊緊的，弄痛了高百合。

高百合嚇了一跳，不明究理地看著林書偉。

他滿臉都是汗水，全身發抖，連瞳孔也在震動，好像非常痛苦。

「再跟我說一次，那隻青蛙後來怎麼了？」林書偉臉色蒼白。

高百合不知道爲什麼他這個時候忽然問這個，只覺得非常非常緊張。

「我把牠放在荷葉上，澆了一點水，就走了。」

林書偉用力點頭，擠出一個汗流浹背的微笑。

「牠現在一定過的很好。」

林書偉感覺到有一百萬隻小蟲在他的身體裡橫衝直撞，拚命地想鑽出每一個毛細孔的過程中，數量又突然增加到一千萬隻！一億隻！

皮膚裡的每一條血管都好癢！好漲！

內臟！內臟發生了什麼事！好像被扔進油鍋裡！

站在司令台前的全班同學都暴動起來了，大喊肚子痛的，喊發燒的，喊我快死了的，喊快點送我去保健室的，直接倒在地上打滾的，把頭用力撞在地上喊疼的，肛門失控的，下體噴出一大堆黑色液體的，一邊嘔吐一邊從眼睛與鼻孔流出黑色液體的，嚇壞了被林書偉緊緊握住手的高百合。

「我在仙草湯裡加了怪物的血……我……就是這麼壞。」

「那怎麼辦！」

沒怎麼辦。

那天早上林書偉離開祕密基地的時候，從段人豪的背包裡拿走了那罐用深色報紙包住的黑血。當時他只是抱著不能讓這種證據留在那裡的簡單想法。後來，他才漸漸明白，吞下那瓶黑血就是他理所當然的報應。

辜負朋友，辜負怪物，辜負自己的報應。

只是在吞下怪物之血的同時，他想送高百合一個畢業禮物。

那是他唯一能做的。

林書偉拉起高百合，用盡最後的力氣，奮力將她往前一推。

「妳跟我們不一樣。」

全世界都燒起來了。

不須要合成，四十多頭橫衝直撞的火人全都入了鏡。

高百合看著被瘋狂火焰完全吞沒的林書偉。

林書偉好像說了三個字。

8

學校的後山，有一座池塘。

蜻蜓漫飛在開滿荷葉的水面上，求偶，交配，覓食。

一隻沒有四腳的青蛙，靜靜趴在池塘淺處的荷葉上。

不疾不徐，等待蜻蜓飛過。

後記

獻給每一隻無腳青蛙

九把刀

拍完了電影才回頭寫小說，這是第一次。

記得電影初剪完成不久後，請出版社在後期公司偷偷看了一遍。編輯強烈建議，必須寫成小說，理由是我的讀者大多非常年輕，或許可以把電影看得很刺激很可怕，但去不到電影探索人性最掙扎的地方，寫成小說，可以不疾不徐把鏡頭語言外的角色內心寫出來，寫透徹，帶領許多年輕讀者抵達我構築的，最黑暗地底。

幸好有寫小說。

起先我也以為是為了帶領讀者更懂黑暗而寫，但寫到後來，發現這樣的想法太假，太假裝自己竟然抱持有服務讀者的熱情。我終於明白這次的寫作還是希望被理解，也希望透過寫作，讓自己更體貼每一個懷抱痛苦的人。

一開始寫的時候當然是很無聊的，接近一種默寫，描述電影發生過的場景與人物設定，一感到無聊我就忍不住停下來，跑去寫《殺手》，跑去寫《上課不要打手機》，透透氣，再回過頭續寫。直到小說開始產生跟電影很多不一樣的細節時，樂趣打開了，寫作的視野擺脫了電影，最主要的是，我的人生狀態也跟當初拍攝電影時的痛苦掙扎漸漸不同，於是對故事的看法也誕生了溫暖的觀點。

我覺得「感到可怕」當然是故事黑暗質素很重要的一面，但「能夠感到悲傷」，才是讀者唯一可以掙脫陰影的可能。要感到悲傷，就必須讓角色溫暖。

我特別喜歡小說裡的葉偉竹。

他當然不是個好人，但他是一個很想生存下去的人，只要確定自己擁有生存空間，他願意給予林書偉一點建議，一些生存方法上的教學，於是他小心翼翼脫卸自尊心，爲林書偉帶來溫暖。

但葉偉竹絕對是十分掙扎的。爲了在段人豪與吳思華旁邊生存下去，讓自己被黑暗掌控、卻假裝自己樂在其中的葉偉竹，他不一定明白自己之所以跟林書偉說了這麼多，除了看林書偉可憐外，沒有說出口的是，林書偉一直表露出的掙扎、抗拒與痛苦的表情，都讓葉偉竹強烈意識到「我們在做一件不對的事」，這種「我們都是一群差勁的王八蛋」的提醒，反而讓葉偉竹無法好好扮演一個「我只是覺得很好玩」的丑角。葉偉竹需要林書偉的配合搞笑，他才可以繼續笑嘻嘻地「就好玩嘛！」下去。

想必寂寞的林書偉，一直回味著葉偉竹跟他的那一番對話吧。

「就好玩嘛！」貫穿了整個故事的惡意，這份惡意絕對眞實，來自眞實世界的每一間教室，網路論壇的酸民文化，來自超級綜藝化的媒體。當所有人都用開玩笑的口吻說著惡毒的話，進行各種霸凌攻擊時，一旦被戳穿其惡毒的目的，一旦被指摘手段刻薄、或甚至是當事人崩潰到自我毀滅時，霸凌者都一副「就好玩嘛！」的態度，反過來指責被霸凌的人沒有幽默感、不懂得自我調適、還一臉不解你爲什麼不自己把傷口挖出來給大家一起灑鹽說個笑話大家笑呵呵拍拍手就沒事了。

經歷過被霸凌的靈魂，都知道這種「就好玩嘛」撕裂自己的憤怒。你認眞反擊就是醜態畢露，你揶揄自己就是毫無反省，你渾不理會就是心態高傲，你自我毀滅就是你草莓你玻璃心，你壓抑脾氣好好溝通解釋最慘——就是怎麼樣你都有話講全世界就你理由最多。

你只能秉持直覺好好生活下去。多做喜歡的事，少做不喜歡的事。期待遇到好的人，發生好的事，讓好的人跟事慢慢影響你的心，心好了，順其自然做一些好的事，做一個別人也希望可以遇到的，好的人。

回想起小說還沒誕生，只孵化出電影的那個時候，心境眞是非常黑暗。

電影上映時我在台北京華城影城開了一場，專門讓各領域老師觀賞怪物的老師限定場次。電影放映完畢的映後座談，我說，本電影有一大特色，殺人最多的角色其實非常善良，但最邪惡最壞的角色，卻連一個人也沒有殺，那個人就是陳珮騏飾演的壞老師。

好老師就不特別說了，這次我的電影不需要這樣大慈大悲的劇情，但壞老師絕對是一台超級怪物製造機，每年都會在教室裡，用扭曲的性格製造出一批又一批身心敗壞的怪物學生。

我問：「請問在場的老師有沒有人認爲，我在處理怪物電影裡這一個很愛滑佛珠的老師時，有污衊佛教的傾向，有這種感覺的請舉手。」

全場有四個老師舉手。

我先簡單回應：「嗯，其實我是佛教的粉絲，我認爲我沒有污衊佛教，我想戰的，是自以爲對宗教虔誠，實際上卻是走火入魔的人。如果你略懂佛教，就會很清楚知道那個爛老師絕對不是一個眞正的佛教徒，而是一個，非常熱衷修行，眼中只有神，心裡卻沒有人的自我中心主義者。我覺得這個角色特別寫實，大家想想，以宗教爲名，不斷干預他人如何生活之實的人，在我們的現實世界裡可曾少過嗎？」

我沒問我的一番解釋是否有翻轉之前舉手老師的質疑，我只是接著問：「那我再想請問各位老師，有沒有人認爲我在設計老師這個角色上，有污衊老師的嫌疑？」

這時大約有七八位老師舉手了。非常好。

我將麥克風交給其中一位舉手的、大約五十多歲的男老師，請他發表意見。

他大概是這麼說的：「我不曉得你以前在讀書時是受到什麼傷害，還是挫折，才會拍出這種想法的電影，我承認，以前或許有這種老師，但年代一定很久遠，現在不可能有這種老師了，根本不可能，學生犯錯，我們都會好好跟他講，解釋給他聽，怎麼可能打學生？不可能，至少我教書生涯就沒看過，我自己當然不是，我的同事也都不是這種老師，我覺得你拍的老師如果是眞的，也是非常久以前的了。」

我還沒來得及說話，就有一個年輕的女老師舉手，同時接過了麥克風。

她說她是××女中的老師（很有名的學校，但我想保護她勇敢的發言），先發表了一段她對前一陣子某校園霸凌議題拍成知名MV的看法，接著整個大爆發：「我們學校就有很多這樣的老師！尤其很多資深老師，不只霸凌學生，同時也會欺負我們這些新進老師（接著說了一些我聽不太懂的例子），大家只是敢怒不敢言，我覺得這部電影裡的老師拍得很寫實！剛剛那個老師發言說現在根本沒有那種老師的時候，我旁邊這個朋友，她也是老師，她一直拉著我說明明就有！而且很多！」

滿場給予她掌聲。

我回應：「學生真的很容易崇拜老師，好的老師就是學生的燈塔，我相信，如果我學生時期有任何一個老師握住我的手，告訴我，柯景騰，你畫的漫畫真好看！老師覺得你很有天份，只要你好好努力，老師總有一天會在漫畫雜誌上看到你的名字！我想，我今天應該不是電影導演，也不會作家，我百分之百會是一個漫畫家。好老師真的就是這麼振奮人心，反之，壞老師會徹底污染學生對未來的想像，覺得以後離開學校，就會遇到更多像壞老師這樣的大人，學生又怎麼可能樂觀又自信呢？」

如果你跟段人豪說：「你很壞！」

段人豪會哈哈大笑：「是啊！我超壞！告訴你我還可以更壞！」

段人豪絕對不會掩飾自己的惡劣，因為他根本不在乎你對他的看法，甚至以這種不在乎他人眼光的調調為傲。廣受全班歡迎的超人氣，就是他橫著走的底氣。

如果你跟吳思華說：「妳很壞！」

吳思華會皮笑肉不笑地看著你，心中快速生出幾十個作賤你的計畫，甚至拿自己的胸部當武器，讓你不寒而慄。她的邪惡無需理由，也懶得掩飾。

但如果你跟壞老師說：「妳很壞！」

壞老師會嘆氣，拿出佛珠幽幽念了起來：「唉，你心中有魔，看什麼都是魔，沒關係，我知道你對我的決定有所不滿，惡念佔據你的內心，就是一種我執，一切都是舊記憶重播，我想，這就是魔考，也是對我修行的一種試煉……」

幹，試煉個小，妳就是魔，魔到沒有一秒覺得自己有錯，從來只會反省別人，未曾檢討過自己，凡事都是別人爛，就妳好棒棒，別人生氣就是沒品沒家教，妳生氣就說自己是菩薩低眉金剛怒目不得不發，理由一堆，偽善到了極點。

如果你是壞老師，或是壞老師性格的人，看了電影「報告老師！怪怪怪怪物！」之後，可能會非常討厭這部電影，覺得這種電影根本就是敗壞社會風氣、充滿對社會各式各樣偏見的負能量，太糟糕了，太邪惡了，假裝討論霸凌議題，實際上根本就是在抹黑老師、污衊宗教、歧視老人、醜化純潔善良的學生，甚至是糟蹋觀眾智商。

不過更可能的是，如果你徹底就是壞老師，壞入了心，你多半會覺得電影拍的眞好，充分反映出社會的黑暗面，極富教育意義，尤其對人性的種種批判更是令你心有戚戚，唉，眞希望這個世界沒有電影所呈現的那麼陰暗！

眞正的魔王，是完全不會察覺到自己就是魔王本人啊！

就如同那些在教室裡拍桌喧譁大笑：「脫褲！脫褲！脫褲！脫褲！脫褲！」的學生一樣，永遠也不可能察覺到自己很壞，很刻薄，很邪惡，一心一意，巴望著呆站講台上的資優生林書偉，終於崩潰，紅著耳根子把褲子脫掉，露出顫抖的屁股，好讓大家仔細看看他的屁眼裡到底藏了被偷的班費，還是……這個世界的惡意？

老師是教室秩序的終極仲裁者，有人卻偏偏利用了這種權力，邪化成魔。

所以，我沒有「創造」壞老師這個角色，我只是充分理解與充分體會後，在電影與小說裡精煉出一個簡化的事實罷了。壞老師絕對不是局限於「老師」這個職業，老師只是劇情發生在教室裡的一個必然的設計，放在社會上，她可以是很多職場上的上司，也可以是更鮮明的符號指涉。

很遺憾，這本書跟電影一樣，無法宣稱能夠改變社會什麼，因爲眞正的霸凌者無法被改變，也不會承認，甚至根本沒意識到自己就是一個霸凌者。

這本書是眞眞正正獻給被霸凌者的。

希望每一個被踐踏、被傷害過的靈魂，都在這個故事裡得到理解。被理解，有一份平靜，捧住一點微光，覺得被珍惜，就像是那一隻趴在荷葉上的無腳青蛙，始終都能活下去。

故事的最後，身陷大火的林書偉對高百合說了三個字。

那三個字是對不起？是謝謝妳？是再見了？還是其他？

我有自己的答案，也希望你有自己的期待。

國家圖書館出版品預行編目資料

怪怪怪怪物 / 九把刀（Giddens）作. -- 初版. --
臺北市 : 蓋亞文化, 2018.02
面； 公分. --（住在黑暗 ; LD003）
ISBN 978-986-319-336-4（平裝）

857.7 107000626

住在黑暗 LD003

怪怪怪怪物

作者／九把刀（Giddens）
封面設計／永眞急制WORKSHOP
出版／蓋亞文化有限公司
地址◎台北市103赤峰街41巷7號1樓
電話◎（02）25585438 傳眞◎（02）25585439
臉書◎www.facebook.com/Gaeabooks/
部落格◎gaeabooks.pixnet.net/blog
服務信箱◎gaea@gaeabooks.com.tw
投稿信箱◎editor@gaeabooks.com.tw
郵撥帳號◎19769541 戶名：蓋亞文化有限公司
法律顧問／宇達經貿法律事務所
總經銷／聯合發行股份有限公司
地址◎新北市新店區寶橋路二三五巷六弄六號二樓
電話◎（02）29178022 傳眞◎（02）29156275
港澳地區／一代匯集
電話◎（852）27838102 傳眞◎（852）23960050
地址◎九龍旺角塘尾道64號龍駒企業大廈10樓B&D室
初版／2018年02月
定價／新台幣 320 元
Printed in Taiwan

GAEA
ISBN／978-986-319-336-4